Brenda Joyce

Auteure à succès, elle a publié une cinquantaine de romans traduits dans une douzaine de pays. Pour *La belle impertinente*, elle a reçu le prix très convoité de la meilleure romance historique, ainsi que deux récompenses par le *Romantic Times* pour l'ensemble de son œuvre. Plébiscités par les lectrices et la critique, ses livres figurent en tête des meilleures ventes du *New York Times*.

Un odieux chantage

Du même auteur
aux Éditions J'ai lu

Le fier conquérant
N° 3222

Des feux sombres
N° 3371

Candice la rebelle
N° 3684

Tendre abandon
N° 4399

Captive du temps
N° 4637

La belle impertinente
N° 5667

Le prince de Mayfair
N° 5809

Tout feu, tout flamme
N° 5982

UNE ENQUÊTE DE FRANCESCA CAHILL

1 – Un odieux chantage
N° 7899

2 – Un suspect embarrassant
N° 8022

3 – Un cadavre sous la neige
N° 8078

4 – Une terrible menace
N° 8241

5 – Caresse mortelle
N° 8344

6 – Promesse fatale
N° 8450

Brenda

JOYCE

UNE ENQUÊTE DE FRANCESCA CAHILL – 1

Un odieux chantage

Traduit de l'anglais (États-Unis)
par Catherine Plasait

J'ai lu

POUR elle

Titre original
DEADLY LOVE

Éditeur original
St. Martin's Paperbacks Edition, New York

Pour tous les fans de Bragg,
avec mes sincères remerciements et mes compliments

1

Samedi 18 janvier 1902, 20 heures

On frappa doucement à la porte. Penchée sur son bureau, un stylographe à la main, Francesca se pétrifia. La lumière électrique, installée lorsqu'on avait construit la maison, huit ans auparavant, éclairait sa feuille de vélin. Elle avait l'impression d'être un voleur pris la main dans le sac.

Sans attendre sa réponse, sa sœur pénétra dans la vaste chambre. Dehors, la neige tombait sans relâche. À l'intérieur, un bon feu ronflait dans la cheminée de marbre.

— Tu n'es même pas habillée ! s'écria Connie, les yeux tellement écarquillés que c'en était presque comique.

Francesca s'obligea à sourire tandis qu'elle se levait précipitamment pour dissimuler le bureau à sa sœur. Elle jeta un coup d'œil à l'horloge. Déjà 20 heures ? Les invités n'allaient pas tarder à arriver, si ce n'était déjà fait !

— Je suis navrée, fit-elle, le souffle court.

Flûte ! Elle avait un examen de biologie lundi matin et elle n'avait même pas commencé à réviser. Elle avait été si occupée à organiser son dernier projet ; le temps avait filé sans qu'elle s'en aperçoive.

De toute façon, ses journées étaient toujours trop courtes. C'était horriblement frustrant !

Sa sœur la fixait d'un regard exaspéré. Vêtue d'une robe du soir rose pâle, ses cheveux blonds relevés en un chignon souple, des diamants aux oreilles, et au cou un collier de diamants et de rubis, elle était vraiment magnifique.

— Comment peux-tu faire une chose pareille, Francesca ? se plaignit-elle. Maman t'avait suppliée d'être prête à l'heure, et tu lui avais promis que tu le serais. Je le sais, j'étais là.

Francesca se sentait quelque peu coupable, car elle avait en effet affirmé à sa mère qu'elle serait à l'heure, bien habillée et de bonne humeur. Elle demeurait néanmoins plantée devant son bureau. Si louables soient ses intentions, Connie se mêlait parfois de ce qui ne la regardait pas ! Or elle ne voulait pas se disputer avec elle pour l'instant. Elle eut un sourire un peu crispé.

— J'écrivais des lettres et j'ai perdu la notion du temps, se défendit-elle en croisant les doigts derrière son dos afin de conjurer ce mensonge véniel.

— Je ne te crois pas, rétorqua Connie qui la contourna et s'empara d'une feuille posée sur le bureau sans se soucier de ses protestations indignées.

— Qu'est-ce que c'est que ça ? s'écria-t-elle.

Tandis qu'elle lisait, Francesca se répéta en silence les mots qu'elle avait écrits une bonne centaine de fois.

Prochaine réunion du comité féminin pour l'éradication des taudis.

Samedi 25 janvier à 15 heures.
À la bibliothèque du Waldorf Astoria.
Pour plus amples informations, contacter
Mlle Francesca Cahill, 810, Cinquième Avenue.

— Connie, tu sais aussi bien que moi que les taudis sont la honte de notre ville – et une honte pour nous en tant qu'individus, déclara-t-elle avec ferveur.

Connie haussa excessivement les sourcils, ce qui ne gâchait en rien sa stupéfiante beauté.

— Ce que je sais, c'est que tu es une excentrique, Francesca Cahill. Que tu es en retard, et que, quoi que tu fasses, maman aura le dernier mot.

Elle prit sa sœur par le bras pour la traîner jusqu'à la fenêtre.

— Regarde !

La chambre de Francesca se trouvait au premier étage du manoir familial qui en comptait quatre. La neige avait déjà recouvert les pelouses et les arbres, ainsi que ce que l'on apercevait du trottoir et de la Cinquième Avenue, au-delà des grilles de fer forgé.

Francesca regarda l'allée circulaire qui menait à la demeure. Par beau temps, elle aurait aperçu les réverbères avec leurs doubles ampoules blanches, et les grands arbres de Central Park. Déjà deux attelages et une très belle automobile remontaient l'allée, émergeant comme par magie des tourbillons de neige. Au-delà, l'avenue était déserte. Le *Metropolitan Club* se trouvant à deux pâtés de maisons de là, il y avait généralement beaucoup de circulation dans l'avenue, mais, visiblement, ce soir-là, le mauvais temps avait découragé les noctambules.

— Tu ne trouves pas que tu participes à suffisamment de comités comme cela ? lança Connie, les mains sur les hanches.

— Cela t'intéresserait de venir à une réunion samedi ? répliqua Francesca du tac au tac.

Elle vit sa sœur chercher une excuse pour se défiler.

— Je t'en prie, Connie, viens. Je t'en supplie. Et amène des amies. Tu sais qu'il s'agit d'une juste cause !

— Je viendrai si je peux, répondit Connie à contrecœur. Il faut que je vérifie avec Neil que nous n'avons rien de prévu ce jour-là.

Connie était mariée avec lord Neil Montrose depuis quatre ans. Bien qu'il possédât une maison dans le Devon, ils passaient la majeure partie de l'année aux États-Unis, réservant l'été à l'Angleterre. Francesca savait qu'il lui faudrait insister pour que sa sœur assiste à la réunion, même si elle était libre. Non qu'elle fût réfractaire aux bonnes œuvres. Au contraire, elle était très active sur ce plan, mais de façon fort différente de celle de Francesca. Connie préférait assister à de somptueux bals dont l'entrée coûtait des centaines de dollars.

— Fais ton possible, s'il te plaît. Si je te remets une douzaine de tracts, pourras-tu les distribuer au dîner pour Livingstone ?

Francesca était prête à mendier, au besoin.

— Je t'en prie. Il faut absolument qu'il y ait du monde.

Elle adressa à Connie un sourire plein d'espoir. Celle-ci se contenta de la reprendre par le bras.

— Ne pourrions-nous en discuter une autre fois ? Je vais t'aider à t'habiller. Seigneur ! Regarde-moi ce fouillis !

Francesca se tourna vers le grand lit à colonnes qui disparaissait sous une demi-douzaine de robes du soir, accompagnées des sous-vêtements et accessoires assortis.

— Pourquoi pas la noire ? suggéra-t-elle, pince-sans-rire.

— Amusant, répliqua sa sœur. Et pourquoi pas la rose ?

Francesca haussa les épaules.

— Pourquoi maman me tourmente-t-elle de la sorte ? soupira-t-elle en se débarrassant de son chemisier blanc et de sa jupe gris tourterelle.

— Maman n'a sûrement pas l'impression de te tourmenter, riposta Connie tandis que Francesca s'emparait d'un corset. Elle a ton bien-être à cœur. Comme nous tous, Francesca.

— Si elle tenait tant à mon bien-être, elle me laisserait agir à ma guise, et ne m'infligerait pas ce genre de soirées, grommela Francesca. Je ne suis pas prête à supporter un chevalier servant.

— J'ai dit « bien-être », pas « bonheur », précisa Connie en tirant sur les lacets du corset. Et je crois que maman a abandonné l'idée d'un chevalier servant. Tu as vingt ans, ma chère. Elle vise directement un mari.

Francesca se rembrunit.

— Il n'est pas question que je me marie. Pas dans un avenir proche, en tout cas.

Connie sourit.

— Tu es si drôle, Francesca. Vois le bon côté des choses. Peut-être que ton futur époux sera un réformateur avec un R majuscule, comme toi !

Connie pouffa, mais Francesca ne trouvait rien d'amusant au fait que sa mère fût décidée à la marier, et le plus vite possible.

— Comment peux-tu te moquer ainsi des réformateurs ? Alors qu'il existe tant de pauvreté et d'injustices ?

Connie lâcha les lacets et fit pivoter sa sœur.

— Je ne me moque pas, Francesca. Je ne suis pas insensible. Mais tu es tellement sérieuse ! Travail, réforme, réforme, travail… C'est *cela* qui est drôle. *Tu* es drôle…

— Je suis ravie que cela t'amuse, marmonna Francesca.

— Tu sais sûrement que maman se doute de quelque chose, fit Connie en passant la robe rose vif par-dessus la tête de sa sœur.

Francesca se raidit. Elles étaient si proches qu'elle savait exactement à quoi Connie faisait allusion.

— Comment est-ce possible ? Je fais tellement attention !

— C'est à cause du temps que tu passes à l'extérieur. Pourquoi ne lui dis-tu pas la vérité ? Que tu es un bas-bleu et que tu t'es inscrite à l'université ? Cela te simplifierait la vie.

— Elle exigera que je renonce, répliqua Francesca tandis que sa sœur lui boutonnait sa robe dans le dos. Et il n'en est pas question. Je veux obtenir mon diplôme.

Connie réprima un sourire.

— Et que Dieu foudroie tous ceux qui essaieront de se mettre en travers de ton chemin... sauf s'il s'agit de maman.

— Très drôle, dit Francesca, sarcastique.

Mais Connie avait marqué un point. Julia Van Dyck Cahill était aussi déterminée que sa fille cadette, sinon plus. Il était rare qu'elle n'arrive pas à ses fins.

— Cette couleur te va bien, Francesca. Tu seras ravissante, ce soir, déclara Connie, admirative. M. Wiley sera envoûté, ajouta-t-elle, un brin moqueuse.

Francesca gémit.

— Alors, allons-y ! Que j'affronte mon destin sordide.

— Oh, non ! Tu n'as pas de souliers, ni de rouge ni de bijoux.

— Tant mieux ! Il me prendra pour une folle.

— Aucune chance ! répliqua joyeusement Connie en lui tendant une paire de mules ornées de perles.

— J'ai tant à faire ! Et au lieu de m'occuper de projets utiles, au lieu de me servir de mon intelligence, il faut que je passe la soirée à parader devant les meilleurs et les plus ennuyeux partis de la bonne société, se plaignit Francesca.

— Je ne te comprends pas, fit Connie en se dirigeant vers la salle de bains, suivie à contrecœur par Francesca. Je veux dire, il n'y a pas de femme journaliste, tu le sais parfaitement. Ah, du rouge ! Tu as quand même un soupçon de coquetterie, triompha-t-elle.

— C'est maman qui l'a acheté, répondit Francesca en s'emparant du petit pot pour le jeter dans la corbeille. Et il n'y a jamais eu, en effet, de femme journaliste, si bien que je serai la première lorsque j'aurai obtenu mon diplôme, à moins qu'une autre n'ouvre la voie avant moi.

Connie lui jeta un regard un brin condescendant. Décidément, toute sa famille refusait de la prendre au sérieux.

Non seulement elle adorait écrire, mais c'était une réformatrice passionnée, comme son père. Elle avait adhéré à la branche féminine du parti de l'Union des citoyens à l'âge de dix-sept ans. Quel meilleur moyen de susciter des réformes que d'écrire de cinglants articles sur la pauvreté et la corruption ? Le reporter Jacob Riis était son idole. Elle avait lu et relu son livre : *Comment vit l'autre moitié* cinq ans auparavant. Comme la plupart de ceux qui avaient pris connaissance de ce récit choquant sur la vie dans les bas-fonds de New York, elle avait été horrifiée et profondément secouée. Cet ouvrage avait bouleversé son existence.

Elle-même avait tant de chance ! C'en était presque honteux. Il fallait qu'elle fasse quelque chose pour aider les infortunés.

Connie récupéra le pot de rouge et le posa sur le lavabo. Après avoir coiffé sa sœur, elle lui tendit un camée de nacre ainsi que les boucles d'oreilles assorties, puis elle la fit se tourner face au miroir. Leurs yeux du même bleu s'y croisèrent.

Francesca dut admettre que la robe, avec sa taille bien marquée, sa jupe ample et ses petites manches qui couvraient la pointe des épaules était fort jolie.

— Ai-je déjà porté cette toilette ? s'interrogea-t-elle.

Elle lui semblait vaguement familière.

— Pour mon anniversaire, répliqua sa sœur, agacée. Juste avant Noël, tu ne te souviens pas ?

Francesca se fit la grimace dans la glace.

— Ah, si ! La mémoire me revient !

Elle essaya une autre grimace, destinée à rebuter M. Wiley, se dit-elle.

Connie éclata de rire.

— Je sais à quoi tu penses, Francesca, mais c'est inutile. Tu es belle et tu n'y peux rien, quoi que tu fasses !

Les deux sœurs se ressemblaient énormément, bien que Connie fût plus blonde.

— La beauté se fane, pas le caractère, déclara fermement Francesca.

Connie leva les yeux au ciel et poussa sa sœur hors de la salle de bains. Elle ne lui lâcha pas le bras jusqu'à l'escalier.

La salle de bal était située au deuxième étage, mais les invités arrivaient du rez-de-chaussée. Les deux sœurs descendirent le large escalier d'albâtre qui menait à l'immense hall orné de colonnes corinthiennes. Les murs et le plafond étaient ornés de panneaux de marbre sur lesquels était représentée une scène pastorale. La demeure des Cahill avait d'ailleurs été surnommée « le palais de marbre ».

Une bonne vingtaine d'invités étaient déjà là, et d'autres ne cessaient d'arriver, remettant leurs chapeaux, manteaux et parapluies aux valets de pied. Les sœurs s'arrêtèrent sur le palier. Julia, leur mère, se tenait entre le hall et le grand salon, accueillant les nouveaux venus. Elle était resplendissante, toute de soie pourpre et de dentelle noire vêtue, et couverte de diamants. Francesca frémit. Qui croyait-elle abuser ? Elle n'était pas de taille à lutter contre sa mère, songeat-elle, le cœur lourd.

— Merci de m'avoir aidée, Connie, murmura-t-elle.

Sa sœur lui pressa affectueusement la main.

— Menton haut. Il y a une quantité de beaux garçons, ce soir. Si Wiley n'est pas le bon, tu trouveras peut-être quand même l'homme de tes rêves.

Francesca aperçut Montrose qui bavardait avec un groupe d'hommes, à l'autre bout du hall. Son cœur s'arrêta fugitivement de battre. Il était grand, ténébreux, et dangereusement séduisant, surtout en tenue de soirée. Un instant, elle le regarda tandis que Connie allait le rejoindre, passait le bras autour de sa taille. Montrose eut un sourire tendre, la serra contre lui. Francesca se détourna résolument.

Elle aurait sans doute eu une tout autre opinion sur le mariage si on lui avait présenté Montrose, elle le savait. Mais Connie était l'aînée, et il était normal qu'elle lui eût été présentée en premier. Elle avait de la chance ! Non seulement Montrose était beau et distingué, mais il était en outre intelligent, sincère, et noble d'âme.

Il était aussi le père de deux petites filles. Francesca adorait sa sœur et ses nièces, et elle s'efforçait de ne pas succomber à la jalousie et à l'envie. En fait, elle était heureuse que Connie ait une vie aussi parfaite. Elle avait un cœur d'or, et personne plus qu'elle ne méritait un mari comme Montrose et deux belles petites poupées.

Francesca prit une profonde inspiration afin de se ressaisir et de se préparer pour l'épreuve à venir.

Mais Julia l'avait aperçue. Leurs regards se croisèrent.

C'était un regard impérieux, et Francesca sut qu'elle n'avait pas le choix. Elle se fraya un chemin jusqu'à sa mère parmi la foule grandissante des invités.

— Viens ici, Francesca, je voudrais te présenter quelqu'un, lança Julia en souriant.

C'était une très belle femme d'une quarantaine d'années, et l'une des locomotives de la haute société. En fait, ses filles étaient son portrait craché. Elle était issue d'une famille hollandaise réputée. Son père avait fait fortune dans la banque, son grand-père était armateur et conseiller municipal. Julia était tout aussi fière de son héritage du côté maternel : sa mère venait du Sud et ses racines remontaient à l'aristocratie française d'avant la Révolution.

Julia connaissait tout ce que la ville comptait de sang bleu, de fortunes et de puissants. Autrement dit, tous les gens importants. C'était parfois intimidant – en tout cas pour Francesca.

Elle avait saisi le bras de sa fille et ne le lâchait pas, comme si elle se doutait que celle-ci mourait d'envie de prendre ses jambes à son cou.

— Maman, dit Francesca en embrassant sa mère avant de tendre la main à l'homme qui devait être M. Wiley.

Elle tressaillit intérieurement, et sentit son cœur sombrer.

— M. Wiley tenait absolument à faire ta connaissance, Francesca, fit Julia d'un ton coupant en dépit de son sourire. Il t'a remarquée au *Dolmenico* l'autre soir, et, bien sûr, je lui ai chanté tes louanges.

Le mince jeune homme avait la particularité d'être immense. Au moins deux mètres !

Francesca lui adressa un sourire crispé. Wiley, ravi, rougit violemment.

— Ma fille est une sainte, cher monsieur Wiley. Il n'y a pas une femme qui soit plus généreuse qu'elle. Elle sert la soupe aux malheureux le dimanche, elle visite les orphelins de l'asile de Sainte-Mary une semaine sur deux, et il y a peu elle est passée à l'hôpital public de York Avenue pour apporter des fleurs aux malades... La famille de M. Wiley est dans la banque, ma chérie, ajouta-t-elle à l'intention de sa fille. M. Wiley travaille avec son père. Ils possèdent une société à Wall Street.

Francesca fixait sa mère, incrédule.

— Wiley and Sons, se hâta de préciser M. Wiley.

Il avait les cheveux châtains, les yeux bleus, et ses joues demeuraient fort rouges.

Francesca l'entendit à peine. Et sa mère, qui devait se douter que son humeur empirait à chaque seconde, se contenta de sourire.

— Je crois que M. Wiley serait heureux de t'inviter à déjeuner lundi prochain, ma chérie, si tu veux bien te rendre dans le centre-ville.

Francesca était tellement furieuse et contrariée qu'elle était incapable d'articuler un mot. Julia et elle s'étaient disputées un nombre incalculable de fois au sujet de ses activités. Julia détestait ses œuvres, prétendant que des dons financiers étaient bien plus utiles que les visites personnelles. Sans son père, jamais Francesca n'aurait été autorisée à se rendre auprès des malades, des pauvres, des défavorisés. Mais maintenant, bien sûr, sa mère chantait une tout autre chanson.

— Oh, oui, insista Wiley en rougissant encore davantage. Je vous en prie, venez en ville lundi.

— Alors, c'est décidé, décréta Julia en souriant.

Francesca retrouva enfin sa voix. Son examen avait lieu le lundi à 11 heures.

— Lundi ? Je crains que…

Julia la fit taire d'un regard.

— Tu ne peux pas refuser, ma chérie. Et garde une danse pour M. Riley, lui rappela-t-elle en déposant un baiser sur sa joue avant de s'excuser pour aller accueillir d'autres invités.

Les deux jeunes gens se retrouvèrent face à face.

Francesca tremblait de tous ses membres. Elle avait l'impression qu'on venait de tirer le tapis sous ses pieds et qu'elle se retrouvait à quatre pattes sur le dur sol de marbre. Bien sûr, elle n'irait pas. Pas lundi. Mais sa mère l'avait mise dans une position terriblement délicate.

Ce n'était d'ailleurs pas la première fois qu'elle la manipulait ainsi, mais là, cela dépassait les bornes. Franchement !

— Mademoiselle Cahill ? Vous vous sentez bien ? Vous semblez bouleversée…

Francesca croisa le regard inquiet du jeune homme.

— Je vais bien, vraiment.

Elle s'obligea à sourire. Il lui rappelait un jeune chiot, avide de plaire mais tellement maladroit qu'il faisait toujours tout de travers.

— Il y a de bons restaurants en ville, risqua-t-il.

— Je n'en doute pas, murmura-t-elle, déterminée à lui envoyer un mot dès le lendemain.

Bien qu'elle n'eût pas l'intention de se montrer grossière, elle ne put s'empêcher de regarder autour d'elle.

Eliza et Robert Burton venaient de faire leur apparition. Ils s'étaient installés dans la maison voisine de la leur deux ans auparavant. Dès leur arrivée, ils furent entourés d'une foule animée. Eliza, qui n'était pas réellement belle, fit un commentaire, et tout le monde éclata de rire. Même son mari souriait en la tenant tendrement par le bras.

— Ah, voilà les Burton, observa Wiley qui avait suivi la direction de son regard. Ce sont vos voisins, n'est-ce pas ?

Francesca s'arracha à la contemplation de la jeune femme brune qui la fascinait.

— En effet. Ils habitent juste à côté.

— Des gens merveilleux, déclara Wiley. Très vive, cette Mme Burton.

— Oui. Elle semble enchanter tout le monde par son esprit et sa conversation, commenta Francesca, sincère.

Elle s'était toujours demandé comment Eliza Burton parvenait à réaliser ce tour de force qui faisait que dès qu'elle entrait dans une pièce, les gens des deux sexes étaient irrésistiblement attirés par elle. C'était l'une des femmes les plus intéressantes qu'elle connût. Bien qu'elle donnât toujours son avis sans se soucier de choquer, tout le monde l'adorait.

De nouveau, elle tourna les yeux vers elle, alors que Wiley était en train de lui parler. Eliza portait une robe rouge sombre très décolletée qui mettait sa pulpeuse silhouette en valeur de façon presque choquante. Ses cheveux étaient relevés au sommet du crâne et ses lèvres étaient rouge vermillon. Si osée que fût son allure, elle se débrouillait pour demeurer élégante. Croyant qu'elle parlait de leur nouveau maire, Francesca prêta l'oreille.

Non, elle émettait un commentaire sur le précédent maire, disant qu'il n'était pas le toutou de Croker mais sa tortue d'appartement.

— Après tout, ajouta-t-elle en souriant, il ne mord pas, il n'aboie pas, il claque juste un peu du bec.

Tout le monde s'esclaffa.

Francesca sourit. Eliza était beaucoup plus originale que la presse.

Wiley avait entendu, car il riait, lui aussi, de l'admiration dans le regard.

Francesca suivit des yeux le couple qui pénétrait dans le grand salon. Eliza souriait, mais il n'y avait là rien d'artificiel. Elle semblait sincèrement heureuse. Elle croisa le regard de Francesca et sourit davantage encore.

Presque timidement, Francesca lui rendit son sourire.

— Très brillante assemblée, ne trouvez-vous pas ? demanda Wiley en tiraillant nerveusement sa moustache.

Francesca revint à lui. Elle était tout sauf mal élevée.

— Sans doute…

Elle respira à fond. L'étiquette exigeait qu'elle tînt une conversation mondaine.

— Alors, que pensez-vous de la rupture entre Platt et Odell ?

Wiley cligna des yeux.

— Je vous demande pardon ?

Il semblait ne pas avoir la moindre idée de ce dont elle parlait. Comme s'il n'avait jamais entendu prononcer le nom de Thomas Platt, l'homme le plus puissant de l'État.

— Vous savez certainement que le sénateur Platt et le gouverneur Odell ont rompu les ponts. Peut-être que Platt est enfin fini, qu'en pensez-vous ? débita-t-elle avec fièvre.

Il la dévisagea comme s'il lui avait poussé deux têtes.

— Bien sûr, je suis au courant de leur mésentente, dit-il, sidéré.

— Et ils ne se réconcilieront pas, ajouta Francesca.

Wiley demeura silencieux, et la contrariété de Francesca augmenta d'un cran. Cet homme n'était pas pour elle. Pourquoi sa mère lui faisait-elle un coup pareil ? Pourquoi ne comprenait-elle pas qu'elle avait mieux à faire que de rencontrer des jeunes gens qui s'attendaient qu'elle se montre réservée, coquette, et se moquaient de savoir si elle avait un cerveau ? Pourquoi les hommes avaient-ils peur d'avoir une conversation intelligente avec une femme ? Comment Eliza Burton y parvenait-elle ? Francesca sentit le désespoir la submerger.

— Il vaudrait mieux que je me mêle aux invités. J'ai été ravie de vous rencontrer, reprit-elle avec un bref sourire.

— À lundi, alors, répondit-il avec empressement.

Francesca acquiesça. Que faire d'autre ? Elle lui enverrait une lettre d'excuse le lendemain, à la première heure. Quant à Julia... Il était temps qu'elles aient une discussion sérieuse, si effrayante que fût cette perspective !

Soudain, elle s'arrêta net. Son père se tenait à quelques pas, et discutait avec un homme qu'elle n'avait jamais rencontré, mais qu'elle reconnut immédiatement pour avoir lu un tas d'articles à son sujet depuis le Jour de l'an. Son cœur fit un bond, mais déjà son père l'avait aperçue.

— Ah, ma chérie !

Elle l'entendit, mais son regard demeura rivé sur l'homme à la crinière fauve et au teint mat qui lui faisait face. Grand, large d'épaules, vêtu, comme la plupart des hommes présents, d'un habit de soirée, il était fort séduisant, quoique plus rude que Montrose.

Andrew Cahill attira sa fille à lui. L'homme était, Francesca le savait, le préfet de police tout récemment nommé.

— Voici quelqu'un qu'il faut que je te présente, déclara Cahill qui connaissait sa fille mieux que personne.

Francesca sourit à son père, tout en étant consciente de manière aiguë de la présence de Rick Bragg.

— Ne me sermonnez pas si je suis en retard, dit-elle affectueusement.

Sa voix sonnait bizarrement à ses propres oreilles un peu essoufflée, haut-perchée. Son esprit fonctionnait à toute allure. La police de la ville était notoirement corrompue, et tous les efforts pour réformer l'institution avaient échoué. On comptait sur Bragg pour apporter une réforme indispensable, mais y parviendrait-il ? Elle lui glissa un coup d'œil.

Il l'observait, et inclina poliment la tête.

Elle remarqua que ses yeux couleur d'ambre étaient pailletés d'or. Elle se sentit rougir.

— Comment pourrais-je ne pas sermonner une fille aussi rebelle ? rétorqua son père avant de déposer un baiser sur sa joue.

Elle était la prunelle de ses yeux, et elle le savait. Mais pour l'instant, elle avait du mal à répondre. Elle tentait de se rappeler tout ce qu'elle avait lu sur Bragg dans les journaux.

— Soyez indulgent, papa, je vous en prie.

Elle jeta un nouveau coup d'œil à Bragg.

Mais elle ne put déchiffrer son regard pénétrant.

— Nous verrons, répondit Andrew avec un clin d'œil. Ma chérie, il faut que tu fasses la connaissance de notre nouveau préfet de police.

Francesca parvint à esquisser un sourire qui lui parut artificiel et crispé. Curieux ! Elle se sentait tendue comme jamais cela ne lui était arrivé, et n'en comprenait pas la raison.

— Rick, voici ma fille cadette, Francesca, déclara fièrement Cahill. Et bien qu'elle soit la plus jeune de la famille, c'est aussi la plus intellectuelle... J'oserais même dire qu'elle est brillante, précisa-t-il, rayonnant.

Francesca était affreusement embarrassée. D'ordinaire, elle était fière de son éducation, de son intelligence, mais pour l'instant, elle espérait seulement que le préfet de police était impressionné, et pour tout dire, elle nageait en pleine confusion. Qu'il s'inclinât sur sa main ne l'aida en rien.

— Enchanté, fit-il.

Son ton laconique la déconcerta plus encore, de même que son accent de l'Ouest.

Les rouages de son cerveau se mirent en branle.

Rick Bragg était apparenté aux Bragg du Texas, une famille fortunée qui possédait des parts dans les mines, les chemins de fer, la banque et l'élevage. Apparemment, il était l'arrière-arrière-petit-fils du fondateur. Elle croyait pourtant avoir lu quelque part qu'il était originaire de New York. En tout cas, il était diplômé de Harvard et, jusqu'à une époque récente, il avait dirigé sa propre entreprise à Washington D.C. Mais elle se rappelait surtout que tout le monde se demandait si Bragg avait carte blanche pour administrer la police. Seth Low, que son père soutenait, était un maire réformateur, et le fait qu'il eût nommé Bragg avait fait naître des espoirs et des attentes parmi les progressistes de la ville.

Francesca tremblait. Pouvait-il réussir ? Allait-il réussir ?

Bragg riait à une plaisanterie de son père. Un rire grave et profond.

— J'ai vu la caricature, dit-il. Je n'ai qu'une objection : ils m'ont mis sur un bourrin au lieu d'un fringant destrier.

— Moi, j'ai bien aimé les six-coups, fit Cahill en riant à son tour.

Francesca se demanda à quelle caricature ils faisaient allusion. De toute évidence, elle ne l'avait pas vue. Était-ce dans le quotidien du jour ? Il fallait qu'elle vérifie !

Elle se surprit à étudier le profil de Bragg.

— Je ne vous dirai jamais assez combien votre appui est important pour moi, Andrew.

— J'ai toute confiance en vous, comme en Seth, répliqua jovialement le père de Francesca.

— Il est né pour ce poste, renchérit Bragg. Mais je ferai tout ce qui est en mon pouvoir pour que mon département lui simplifie la tâche au lieu d'ajouter à son fardeau.

Comme la discussion se poursuivait, Francesca réalisa qu'elle n'existait plus pour lui et elle en fut choquée. Bien qu'elle ne fût pas à la recherche d'un chevalier servant, et bien qu'elle ne fût pas coquette de nature, elle était habituée à susciter l'admiration des hommes. On la regardait souvent avec convoitise, pour être tout à fait honnête. C'était ainsi depuis qu'elle était toute petite.

Cet homme était indifférent à ses charmes ? Comment était-ce possible ?

— Low va-t-il faire une déclaration publique concernant le département de la police et ses affaires ?

demanda Andrew, sans se rendre compte de l'impolitesse commise envers sa fille.

Francesca croisa les bras. Elle se rappelait le pot de rouge que Connie avait récupéré dans la corbeille... « Allons, assez de niaiseries ! » se réprimanda-t-elle.

— C'est à lui qu'il faut poser la question, répondit Bragg avec un sourire qui adoucit ses traits.

Francesca s'humecta les lèvres. Son cœur battait la chamade.

— Alors, avez-vous l'intention d'appliquer la loi Raines ? s'entendit-elle demander.

Il se raidit imperceptiblement et se tourna vers elle. Les yeux d'ambre s'accrochèrent aux siens, et il lut de la surprise. La tension de Francesca atteignit des sommets dramatiques... Étrangement, elle avait l'impression d'avoir acculé l'ours dans sa tanière et d'être en danger. Elle s'attendait qu'il lui demande de répéter sa question, mais il se contenta de répondre, évasif :

— Je crains que vous n'ayez à attendre, comme tout le monde, mademoiselle Cahill.

Il la fixait d'un regard intense.

Pourquoi était-elle si nerveuse ? Avait-elle commis une erreur en attirant ainsi son attention ?

— La loi doit être appliquée sinon elle sera abrogée.

Sa voix lui sembla anormalement haute, et grinçante comme les roues mal huilées d'une voiture.

Bragg la dévisageait, parfaitement immobile, mais elle ne se sentait pas le moins du monde triomphante. Au contraire, elle était soudain anxieuse, et incapable du moindre mouvement.

Après ce qui lui parut un interminable silence, il lâcha :

— De nouveau, je regrette de ne pouvoir faire de commentaire.

Son ton était neutre, mais son regard acéré.

Cahill glissa le bras autour des épaules de sa fille.

— Non seulement Francesca est intelligente, mais elle s'intéresse énormément au bien-être de nos concitoyens, déclara-t-il. Le procureur est aussi de nos amis.

— Il est venu dîner chez nous jeudi soir, parvint à articuler Francesca.

— Je vois.

Il voyait sûrement, car il ne la quittait pas des yeux. Avait-elle eu tort de l'attaquer ainsi ? En tout cas, elle ne parvenait pas non plus à détacher son regard de lui.

— C'est le procureur de la république, un homme de loi, insista-t-elle en s'efforçant d'adopter un ton calme alors que son cœur battait à tout rompre. Je respecte la plupart de ses opinions.

Un léger sourire flotta-t-il fugitivement sur les lèvres de Bragg. L'amusait-elle ? Ce n'était certes pas son intention !

— Vous calquez vos opinions sur les siennes ? s'enquit-il.

Soudain, la foule autour d'eux disparut. Francesca n'entendait plus que sa propre respiration, le battement désordonné de son cœur. Elle en oublia son père, tout proche, pour ne plus voir que l'homme devant elle.

Elle avait envie de s'enfuir en courant, mais elle n'en fit rien. Ne serait-ce que parce qu'elle était incapable de bouger.

— Je ne copie les opinions de personne, monsieur. Les seuls à profiter du fait qu'on n'applique pas les « lois bleues », les lois inspirées par le puritanisme, sont les tavernes et les maisons closes.

Elle était étonnée de constater que son cerveau fonctionnait encore.

Il sourit, et ce sourire transforma son visage. Déjà séduisant, il le devint plus encore, d'une manière virile, dévastatrice, un peu cow-boy.

— Allons-nous nous lancer dans un débat contradictoire ? demanda-t-il, une étincelle dans le regard.

Les yeux de Francesca s'agrandirent, et elle éprouva un immense soulagement.

— Tel n'est pas mon but, monsieur, mais il se trouve que c'est un sujet qui me tient à cœur.

— Ma fille serait maire réformateur elle-même, si elle était un homme, n'est-ce pas, Francesca ?

Francesca parvint enfin à détourner les yeux de Bragg.

— Mais je ne suis pas un homme, alors la question ne se pose pas...

— Ma fille ne lâche jamais d'un pouce, Rick, je vous préviens. Elle se dévoue à de nombreuses causes. Savez-vous qu'elle est membre actif de quatre ligues ?

Bragg la fixait toujours, et c'était peut-être la raison pour laquelle elle se sentait les joues en feu.

— Non, je l'ignorais. Cela fait un grand nombre de clubs, mademoiselle Cahill.

— En réalité, il s'agit de cinq, dit-elle avant de se tourner vers son père. Je viens juste d'adhérer à un nouveau comité, papa. Le comité féminin pour l'éradication des taudis.

— Un terrible point noir de notre ville, observa Cahill d'un air sombre.

— Et où les occupants de ces taudis logeront-ils si on les supprime ? s'enquit Bragg avec ce calme qui le caractérisait.

Son regard, en revanche, n'avait rien de calme, nota Francesca qui refusa de s'énerver.

— La ville est très riche, remarqua-t-elle.

Elle respira profondément dans l'espoir de retrouver son assurance.

— Vous n'ignorez sûrement pas que la moitié des millionnaires de notre pays habitent ici, poursuivit-elle.

Il sourit de nouveau, et une fossette se creusa dans sa joue droite.

— Les fonds proviendront-ils de la poche de gens comme votre père, ou des coffres de la ville – à supposer que l'on arrive à maîtriser le budget ?

Se moquait-il d'elle ?

— Les deux, j'espère. En fait, maintenant que nous avons un maire honnête et déterminé, je suis pleine d'espoir.

Elle sourit brièvement. Si elle était source d'amusement, autant mourir !

— Il y a toujours moyen d'arriver à ses fins quand le but est noble, monsieur.

Elle le pensait sincèrement !

Il resta un instant silencieux.

— J'admire votre enthousiasme, dit-il, avant de gâcher le compliment en ajoutant : Quel âge avez-vous, mademoiselle Cahill ?

Elle se raidit.

— Qu'est-ce que mon âge a à voir avec mes idées ? Je ne suis plus une enfant !

— Les jeunes gens ont tendance à se montrer optimistes. Au détriment du réalisme.

Francesca venait de subir une rebuffade, et elle ne put se retenir de riposter :

— Êtes-vous si vieux ?

Il rit.

Se moquait-il encore ?

Elle allait lui rétorquer que l'histoire montrait amplement que les avancées les plus importantes avaient été le fait de gens jeunes, lorsque son père lui prit le bras.

— Le préfet de police a raison, bien sûr. Mais c'est l'enthousiasme des jeunes qui conduit la société à s'interroger, à agir afin de trouver les meilleures solutions possibles, conclut-il en déposant un baiser sur la joue de sa fille. Je passerais volontiers la nuit à vous écouter discuter, mais je dois présenter Bragg à nos amis. Passe une bonne soirée, ma chérie.

— Merci, papa.

Elle sourit à son père avant de regarder Bragg droit dans les yeux.

Il était occupé à l'étudier, mais son expression changea brusquement, se fit indéchiffrable. Il hocha poliment la tête. Trop poliment, comme s'ils ne venaient pas d'avoir un échange d'opinions étincelant. Clouée sur place, Francesca le suivit du regard tandis qu'il s'éloignait en compagnie de son père.

Que lui avait-il pris de débattre avec un homme tel que lui ? Avait-elle été agressive ? Cela n'était en tout cas pas son intention.

La trouvait-il bizarre ? Un peu folle ? Ou la respectait-il enfin pour son intelligence ?

Et n'avait-il pas remarqué qu'elle était blonde aux yeux bleus, avec un joli petit nez retroussé ?

Elle ferma les yeux, se remémorant leur conversation. Avait-elle insisté avec trop de véhémence ? La trouvait-il trop franche ? Scandaleuse ? Et pourquoi devrait-elle s'en soucier ?

Elle rouvrit les yeux pour se retrouver seule au milieu d'une foule animée et joyeuse. Pire encore, Wiley lui souriait, à l'autre bout du salon. C'en était trop !

Elle s'enfuit en direction du hall, bousculant quelques personnes auprès desquelles elle s'excusa brièvement, et se précipita dans la bibliothèque.

Elle s'adossa à la double porte de chêne qu'elle avait pris soin de refermer derrière elle. Elle s'efforça de respirer profondément pour se calmer.

Bon sang, que lui arrivait-il ?

Elle secoua la tête comme pour retrouver ses esprits. Elle ne parvenait pas à comprendre ce qui venait de se passer. En fait, elle était encore en pleine confusion.

Elle soupira et balaya la pièce du regard. La bibliothèque était l'endroit qu'elle aimait le plus au monde. Les murs étaient tapissés d'un riche brocard orné de scènes pastorales peintes à la main. Le plafond voûté était lambrissé de bois sombre, de même que la moitié inférieure des murs. Il y avait des vitraux aux fenêtres, et une vaste cheminée au manteau d'acajou sculpté dans laquelle brûlait un bon feu.

Francesca se dirigea vers le bureau massif et se laissa tomber dans le fauteuil. Elle se sentait épuisée, vidée.

Elle fixait le dessus de la table sans vraiment voir les papiers et les livres qui l'encombraient. Elle ne voyait que Rick Bragg. Son père l'aimait bien, il semblait intelligent, déterminé, et elle se prit à espérer qu'il ne fût pas un escroc comme les précédents préfets de police. Malheureusement, il n'y avait pour le moment aucun moyen de le savoir.

Elle secoua de nouveau la tête. Assez ! Elle sourit et poussa un soupir. Hélas, elle allait devoir renoncer à sa bienheureuse solitude et retourner auprès des invités, sinon sa mère remarquerait son absence et s'en plaindrait amèrement le lendemain. Pourtant elle ne bougea pas, s'offrant encore quelques instants de paix. Elle tripota la pile de courrier sur le bureau. N'avait-elle pas toujours su que cette soirée serait éprouvante ? Si seulement elle ressemblait un peu plus à Connie... juste un peu !

Sa sœur était cultivée, bien élevée, intéressante. Mais cela ne l'empêchait pas d'aimer les manifestations mondaines.

Francesca se demanda si Bragg aurait remarqué Connie plus qu'elle. Tous les hommes remarquaient Connie, et l'admiraient ouvertement.

Elle fronça les sourcils. Toute sa vie, elle avait entendu dire que sa sœur et elle auraient pu être jumelles. Pourtant, Bragg l'avait ostensiblement ignorée une fois les présentations terminées.

Elle repoussa la pile de courrier, et se leva, agacée d'en revenir toujours à Bragg.

Ce fut alors qu'elle aperçut une enveloppe de couleur crème qui s'était échappée du paquet. Elle n'était adressée à personne. Un seul mot était écrit là où aurait dû se trouver l'adresse. Elle cligna des yeux.

URGENT

Étrange !

Elle s'empara de l'enveloppe, la retourna, mais il n'y avait pas non plus d'adresse d'expéditeur au dos, ni de cachet de la poste. Était-ce un invité qui l'avait déposée là ? Sa curiosité piquée, elle attrapa un coupe-papier et ouvrit l'enveloppe. Elle lut :

F pour fourmis

Si vous voulez revoir le garçon, soyez à l'angle de Mott et de Hester Street à 13 heures demain.

2

Francesca relut le message dactylographié.

F pour fourmis... Si vous voulez revoir le garçon, soyez à l'angle de Mott et de Hester Street à 13 heures demain.

Seigneur ! Qu'est-ce que cela signifiait ?

Elle demeurait plantée là, la feuille à la main, réfléchissant à toute allure. Ce message n'avait aucun sens ! De quel garçon s'agissait-il ? Et que voulait dire ce *F pour fourmis ?*

C'était une plaisanterie, décida-t-elle. L'enveloppe avait de toute évidence été déposée là par un des invités. À moins qu'on ne l'eût glissée subrepticement dans le courrier apporté par le facteur.

Non, c'était une blague. Evan aimait blaguer. Était-ce lui le responsable ?

Mais ce n'était pas très drôle, songea-t-elle, déconcertée. En fait, c'était tellement étrange que cela en devenait irritant. Et s'il ne s'agissait pas d'une plaisanterie ?

Elle décida de montrer le mot à son père à la première occasion.

— Mademoiselle Cahill ?

Francesca sursauta comme si elle était prise en faute et remit en hâte la note sur la pile de courrier. Son regard croisa celui du préfet de police.

Bragg semblait aussi surpris qu'elle. Puis il se ressaisit, et la gratifia d'un petit salut poli.

Francesca se sentit rougir, et fut incapable de lui sourire en réponse. Elle aurait voulu lancer une remarque vive, amusante, mais tout ce qu'elle trouva à dire fut :

— Monsieur ?

— Je ne voulais pas être indiscret. Je souhaitais juste utiliser le téléphone. Malheureusement, je suis obligé de partir de bonne heure, car je dois assister à une autre réception.

Le cœur de Francesca battait comme un tambour. La perspective d'une autre soirée ne semblait guère plaire au préfet de police, mais son nouveau poste entraînait certaines obligations, elle le savait. Elle hocha la tête.

— Et moi, je ne devrais pas me cloîtrer ici comme une nonne, fit-elle d'un ton léger. Je vous en prie, n'hésitez pas à vous servir du téléphone.

— Merci.

Il ne la quittait pas des yeux.

Elle savait qu'elle se comportait étrangement, comme une sotte, à vrai dire. Mais s'en rendait-il seulement compte ? Elle sourit et passa devant lui, à distance respectable, comme si le frôler eût été un crime. Elle avait atteint la porte quand elle se retourna.

Il avait décroché le combiné, mais il regardait dans sa direction par-dessus son épaule, et leurs regards se croisèrent.

Ne sachant trop comment interpréter son expression, Francesca s'esquiva en hâte.

— Francesca !

Elle pivota sur ses talons, pour se retrouver nez à nez avec son frère, Evan. Grand, brun, presque trop beau, il lui attrapa la main.

— J'aimerais te présenter quelqu'un, dit-il, les yeux pétillants.

Elle eut beau essayer, elle ne parvint pas à sourire. Pourquoi était-elle si bizarre ? Que lui arrivait-il ? Elle n'était tout de même pas à bout de souffle parce qu'elle trouvait Bragg séduisant ? Elle était une adulte raisonnable, une personne sensée, réfléchie. Pas du tout le genre à succomber à quelque stupide et soudain toquade !

— Francesca ? Hou, hou ! Tu m'écoutes ?

Evan la tirait par la main. Avec ses cheveux noirs bouclés, il lui rappelait quelque poète ou dieu grec.

— Excuse-moi, fit-elle avec un sourire, en libérant sa main pour se masser les tempes. Je suis désolée. Je ne sais pas ce qui m'arrive.

— Tu étudies trop, la taquina-t-il.

Il l'entraîna à travers le hall jusqu'au grand salon, à présent rempli de monde.

— J'ai hâte d'avoir ton avis, reprit-il avec son enthousiasme habituel. Il y a là quelqu'un que tu dois absolument rencontrer.

Il l'entraîna vers trois jeunes femmes d'à peu près son âge, dont certains visages lui étaient familiers, bien qu'elle eût été bien en peine de leur attribuer un nom. Elle n'avait pas d'amies en dehors des clubs et de l'université. Elle avait toujours eu du mal à bavarder avec les jeunes filles qui assistaient aux réceptions données par sa mère. Celles-ci ne parlaient que mode et messieurs alors qu'elle-même préférait s'entretenir de l'actualité. Les rires se turent lorsque son frère et elle s'arrêtèrent devant les trois invitées. La façon dont elles contemplèrent Evan était du plus haut comique.

Il est vrai qu'il était *le* bon parti par excellence. L'héritier des Cahill, tout le monde le savait.

Evan sourit, et Francesca, amusée, suivit la direction de son regard. Bien qu'il fût un excellent parti, ses liaisons n'étaient pas du genre à être acceptées par la bonne société. Bien entendu, elle feignait d'ignorer la pléiade de splendides maîtresses, et leur mère fermait volontairement les yeux sur ces frasques. Elle était donc d'autant plus étonnée que son frère lui présente une jeune fille convenable. Qu'est-ce que cela pouvait bien signifier ?

Elle venait de remarquer qu'une des jeunes personnes n'avait pas couvé Evan des yeux.

— Francesca, voici Mlle Marcus, Mlle Berlendt, et Mlle Channing. Mesdemoiselles, ma sœur, Francesca Cahill.

Il y eut un chœur de bonsoirs et de petits rires. Deux des trois jeunes femmes rougirent, ce que Francesca trouva drôle. Elles étaient tellement transparentes !

Mlle Channing exceptée. Francesca se tourna vers la seule qui ne rougît pas, ne pouffât pas, ne parlât pas. C'était une petite brune au teint pâle et aux grands yeux bruns expressifs.

Sarah Channing lui rendit son regard. Comme elle, elle ne portait pas de rouge, mais contrairement à la sienne, sa robe était surchargée de volants et de ruchés, et ornée d'un énorme nœud lavande. Cette toilette aurait été catastrophique sur la plus belle des créatures. Sur Sarah Channing, elle était grotesque.

Francesca ressentit un élan de pitié.

— Mlle Channing et moi nous sommes rencontrés l'autre jour au *Sherry*. Je déjeunais avec un ami, et elle était en compagnie de sa mère.

Evan sourit, et se rapprocha de Mlle Channing.

Francesca en demeura bouche bée. Elle se reprit en hâte.

— Un charmant restaurant, commenta-t-elle.

Elle examinait avec une réelle surprise la jeune femme qui n'avait pas encore dit un mot et qui, pour être franche, lui semblait trop banale pour plaire à un garçon comme son frère.

Sarah esquissa un sourire.

— J'y ai souvent déjeuné, reprit poliment Francesca afin de la mettre à l'aise.

— Oui, dit celle-ci à voix basse.

— Un charmant établissement, en effet, observa l'une des autres jeunes femmes.

Ce devait être Mlle Berlendt, une brune aux étonnants yeux verts et à la silhouette sculpturale. Exactement le genre de jeune personne avec qui son frère aimait marivauder. Or il ne lui accordait pas un regard.

— Je l'adore, moi aussi, renchérit la petite blonde, Mlle Marcus. L'autre jour, maman et moi nous y sommes arrêtées au retour d'une séance de shopping. J'avais acheté chez *Macy's* une ravissante paire de gants et une merveilleuse crème pour le visage.

L'autre jeune femme enchaîna aussitôt, et la conversation se mit à rouler sur les mérites comparés de *Macy's*, de *lord and Taylor's*, et de *Bergdorf Goodman's*, quelques-uns des magasins les plus huppés de la ville. Mais Francesca n'écoutait plus leur bavardage, car Evan s'était penché sur Sarah et lui demandait l'autorisation de l'escorter jusqu'à la salle de bal. Certes, Francesca n'aurait pas dû écouter, pourtant elle tendit l'oreille.

Sarah regarda fugitivement Evan. De toute évidence, elle était fort timide.

— Volontiers.

Francesca était stupéfaite. Son frère nourrissait-il une affection particulière pour Sarah Channing ? La jeune femme ne prononçait pas un mot et, visiblement, elle n'avait guère de caractère. Francesca n'en croyait pas ses yeux. C'était tellement surprenant !

Evan offrit son bras à Sarah.

— Allons-y.

Il hésita un instant avant de reprendre :

— Francesca, pourquoi n'irais-tu pas rendre visite à Mlle Channing, un de ces jours ?

— Eh bien...

Francesca se voyait difficilement refuser mais, au nom du Ciel, de quoi parleraient-elles ?

Elle s'imaginait avouant à Sarah qu'elle étudiait à Barnard. Ou elle l'inviterait à se joindre à elle pour une visite de charité à Blackwell Island. La pauvre s'évanouirait, elle en était certaine !

— J'en serais ravie, murmura Sarah.

Elle semblait tout aussi réticente qu'elle-même… ou était-ce seulement de la timidité ?

— Je viendrai, naturellement, dit bravement Francesca.

Cette jeune femme devait être en manque d'amies.

Tout sourire, Evan s'éloigna avec Sarah.

Francesca les suivit discrètement. Evan parlait sans cesse, tandis que Sarah écoutait, la tête inclinée de côté. Une seule fois, elle lui sourit brièvement.

Francesca ne savait que penser. Son frère était un jeune homme brillant, passionné – comme tous les Cahill. Même leur mère était capable de formuler avec force ses opinions, le cas échéant. Francesca songea à toutes les discussions qu'elle avait partagées avec son frère, à ses passions, à ses convictions. Outre qu'il était fort séduisant, il aimait les automobiles, la chasse, la voile, le polo, le ski… Se pouvait-il qu'il fût réellement intéressé par une jeune femme aussi insignifiante ?

Elle se rappela que les contraires s'attiraient.

— Elle est vraiment étrange.

La remarque était faite sur un tel ton que Francesca s'immobilisa. Elle était certaine que la personne qui l'avait lancée, l'une des jeunes femmes qu'elle venait de quitter, faisait référence à Sarah Channing. Francesca avait beau la connaître à peine, elle était prête à prendre la défense de la dernière passade d'Evan – si elle ne se trompait pas.

— Complètement excentrique, renchérit l'autre jeune femme, la blonde, qui n'avait plus l'air ni frivole ni sotte.

Tandis qu'elles s'éloignaient, la brune observa :

— Elle est tellement distante ! Peut-être se croit-elle supérieure parce qu'elle est une Cahill. C'est l'impression qu'elle donne en tout cas. Elle nous regarde sans nous voir, comme si nous étions... des vers de terre ! Ma foi, si elle n'était pas née Cahill, bien peu de portes lui seraient ouvertes, j'en suis persuadée. Si ravissante fût-elle, elle n'aurait pas un seul prétendant, avec ses opinions et ses manières viriles.

Francesca était pétrifiée.

La brune se tourna à demi et lui décocha un regard froid.

Des manières viriles ?

Des vers de terre ?

Francesca traversa lentement le salon, se rappelant qu'elle n'avait que faire de l'opinion de ces deux personnes. Pourtant, les larmes lui montèrent aux yeux.

Furieuse, elle les ravala.

Elle ne voulait pas être distante. Elle ne voulait pas regarder les gens de haut. L'avait-elle vraiment fait ?

Elle quitta le salon, profondément secouée. Elle s'immobilisa, s'appuya au mur, sachant qu'elle devait absolument se rendre à la salle de bal. Elle respira un grand coup.

Est-ce que tout le monde la jugeait étrange ? Grossière ?

Elle songea soudain à Bragg. L'avait-il trouvée bizarre ? Considérait-il qu'elle avait des opinions viriles ? Seigneur ! Si c'était le cas, elle en mourrait !

Elle cligna des yeux afin de refouler ses larmes.

— Balivernes ! murmura-t-elle. Je suis une intellectuelle, alors qu'elles ne veulent rien d'autre que se marier et courir les boutiques. Nous vivons dans des mondes différents, il est tout à fait normal qu'elles me trouvent étrange. Cela n'a aucune importance.

— Francesca ? Tu montes... Oh, que se passe-t-il ? s'écria Julia.

Francesca se figea, prise en flagrant délit d'essuyer une larme. Sa mère était la dernière personne à qui elle eût envie de parler.

— Bien sûr que je monte, maman, répondit-elle d'un ton un peu trop enjoué.

Julia s'arrêta près d'elle.

— Tu sembles bouleversée. Que s'est-il passé, Francesca ?

La jeune fille fit brusquement face à sa mère et s'entendit déclarer :

— Je ne sais pas pourquoi vous m'imposez ça, maman. Je suis une intellectuelle, je n'ai rien de commun avec tous ces gens !

Julia l'examina un instant, puis elle sourit et lui prit le bras.

— Tu es jeune, tu es belle, et tu as beaucoup de points communs avec les jeunes femmes présentes ce soir. Tu n'es pas différente, Francesca, et cesse de te persuader du contraire, cela ne mène à rien. Je t'en prie, pour une fois écoute ce que je te dis. Je suis ta mère, et personne ne t'aime plus que moi. Personne ne souhaite ton bien autant que moi.

Julia sourit, certaine d'avoir eu le dernier mot.

Sa mère ne comprendrait jamais ! Francesca parvint à esquisser un sourire.

— Je suis différente, s'entêta-t-elle. Et je suis très lasse.

— Montons ! Le bal va bientôt commencer. Et attends d'avoir vu le buffet ! ajouta Julia en la guidant vers la porte.

Francesca n'avait pas le choix, ce qui était fréquent avec sa mère. Comme elles s'éloignaient, elle sentit un regard peser sur elle et elle jeta un coup d'œil pardessus son épaule, en profitant pour se dégager de l'étreinte de sa mère.

Elle croisa le regard de Montrose et se raidit.

C'était la première fois qu'il la regardait de toute la soirée, et elle ne savait pas quoi faire, aussi ne fit-elle rien.

Il salua galamment avant de se détourner.

— Bonjour, belle dormeuse.

Francesca ne dormait pas, mais elle dérivait confortablement entre sommeil et conscience, savourant la chaleur de son lit douillet. Elle ouvrit les yeux à contrecœur, et vit Evan sur le seuil, qui lui souriait.

Soudain tout à fait réveillée, elle lança un rapide coup d'œil à la fenêtre. Il était largement plus de 7 heures – heure à laquelle elle se levait habituellement. Le soleil était déjà haut dans le ciel d'un bleu pur. Elle rabattit les couvertures et bondit hors du lit.

— Quelle heure est-il ? s'écria-t-elle, affolée.

Elle pensait à son examen de biologie.

— Du calme ! Il est 10 heures, mais nous sommes dimanche. Pas d'école, aujourd'hui.

Elle avait oublié. Elle ferma brièvement les yeux, soulagée, puis elle se précipita sur la porte pour la fermer.

— As-tu besoin de raconter mes histoires à toute la maison ?

Il sourit avec une affectueuse sollicitude.

— Tu as encore passé la nuit à étudier ?

Francesca enfila une robe de chambre de flanelle.

— Oui. J'ai un examen demain matin.

Il s'appuya à la porte, les mains dans les poches de son pantalon fauve.

— Tu ne crois pas que tu devrais tout avouer, Francesca ? Cela devient bien trop difficile. L'université dans la journée, les nuits à étudier, tout cela en continuant à mener une vie normale. Tu devrais dire la vérité à maman.

— Tu es fou ? Elle exigera que j'arrête mes études, or il n'en est pas question. C'est déjà assez compliqué comme ça de vous emprunter de l'argent, à Connie et à toi, pour payer les frais.

— Comment tiens-tu le coup ? Je ne t'ai jamais vue dormir si tard. Tu es épuisée.

— Mais non ! Je sais que tu t'inquiètes pour moi, Evan, mais je suis si heureuse ! Je t'en prie, ne dis surtout pas à maman que je me suis inscrite à Barnard. Tiens, rien que d'en parler à la maison me rend nerveuse, ajouta-t-elle en baissant le ton.

Il fit la grimace.

— Elle ne quitte jamais ses appartements avant midi.

— Il y a un début à tout...

Il haussa les épaules.

— Comme tu voudras. Que dirais-tu d'une promenade au parc, après le petit-déjeuner ? Cela doit être magnifique, avec la neige !

— J'adorerais ça, mais...

Elle hésita. Elle avait prévu de travailler toute la journée.

Il se rembrunit.

— Je comprends.

Il ouvrit la porte.

— Attends ! Que se passe-t-il entre Sarah Channing et toi, Evan ?

Il se retourna avec un sourire.

— Elle est délicieuse, non ?

Elle le fixa un instant.

— Délicieuse ?

Il hocha la tête, lui décocha un clin d'œil et sortit.

Il semblait épris. Délicieuse ? Francesca secoua la tête en se rendant à la salle de bains. Evan l'ignorait, mais l'été dernier, elle l'avait surpris avec une somptueuse rousse, un après-midi en semaine. Ils se promenaient dans Broadway, alors qu'elle-même faisait une course. Au premier regard, elle avait su qu'ils étaient amants.

Elle n'en avait jamais parlé à quiconque. Mais elle avait pris ses renseignements : la jeune femme était une actrice renommée du nom de Grace Conway, et elle était brillante, mondaine. Si Evan avait été amoureux de cette femme, comment pouvait-il à présent s'enticher de son contraire ? C'était stupéfiant.

Francesca descendit, vêtue d'une jupe bleu marine et d'un chemisier blanc. Elle avait noué ses cheveux en un chignon strict, puis, après coup, sans trop savoir pourquoi, elle avait mis une touche de fard sur ses lèvres et ses joues. Elle essayait d'oublier la soirée de la veille.

Lorsqu'elle arriva à proximité de la salle du petit-déjeuner, intime comparée à la grande salle à manger où sa mère organisait des dîners de cinquante couverts, elle se rendit compte que quelque chose n'allait pas. Son père et Evan parlaient d'une voix forte. Ils ne semblaient cependant pas se disputer.

Elle franchit le seuil.

— Pourquoi criez-vous, tous les deux ? demanda-t-elle, inquiète.

— Lis donc cela, Francesca ! s'exclama Evan en indiquant le *Times* que son père tenait à la main.

Ce dernier se leva et tendit le journal à sa fille.

— Le petit Burton a été enlevé, fit-il, l'air sombre.

Francesca lut le gros titre :

L'HÉRITIER BURTON ENLEVÉ.

Elle tressaillit et lut le sous-titre à haute voix.

— « L'enfant a disparu au milieu de la nuit. »

Elle leva les yeux, abasourdie.

— Je suis sûr que la police a déjà pris les choses en main, fit son père en traversant la pièce, Evan sur ses talons. Mais je me sens obligé de faire quelque chose.

— Vous avez l'intention de vous rendre chez les Burton ? Je vous accompagne, déclara Evan.

— Ils vont avoir besoin de tout le soutien possible, s'écria Cahill.

Les mots dansaient devant les yeux de Francesca tandis que son père et son frère sortaient de la pièce. L'article expliquait que Jonathan Burton avait été enlevé dans la nuit. Âgé de six ans, il avait un frère jumeau. Leurs parents étaient absents au moment où le drame s'était produit, car ils assistaient à un bal chez leur voisin, le millionnaire Andrew Cahill. Ils avaient constaté la disparition à leur retour. Le journaliste n'ayant rien de plus à dire, il brodait ensuite sur la vie des Burton.

Elle posa le journal.

Seigneur ! La veille, alors qu'Eliza dansait et riait, un criminel s'était introduit chez elle et avait enlevé l'un de ses enfants !

Francesca en était malade. Elle connaissait bien les deux adorables bambins, Jonathan et James. Quelques jours auparavant, elle avait fait grimper Jonathan sur sa monture et l'avait emmené se promener dans Central Park.

Était-ce l'année dernière que James avait mis une coccinelle dans sa citronnade ?

Eliza devait être bouleversée, songea Francesca, au bord des larmes.

F pour fourmis...

Elle se pétrifia. Puis se précipita dans la bibliothèque.

Le message à la main, Francesca sortit en hâte de la pièce. Ce mot qu'elle avait découvert la veille – et dont elle avait complètement oublié l'existence – concernait certainement le petit Burton. Mais pourquoi l'avoir laissé sur le bureau de son père ? Pourquoi pas chez les Burton ?

Dans le hall, elle s'arrêta net, frappée par une idée choquante. Celui qui avait enlevé Jonathan, ou son complice, était là la veille, au bal.

Elle se ruait vers la porte d'entrée, quand elle songea que l'enveloppe était également un indice important. Elle retourna dans la bibliothèque et fouilla dans le courrier. Où était-elle, bon sang ?

Elle finit par la dénicher, et repartit au pas de course.

— Mademoiselle Cahill ! appela l'un des valets de pied alors qu'elle ouvrait la porte à la volée.

Francesca ne lui prêta aucune attention. Elle dévala les marches glissantes en prenant garde de ne pas tomber.

— Mademoiselle ! Votre manteau ! Votre chapeau ! Vos gants !

Tandis qu'elle courait dans l'allée déneigée, Francesca remarqua à quel point le froid était glacial.

Elle atteignit enfin l'avenue. La propriété des Burton jouxtait la leur, mais ils n'avaient pas de jardin devant, juste une pelouse à l'arrière. La maison, à trois étages, donnait directement sur la rue.

Des attelages ainsi qu'une superbe Daimler étaient garés juste devant. Deux officiers de la police montée semblaient patrouiller entre la 61e et la 62e Rue. Déjà une foule de badauds s'était rassemblée devant la maison.

Francesca s'élança, le souffle court. Trois agents de police lui barrèrent aussitôt le passage.

— Désolé, mademoiselle, dit l'un d'eux. Pas de visites aujourd'hui.

Il la dévisageait d'un air méfiant.

Il devait la prendre pour une folle, à courir comme ça sans manteau.

— Je suis une amie de la famille ! s'écria-t-elle. Il faut que j'entre !

— Ordre du préfet de police en personne. Pas de visites, répéta l'agent.

— Je suis Francesca Cahill, j'habite juste côté, insista-t-elle en claquant des dents. Mon père est un ami personnel de Bragg. D'ailleurs, il était à notre réception, hier soir. Il faut que j'entre. Le préfet de police est-il là ? Je dois absolument lui parler, j'ai une information de la première importance à lui communiquer.

Les trois agents se concertèrent du regard, puis ils s'éloignèrent de quelques pas en chuchotant. Francesca était transie et commençait à perdre patience. L'un des agents s'approcha enfin pour lui annoncer qu'il allait l'accompagner à l'intérieur.

— Merci !

Une fois dans le hall, une vaste pièce lambrissée au plafond voûté et au sol de marbre, l'agent la conduisit vers ce qui devait être, si sa mémoire était bonne, un petit salon. Les portes étant ouvertes, Francesca vit aussitôt qui s'y trouvait.

Assise sur un sofa, Eliza sanglotait dans les bras de son mari. Lui-même était pâle comme un linge. Cahill et Evan se tenaient à leur droite, un inspecteur ventripotent aux énormes favoris à leur gauche. Derrière lui il y avait un autre inspecteur muni d'un badge. Bragg faisait face aux Burton, et tournait donc le dos à Francesca.

— Monsieur le préfet de police... commença timidement l'agent.

Bragg se retourna, et vit non pas l'agent mais Francesca. Son regard se fit aigu.

Il paraissait de méchante humeur. En fait, il n'était pas rasé et semblait avoir passé une mauvaise nuit. Francesca regretta presque d'être venue.

— Monsieur...

Il fit un pas vers elle.

— Bonjour, mademoiselle Cahill.

Son ton coupant était à la limite de l'impolitesse, et le petit salut qu'il lui adressa lui coûta visiblement un gros effort.

— Je crains que vous ne soyez obligée de revenir plus tard. Nous sommes sur les lieux d'un crime.

Il se tourna vers le policier.

— Raccompagnez Mlle Cahill chez elle. Personne ne doit pénétrer ici… N'ai-je pas été assez clair ?

L'agent pâlit.

— Si, monsieur. Bien, monsieur. Venez, mademoiselle.

Bragg saisit la poignée de la porte comme s'il voulait la lui fermer au nez.

Francesca l'en empêcha.

— Bragg ! J'ai un indice !

— Quoi ?

C'était Andrew Cahill qui s'était exclamé ainsi.

Francesca brandit la note froissée et l'enveloppe.

— J'ai trouvé ceci hier soir, dans la bibliothèque, expliqua-t-elle. Juste avant que vous entriez pour téléphoner. Je crois que cela concerne Jonathan.

Bragg lui arracha la feuille et l'enveloppe des mains et les parcourut rapidement. Elle le vit blêmir sous son hâle, et crut l'entendre jurer entre ses dents.

Burton avait bondi sur ses pieds.

— Qu'est-ce que c'est ? Une demande de rançon ?

Le message à la main, Bragg fixait Francesca.

— Non, mais il semblerait que Mlle Cahill ait raison. Entrez, mademoiselle.

C'était plus un ordre qu'une invitation. Francesca obtempéra, le cœur battant.

Il claqua la porte derrière elle.

3

Dimanche 19 janvier 1902, 11 heures

Bragg ne regardait plus Francesca.

— Robert, lisez ceci, dit-il d'une voix calme que démentait son expression tendue.

Robert Burton s'empara de la feuille d'une main tremblante.

— De quoi s'agit-il ? s'écria Eliza.

Elle avait les yeux gonflés.

— Qu'y a-t-il d'écrit ? insista-t-elle.

Francesca s'approcha d'elle et posa une main réconfortante sur son épaule, mais Eliza ne s'en rendit même pas compte.

— Au nom du Ciel, puis-je voir ce mot ?

Son mari le lui remit.

— Robert, y a-t-il quelqu'un susceptible de vous en vouloir, à vous ou à votre femme, au point d'enlever votre enfant ? demanda Bragg, le regard sombre.

Burton secoua la tête.

— Je suppose que j'ai quelques ennemis mais, Seigneur, ma réponse est non. Je ne connais personne qui serait assez fou pour enlever mon fils sous mon propre toit !

Il semblait sur le point de fondre en larmes.

— Mademoiselle Cahill.

Les mots claquèrent comme un coup de fouet.

Francesca sursauta.

— Oui ?

— Dites-nous exactement où – et comment – vous avez trouvé cette lettre.

Elle avala sa salive. Obtenir toute l'attention de cet homme la troublait étrangement, faisait monter en elle une intolérable tension. À moins que ce ne soit dû à l'horreur de la situation ?

— Je vous l'ai déjà dit. Il devait être environ 22 heures, et j'étais assise au bureau de papa dans la bibliothèque. Je réfléchissais.

Elle hésita, se rappelant précisément pourquoi elle s'était enfermée dans la bibliothèque, et elle évita le regard de Bragg.

— Il y avait devant moi le courrier de la journée. J'ai vu l'enveloppe marquée *Urgent* et j'ai trouvé cela tellement curieux que je l'ai ouverte.

Il la fixait, et elle ajouta vivement :

— Je n'aurais sans doute pas dû, mais je n'ai pas pensé à mal.

Si Bragg trouvait son attitude incorrecte, il n'en montra rien. Il faut dire qu'il avait des préoccupations autrement plus importantes. Il se mit à arpenter le salon à grandes enjambées rageuses.

Andrew Cahill tapota l'épaule de sa fille.

— Ce n'est pas grave, Francesca, la rassura-t-il.

Elle lui adressa un faible sourire.

— Je n'aurais pas dû l'ouvrir. Je suis désolée.

Bragg se tourna vers Cahill.

— Il me faudrait la liste de tous vos invités d'hier soir, ainsi que celle de vos employés, y compris ceux qui étaient en congé.

Cahill acquiesça.

— Mon épouse s'en occupera.

Bragg s'adressa ensuite à l'homme aux gros favoris.

— Murphy, veillez à ce que personne n'entre ni ne sorte de chez les Cahill avant que j'en aie donné l'autorisation.

— Très bien... commença Murphy.

Bragg lui coupa la parole.

— Je suis navré, Andrew, mais nous n'avons pas le choix. Je dois m'entretenir avec tous vos domestiques, et personne n'aura le droit de bouger jusqu'à nouvel ordre. Personne ne doit sortir d'ici non plus, Robert. J'aurai aussi besoin de la liste de vos employés.

Francesca était impressionnée par ses manières autoritaires. Elle se rendit compte qu'elle ne le quittait pas des yeux et s'obligea à détourner le regard. Si quelqu'un pouvait retrouver Jonathan Burton, c'était bien cet homme, songea-t-elle. Sa détermination semblait sans bornes.

— Je ne comprends pas, murmura Eliza. Pourquoi nous ferait-on une chose pareille ? Pourquoi laisser ce mot ? Que signifie-t-il ?

Elle se remit à pleurer. Son chignon se défaisait, des boucles tombaient sur ses épaules rondes.

Bragg s'agenouilla soudain devant elle et prit ses mains dans les siennes.

— Je retrouverai votre fils, madame Burton. Je vous le promets.

Il se releva tout aussi brusquement.

— Emportez cette lettre et l'enveloppe au quartier général, Murphy. Remettez-les à Heinrich. Je veux une douzaine d'hommes, non, deux, sur cette affaire. Je veux savoir quel type de machine à écrire a été utilisée. La marque et le modèle. Je veux ensuite le nom de tous les magasins de Manhattan qui vendent ou ont vendu cette machine. C'est compris ?

Murphy ouvrit de grands yeux.

— C'est une tâche impossible à réaliser, monsieur, sans vouloir vous offenser.

— Vraiment, inspecteur ? riposta Bragg d'un ton si froid que Francesca eut l'impression que la température de la pièce baissait d'une dizaine de degrés.

— Nous ferons de notre mieux.

— Plus encore. Dites aussi à Heinrich que je pense qu'il s'agit d'une machine à caractères interchangeables. Les cinq lettres capitales semblent imprimées plus profondément dans le papier.

Francesca haussa les sourcils. Elle aurait aimé examiner de nouveau le message, mais elle jugea préférable de s'en abstenir.

— Le papier est de bonne qualité. Trouvez duquel il s'agit exactement et quels libraires en vendent à Manhattan.

Murphy ne semblait pas enchanté.

— Bien, monsieur.

— Pensez-vous qu'un domestique ait enlevé l'enfant ? risqua Francesca.

Bragg fit volte-face. Visiblement, il n'appréciait pas la question.

Elle soutint son regard, et s'en félicita intérieurement, car Bragg était vraiment intimidant.

— Je voulais seulement faire remarquer qu'un domestique pouvait avoir volé du papier, car il semble que tout se soit déroulé dans la demeure des Burton.

Il plissa les yeux.

— Je me garderais de tirer une conclusion à ce stade de l'enquête. Je vous serais reconnaissant de bien vouloir laisser l'analyse des éléments aux autorités. C'est-à-dire à moi et à mon équipe d'inspecteurs, mademoiselle Cahill.

Francesca acquiesça à regret. Elle aurait voulu préciser que si le coupable était un domestique, il y aurait forcément une demande de rançon, l'argent étant un motif premier d'enlèvement.

Si la demande n'arrivait pas, c'était qu'ils avaient affaire à un fou.

— Je ne comprends toujours pas le sens de ce message, dit Eliza qui se leva et se mit à marcher de long en large en se tamponnant les yeux.

Francesca avait beau essayer d'imaginer ce qu'elle ressentait, elle n'y parvenait pas. Elle n'était pas mère, elle devait se contenter de compatir. Si seulement elle pouvait l'aider !

— Ce mot est étrange ! s'écria Burton, furieux. C'est à rendre fou !

Eliza se laissa retomber sur le sofa, les bras serrés autour d'elle.

Francesca vint s'accroupir près d'elle.

— Puis-je vous apporter une tasse de thé ? Ou, mieux encore, du sherry ?

Eliza la regarda enfin.

— Non, merci.

Puis elle prit la main de Francesca, la serra fort et éclata en sanglots.

Francesca ne savait plus que faire.

— Nous le retrouverons, murmura-t-elle d'une voix mal assurée, les yeux embués de larmes.

Elle sentit soudain un regard peser sur elle et se retourna lentement.

Bragg haussait les sourcils.

— *Nous ?*

Francesca lâcha la main d'Eliza et se redressa.

— Façon de parler.

Elle recula, se promettant d'éviter, à l'avenir, de marcher sur les pieds de cet homme.

— Quand Jonathan a-t-il été enlevé ? s'entendit-elle demander.

Il semblait sur le point d'exploser, aussi se hâta-t-elle d'ajouter :

— Bragg ! Je connais si bien ces enfants ! Depuis qu'ils se sont installés ici, voilà deux ans.

Il y eut un court silence. Bragg paraissait calmé, ou peut-être résigné.

— Nous ne savons pas, répondit Burton, à l'agonie. Jonathan était couché lorsque nous sommes partis. Nous sommes rentrés peu avant 1 heure, et il n'était plus là.

Il avait donc été enlevé entre 20 heures et 1 heure du matin.

Francesca jeta un coup d'œil circulaire dans la pièce. Eliza pleurait toujours dans les bras de son mari. Evan et Andrew affichaient des visages fermés. Bragg observait tout le monde, les poings serrés. Murphy et son collègue s'agitaient, mal à l'aise.

C'était terrible. Une tragédie. Mais ils retrouveraient Jonathan. De toute évidence, Bragg était un homme efficace. En fait, il avait l'air sur le pied de guerre.

Brusquement, Francesca fut frappée par une idée nouvelle.

— Bragg !

— Mademoiselle Cahill ?

— Je viens juste de comprendre que vous cherchiez deux hommes, et pas un seul.

Il ouvrit la bouche pour répondre, mais déjà elle continuait :

— Je veux dire, la note a été trouvée dans *notre* bibliothèque, ce qui n'a aucun sens. On a dû la déposer durant le bal, donc, quand les Burton étaient encore là. Ce qui signifie qu'une personne s'en est chargée pendant qu'une autre enlevait Jonathan.

Bragg lui décocha un regard noir.

— Excellent raisonnement, Francesca, approuva Evan. Mais pourquoi diable cette note s'est-elle trouvée chez nous et non chez les Burton ? Il aurait été plus simple de la laisser sur le lit de Jonathan.

Il avait raison, et elle n'avait aucune réponse à lui fournir, mais elle ne pouvait se retourner pour le lui dire, car Bragg la fixait comme s'il avait envie de l'étrangler.

— Raccompagnez Mlle Cahill chez elle, Murphy, ordonna-t-il avant de s'adresser directement à elle : Il se peut que le criminel soit extrêmement hardi, mademoiselle Cahill. Dans ce cas, il a enlevé l'enfant, l'a caché quelque part, puis il s'est rendu au bal donné par vos parents.

Francesca ouvrit de grands yeux.

— Il se peut aussi que la note ait été glissée dans votre courrier vendredi, ajouta-t-il.

Il était vraiment très intelligent ! se dit-elle.

Bragg se tourna vers son père et son frère.

— Je suis désolé, mais je dois vous demander de partir aussi, car j'ai énormément de travail. Je dois parler avec les Burton en privé.

— Bien sûr, fit Cahill qui lui tapa sur l'épaule. Bonne chance, Rick. Si quelqu'un peut résoudre cette affaire, c'est vous, j'en suis certain.

Bragg acquiesça sans sourire. Il était même mortellement sérieux. À cet instant, Francesca comprit quelle colossale pression pesait sur lui.

Elle ressentit soudain une grande compassion à son endroit. Il n'était préfet de police que depuis dix-neuf jours, et déjà il se trouvait confronté à un crime, qui ferait la Une des journaux jusqu'à ce qu'il soit élucidé. Il connaissait à peine ses hommes, ce qui représentait un lourd handicap. Et elle ne savait pas s'il avait l'habitude des enquêtes criminelles.

— Mademoiselle Cahill, reprit-il, ne sortez pas de la journée. J'aimerais m'entretenir avec vous quand j'en aurai terminé ici.

Francesca était déconcertée. Pourquoi voulait-il lui parler, alors qu'il venait de le faire ? Elle en éprouva une curieuse excitation. Elle ne souhaitait rien tant que de l'aider dans sa tâche.

— Très bien, dit-elle, renonçant instantanément à se rendre à la bibliothèque municipale comme elle l'avait envisagé.

Deux agents les escortèrent jusque chez eux. Peu après, la maison était sous surveillance policière.

Tandis que Julia, Andrew et Evan discutaient de l'enlèvement au salon, Francesca se rendit dans la bibliothèque.

F comme fourmis. Qu'est-ce que cela pouvait bien signifier ?

La vision d'une colonne d'insectes courant sur le sable pour regagner leur nid lui vint à l'esprit. Elle la chassa.

Pourquoi le mot avait-il été déposé chez eux et non chez les Burton ?

Était-ce une manœuvre destinée à les induire en erreur ?

Et si le message avait été glissé plus tôt dans la journée dans leur courrier, devant la porte ? Par erreur ?

Les mains sur les tempes, elle se mit à marcher de long en large. Cela signifierait que le mot avait été déposé avant l'enlèvement. Peu vraisemblable, mais pas impossible. Dans ce cas, le criminel était sûr de lui – mais aussi stupide. Car il avait laissé l'enveloppe au mauvais endroit !

Mais ce ne serait pas la première fois que cela se produisait. Il arrivait qu'ils reçoivent le courrier des Burton, et vice-versa.

Francesca était en ébullition. L'explication était plausible, mais cela voudrait dire qu'ils avaient affaire à un criminel, et pas deux. Non ?

Elle avait hâte de faire part de sa théorie à Bragg.

Elle allait quitter la pièce quand elle s'immobilisa. Peut-être ferait-elle mieux de garder ses opinions pour elle. Il ne semblait guère disposé à accepter son aide.

Une pensée lui traversa soudain l'esprit et elle se dirigea vers le porte-revues posé à côté du fauteuil préféré de son père, près de la cheminée.

Elle s'assit et sortit une demi-douzaine de journaux, parmi lesquels le *Harper's Weekly*, le *Times* et le *Herald*. Instinctivement, elle ouvrit le *Harper's*, qu'ils recevaient le lundi.

Elle trouva sans peine la caricature, et ne put s'empêcher de rire malgré le tragique de la situation.

Rick Bragg, en tenue de cow-boy avec éperons, bandana et Stetson, était monté sur une haridelle qui ruait sauvagement. Tout en tenant les rênes, il faisait feu avec deux six-coups. Plus important, le cheval était attelé à un chariot de la police qu'il tirait à vive allure. Dans le chariot se trouvaient le maire, l'air affolé, et un autre homme dont le badge indiquait *chef de la police*, ainsi que deux agents en uniforme. Leurs yeux écarquillés de peur étaient irrésistibles.

Plus comiques encore étaient les liasses de billets qui sortaient des poches des trois policiers.

La légende disait : *Le préfet Bragg entraînera-t-il la police avec lui ? Réformer ou ne pas réformer, telle est la question.*

L'expression de Bragg était si juste, si farouche, comme s'il avait l'intention d'emmener les policiers avec lui, de gré ou de force.

Elle posa la revue sur la table et repensa à Jonathan.

On n'avait réclamé aucune rançon. Pas encore... Mais elle ne pouvait se sortir cet élément de la tête. Et le message était si curieux...

La liste des invités de sa mère se trouvait sûrement dans son secrétaire. Elle n'hésita qu'une seconde avant de se ruer hors de la bibliothèque.

Par la porte de communication entre la chambre et le boudoir, elle aperçut une domestique qui changeait les draps. Elle se dirigea droit vers le petit bureau et dénicha la liste sans difficulté. Elle la parcourut rapidement.

Elle ne pouvait écarter la possibilité que le criminel fût l'un des invités, bien qu'il s'agisse plus probablement d'un domestique en quête d'argent. Ou même d'un voyou venu des bas-fonds. Elle se sentit pourtant obligée de recopier la liste, au cas où...

Bragg resterait plusieurs heures chez les Burton, car il avait prévu d'interroger toute la maisonnée. Recopier la liste lui prendrait environ une heure – il y avait à peu près cent cinquante invités. Elle se précipita dans sa chambre, tout excitée.

Elle commençait à peine à écrire quand la pendule sonna douze coups.

F pour fourmis. Si vous voulez revoir le garçon, soyez à l'angle de Mott et de Hester Street à 13 heures demain.

Elle bondit sur ses pieds.

Elle ignorait où ces rues se trouvaient précisément ; elle savait juste qu'elles étaient situées en centre-ville, dans un quartier plutôt sordide. Elle savait aussi que ce n'était pas une bonne idée de se dire que si elle partait maintenant, elle y serait à 1 heure.

Que faire ?

Le cœur battant, elle se mit à arpenter le tapis. Elle connaissait Jonathan, beaucoup plus qu'Eliza, mais elle admirait grandement la jeune femme. Peut-être pourrait-elle aider le petit garçon ?

Et si elle gênait la police ?

Elle secoua la tête avec colère. Elle était astucieuse, pleine de ressources. Elle pourrait sans doute se rendre utile. Bragg avait beaucoup à faire dans son nouveau poste. En outre, il serait certainement présent avec ses hommes. Ce ne serait pas si dangereux.

Il la tuerait dès qu'il l'apercevrait !

Il fallait qu'elle se déguise.

Sa décision prise, elle ne perdit pas de temps à réfléchir davantage. Elle sortit en trombe de la pièce et avisa une domestique qui passait dans le couloir.

— Psst ! Betsy ! Venez ici !

Elle l'entraîna dans sa chambre, ferma la porte derrière elles.

— Betsy, donnez-moi vos vêtements !

Elle avait laissé la voiture à deux pâtés de maisons de là, sur Mulberry Street. De savoir qu'elle était tout près du quartier général de la police la rassurait un peu, mais pas complètement. Elle avait beau être excitée, elle n'en avait pas moins peur.

Elle était accroupie contre la façade d'un de ces bâtiments qu'elle souhaitait voir disparaître. En fait, elle se trouvait dans le genre de quartier qu'elle ne connaissait que par les livres. C'était une chose de servir la soupe aux pauvres dans la cour d'une église, mais une tout autre de se retrouver là, sans domestique, environnée de toutes sortes d'individus.

La foule en haillons qui peuplait Mott et Hester Streets semblait indifférente au froid pour la bonne raison qu'il y avait six tavernes autour de la bruyante intersection, et qu'elles ne chômaient pas ! C'était dimanche, un jour où la vente d'alcool était interdite hormis dans les restaurants à l'heure des repas, pourtant des ouvriers, surtout d'origine allemande, en sortaient en vacillant, à divers degrés d'ébriété. Certains buvaient ouvertement leurs chopes de bière. Quelques femmes buvaient aussi, dans la rue. Des voyous traînaient sous les porches, ainsi que des mendiants, hommes et femmes, jeunes et vieux. Des colporteurs vendaient diverses marchandises – mitaines, cache-oreilles, remèdes – principalement des femmes russes coiffées de châles. Des enfants en guenilles couraient parmi la foule. Francesca vit une petite fille glisser la main dans la poche d'un homme, et en sortir sa bourse avant de s'esquiver en vitesse.

D'autres vendeurs proposaient des tourtes à la viande « chaudes » et de « délicieux » pieds de porc. Des femmes de mauvaise vie, assises sur les rebords de fenêtres en tenue choquante, n'hésitaient pas à héler les passants.

Parfois des charrettes passaient, vides.

Francesca avait l'impression de se trouver en terre étrangère. Ce pays que Jacob Riis avait si bien décrit dans son fameux ouvrage.

Elle était gelée. Pour parfaire son déguisement, elle portait une grande cape dont elle avait rabattu la capuche sur son visage. Mais le vêtement était élimé. Elle avait d'ailleurs décidé d'en offrir un nouveau à Betsy. Comme celle-ci était plutôt ronde, elle avait dû glisser un oreiller sous sa robe.

Non loin d'elle, il y avait des hommes âgés qui buvaient de la bière en jouant aux dés, mais elle ne leur prêta pas attention. Elle commençait à regretter son idée. Même ainsi déguisée, il lui semblait que tout le monde la remarquait.

Bragg attendait à l'angle opposé, en costume, chapeau melon et pardessus sombre. Il ne faisait pas mine de se mêler à la foule.

Les passants le contournaient largement en le considérant avec circonspection. Comme s'il y avait le mot « policier » écrit sur son front, songea Francesca.

Il était impatient, cela se voyait à la façon dont il marchait de long en large dans un petit périmètre, sans cesser de regarder autour de lui. Parfois il jetait un coup d'œil dans sa direction, et elle baissait vivement la tête.

Il n'y avait pourtant aucune chance qu'il la reconnaisse, sous son déguisement.

Elle était arrivée depuis une vingtaine de minutes, il devait donc être au moins 1 h 10. Bragg était justement en train de tirer une montre gousset de sa poche. Il referma le boîtier sèchement et se remit à arpenter le trottoir.

Francesca s'aperçut soudain que non seulement elle avait froid, mais qu'en plus un besoin naturel la taraudait. Elle décida de l'ignorer.

— M'dame, vous auriez pas un nickel ou deux, ou même un demi-dollar ? fit une voix enfantine dans son dos.

Elle pivota, et se retrouva nez à nez avec un gamin brun au teint blême et aux yeux en amande. Il souriait. Son visage était maculé de suie.

— S'il vous plaît… Ma mère est malade et on n'a rien à manger à la maison.

Francesca se pencha vers lui.

— Je suis désolée, mais je ne peux pas atteindre ma bourse pour l'instant, répondit-elle avec sincérité.

Si Bragg la voyait donner de l'argent à l'enfant, elle serait aussitôt démasquée.

Le petit ouvrait de grands yeux.

— J'croyais que vous étiez riche. Vous êtes une dame, hein ? Pourquoi vous restez accroupie comme ça ? Et pourquoi vous avez un coussin sur le ventre ?

Francesca tressaillit, puis s'empourpra et lança d'un ton furieux :

— Va-t'en !

Il se rapprocha, examina son visage toujours à demi dissimulé par le capuchon.

— Le coussin tombe, comme un bébé, dit-il enfin avec un sourire.

En effet, l'oreiller avait glissé jusqu'à terre. Elle le repoussa d'un coup de pied.

— Flûte ! Va-t'en immédiatement, petit ! insista-t-elle.

Le sourire du gamin s'épanouit, creusant deux fossettes dans ses joues.

— Seulement si vous me donnez un ou deux dollars.

Il avait augmenté son prix ! Francesca n'en croyait pas ses oreilles !

— C'est une fessée que je vais te donner ! s'écria-t-elle.

— Essayez, pour voir ! rétorqua-t-il sans se démonter. Je me mettrais à hurler, et le flic viendra, et alors qu'est-ce qui se passera ?

— Le flic ? parvint-elle à répéter.

Il lança un coup d'œil à Bragg.

— Là-bas. Le type au chapeau melon. Il y a des flics partout, ouais, m'dame.

— Flic veut bien dire « policier » ?

Il acquiesça.

— Ouais, et il y en a partout, aujourd'hui, répéta-t-il. Mais… Oh, oh, les voilà !

Une voiture de police remontait la rue, menée à un train d'enfer par quatre chevaux. Bragg releva la tête, stupéfait. Des agents jaillirent de la voiture pour se ruer dans l'un des saloons. Un policier ouvrit la porte d'un coup de pied si violent qu'elle sortit presque de ses gonds. Bragg se mit à crier. Les policiers en uniforme pénétrèrent dans l'établissement, matraques à la main. Francesca comprit ce qui se passait.

Elle assistait à une descente de police. Ils allaient fermer la taverne qui enfreignait la loi sur l'alcool.

Bragg avait collé le sergent contre le mur, et il hurlait, fou de rage. L'opération allait ruiner ses chances de contacter le ravisseur de Jonathan…

Soudain, un colosse se matérialisa non loin de Bragg, qui avait cessé de pester après le sergent. L'homme était mal vêtu et aussi peu reluisant que la plupart des gens du quartier. C'était lui qui devait prendre contact avec Bragg, devina Francesca.

Bragg le vit aussi.

Mais le costaud en veste sale tourna les talons et pénétra dans une taverne.

— Attrapez cet homme ! cria Bragg.

À cet instant précis, Francesca vit le garçon qui l'avait importunée se diriger en zigzaguant vers Bragg, tandis que deux policiers pénétraient dans la taverne où l'individu louche avait disparu. Sous le regard effaré de la jeune fille, le gamin fourra quelque chose dans la main de Bragg avant de s'enfuir à toutes jambes.

Bragg baissa les yeux sur un bout de papier froissé, puis il s'élança aux trousses du gamin. Tous deux disparurent dans Mott Street.

— Seigneur ! murmura-t-elle en rabattant sa capuche en arrière tout en se redressant.

Ce satané gamin servait de contact avec le ravisseur. Il travaillait pour ce sale type ! Et elle avait bavardé avec lui... Elle n'arrivait pas à le croire !

De la taverne, en face, lui parvenaient des cris ainsi que des bruits de mobilier brisé. Apparemment, une bagarre générale s'était déclenchée. Mais Francesca s'en moquait éperdument. Encore sous le choc, elle se dirigea vers l'endroit où attendait sa voiture.

C'est alors qu'elle aperçut le grand costaud qui avait fait mine d'aborder Bragg. Il lui souriait.

— Salut, beauté !

Le cœur de Francesca fit un bond dans sa poitrine. Elle était dans de sales draps !

Le sourire de l'individu révélait une rangée de dents jaunes et cariées.

— Qu'est-ce qu'une dame riche fabrique ici, avec nous autres, pauvres ? s'étonna-t-il.

Francesca n'y réfléchit pas à deux fois. Elle sortit sa bourse et la lui lança.

— Tenez, dit-elle avant de faire volte-face pour s'enfuir.

Elle n'avait pas fait deux pas qu'il la saisit par sa capuche et l'attira brutalement contre son énorme torse.

— J'crois que c'est mon jour de chance, ricana-t-il.

Il avait l'haleine fétide. Écœurée, Francesca tenta de se dégager, mais il resserra son étreinte, aussi se mit-elle à hurler.

Sans cesser de sourire, il la serra davantage contre lui et pressa sa bouche répugnante sur la sienne.

Francesca lui flanqua un coup de talon sur le pied, et il s'écarta en jurant. Il ne l'avait toutefois pas lâchée, et elle cria de nouveau, à pleins poumons.

Il devait y avoir une centaine de personnes dans cette rue, cependant personne ne semblait l'entendre, ou plutôt, tout le monde s'en moquait.

Les policiers étaient tous à l'intérieur de la taverne.

— C'était pas très gentil de votre part, ma p'tite dame, grinça le malfrat.

Francesca croisa son regard, et se rendit compte qu'elle était vraiment en mauvaise posture.

Quand soudain il poussa un cri.

Baissant les yeux, elle vit le petit mendiant qui lui flanquait des coups de pied dans les tibias.

Profitant de cette distraction, Francesca donna un coup de genou dans les parties viriles de son agresseur qui la lâcha instantanément et s'effondra à terre en gémissant.

— Courez, m'dame, courez ! cria le garçon en lui attrapant la main.

— Pas par là ! répliqua Francesca qui lui fit faire demi-tour.

Ils s'élancèrent à travers la foule, bousculant femmes et enfants dans leur hâte à échapper à l'ignoble individu.

Francesca jeta un coup d'œil par-dessus son épaule. Bon sang, il les suivait !

— Plus vite, m'dame ! l'encouragea le gamin, qui la précédait, à présent.

De toute évidence, il avait l'habitude de se faufiler ainsi parmi les gens, cela devait lui arriver plus souvent qu'à son tour.

Ils bifurquèrent dans Mulberry Street, qui était pire encore qu'Hester Street. Saloons, maisons closes, fumeries d'opium... les établissements louches se succédaient.

Enfin, Francesca aperçut son attelage.

Mais leur poursuivant n'avait pas renoncé. Au contraire, il avait regagné du terrain.

Le garçon bondit le premier dans la voiture.

— Allez, Jennings ! ordonna Francesca. Vite !

Elle était encore sur le marchepied quand le cocher fouetta son cheval. Le petit mendiant l'agrippa par le bras et la tira à l'intérieur du véhicule.

Francesca vit une énorme main accrochée à la portière, croisa un regard furibond. Mais déjà la voiture avait pris de la vitesse, plantant là le sinistre individu.

Francesca se laissa aller contre les coussins de la banquette, à bout de souffle, tremblant comme une feuille.

— Waouh ! fit le gamin en s'essuyant le front. On l'a échappé belle ! Ce Gordino, c'est vraiment un sale type, moi, je vous le dis !

Francesca l'attrapa rudement par l'oreille. Il poussa un cri.

— Qui es-tu ? Tu connais cet homme ? Qui est-ce ? cria-t-elle, furieuse contre elle-même, et encore secouée.

Après tout, elle venait d'être agressée !

— Vous me faites mal ! se plaignit l'enfant.

— Réponds-moi tout de suite !

Elle lui tirait sans pitié sur l'oreille. Elle avait été molestée ! Cet ignoble bonhomme l'avait embrassée !

— Je m'appelle Joel. Lui, c'est Gordino. Il descendrait sa propre mère s'il le fallait !

Le cœur de Francesca battait douloureusement dans sa poitrine. Elle se mit à trembler convulsivement, et dut lutter contre une atroce envie de vomir. Seigneur ! Cet infâme personnage avait essayé de glisser la langue dans sa bouche ! Elle lâcha enfin l'oreille du garçon.

— Descendre ? répéta-t-elle. Qu'est-ce que ça veut dire ?

Il se frotta l'oreille en grimaçant.

— Vous savez bien. Tuer. Assassiner.

— Il *tue* les gens ? fit-elle, effarée.

Joel hocha la tête.

— Il tue des gens et il n'est pas en prison ?

Francesca avait peine à le croire. Le gamin la regardait comme si elle n'était pas en possession de toutes ses facultés.

— Il y est allé plus de fois qu'on pourrait en compter.

Il haussa les épaules.

— Mais je crois que les flics le trouvent plus utile dans la rue.

Francesca fixait le garçon quand elle se rendit compte qu'on la regardait aussi. Levant les yeux, elle découvrit, à la hauteur de son attelage, une voiture dans laquelle se tenait Bragg. Son cœur bondit dans sa poitrine.

Il lui fit signe.

— Arrêtez-vous.

Francesca se hâta d'obéir. Elle frappa à la vitre de séparation.

— Arrêtez la voiture, Jennings, s'il vous plaît.

Cela n'augurait rien de bon. Rien du tout.

La voiture de Bragg s'immobilisa devant la leur, à angle droit afin de leur interdire tout mouvement. L'appréhension de Francesca grandissait de seconde en seconde.

— Bon sang ! cria Joel qui passa par-dessus Francesca pour tenter de descendre de l'autre côté.

Mais Bragg, qui avait bondi dehors, le rattrapa par l'épaule et le repoussa dans son siège.

— Assis ! ordonna-t-il.

Joel obtempéra, raide comme une statue, les joues toutes rouges.

Le préfet s'installa calmement en face de Francesca.

— Bonjour, mademoiselle Cahill.

Elle se trouva incapable de répondre.

Il tapa sur la vitre.

— 300, Mulberry, s'il vous plaît, cocher.

Curieusement, Jennings n'hésita pas. Il manœuvra l'attelage afin de rebrousser chemin.

Francesca n'aimait pas du tout le tour que prenaient les événements.

— Où allons-nous ? hasarda-t-elle d'une toute petite voix.

Bragg se permit un sourire froid.

— Au quartier général de la police.

4

Francesca respira bruyamment.

— Pourquoi au quartier général ? demanda-t-elle.

Comme si elle ne le savait pas ! Il était furieux. Comment avait-elle pu imaginer un seul instant qu'elle était capable de l'aider ?

— Nous avons quelques problèmes à aborder, répondit-il, le regard neutre.

Elle s'efforça de rester tranquille. Le bâtiment de grès devant lequel elle était passée peu de temps auparavant se profilait déjà, un peu plus loin. Elle l'avait certes déjà vu en dessin dans le *Times*, mais elle n'avait bien entendu jamais pénétré à l'intérieur. Des agents patrouillaient sur le trottoir devant l'immeuble, et pas mal de gens entraient et sortaient.

— J'aurais aimé discuter avec vous, mais je crains qu'il ne se fasse tard. Je dois rentrer à la maison.

Elle s'efforça de sourire, espérant contre toute attente éviter un entretien déplaisant. Il lui retourna son sourire sans répondre, tandis que Jennings arrêtait l'attelage devant l'entrée.

Francesca jeta un coup d'œil à Joel, et elle lui serra le bras, autant pour le rassurer que pour se donner du courage. Le garçon était sur des charbons ardents, il semblait prêt à prendre ses jambes à son cou à la première occasion.

Bragg sauta à terre et tendit la main à Francesca. Elle l'accepta, intensément consciente de son contact. Elle recula, mal à l'aise, tandis que la voiture de Bragg se parquait derrière la sienne. Deux inspecteurs firent sortir Joel de son attelage.

Bragg lui fit signe de la précéder.

— Que comptez-vous faire de ce garçon ? s'enquit-elle en passant devant lui.

L'un des inspecteurs avait posé une grosse main autoritaire sur la maigre épaule du petit, qui ne manqua pas de s'en plaindre avec véhémence.

— Il détient une information qui m'intéresse, répondit Bragg, ignorant les protestations de l'enfant.

Francesca était de plus en plus inquiète. Il semblait si menaçant ! Cela n'augurait rien de bon ni pour elle ni pour Joel.

Ils s'arrêtèrent dans le hall, et elle promena les yeux autour d'elle, oubliant un instant le sort qui l'attendait. Elle n'était jamais entrée dans un commissariat, et encore moins dans le quartier général de la police. Plusieurs officiers se tenaient derrière un comptoir, en face d'une rangée de bancs, et il y avait des agents partout, en uniforme ou en civil. Elle entendait le bruit intermittent d'une machine à écrire, celui du télégraphe, des sonneries de téléphone. Un homme à la mine patibulaire, menotté, était encadré par deux agents. Brusquement toutes les histoires horribles qu'elle avait lues sur la police lui revinrent à l'esprit.

D'innocents passants maltraités. Des gens jetés en prison pendant des jours et des jours dans les pires conditions pour des crimes qu'ils n'avaient pas commis. Mais ce n'était sûrement pas ce qui allait lui arriver. Après tout, elle était une Cahill, et Bragg était un ami de son père.

Le pire à quoi elle puisse s'attendre, c'était une polie mais verte semonce. Un coup d'œil à Bragg l'en fit soudain douter. Et ce pauvre Joel ?

Elle lui adressa un sourire qu'elle voulait réconfortant.

— Bragg, risqua-t-elle, ce n'est qu'un enfant…

— Thomson, accompagnez Mlle Cahill dans mon bureau. J'en ai pour un petit moment, ajouta-t-il à l'intention de Francesca. Attendez-moi.

Sur ces mots, proférés d'un ton sans réplique, il pivota et fit signe à ses hommes qui le suivirent dans l'escalier avec Joel.

Ce dernier jeta un regard suppliant à Francesca. Elle lui répondit d'un faible sourire qu'elle espérait encourageant.

— Mademoiselle Cahill ?

Un inspecteur lui indiquait l'ascenseur.

L'attitude de Bragg ne lui disait rien qui vaille, mais elle n'avait pas le choix. Elle entra dans l'habitacle et, quelques instants plus tard, elle se retrouvait dans le bureau de Bragg à l'étage. Seule.

Son inquiétude disparut tandis qu'elle regardait avidement autour d'elle en essayant de se rappeler que la curiosité était un vilain défaut qui lui avait souvent joué des tours par le passé.

Mais le combat était perdu d'avance. Elle s'approcha du bureau. Il était deux fois moins grand que celui de son père et couvert de livres, de papiers, de dossiers. Visiblement, le préfet de police lisait beaucoup et ne renâclait pas devant l'ouvrage. Un fauteuil canné se trouvait derrière le bureau, mais il était tourné vers la fenêtre, et Francesca sourit en imaginant Bragg assis là, perdu dans ses pensées.

Elle remarqua qu'il y avait de nombreuses photographies sur le manteau de la cheminée, que les deux chaises face au bureau étaient si vieilles qu'elles avaient perdu leur couleur, et que le petit tapis était usé jusqu'à la trame.

Cette pièce aurait eu grand besoin d'une touche féminine.

Francesca s'approcha de la cheminée. Son regard s'arrêta sur une photo représentant Bragg et Low. Les deux hommes se serraient la main sur les marches de l'hôtel de ville. Sans doute avait-elle été prise le Jour de l'an, quand Bragg avait été nommé préfet de police.

Elle examina les autres photographies. Bragg et Carnegie, Bragg avec Andrew Cahill et deux hommes qu'elle ne reconnut pas, Bragg avec Platt et Theodore Roosevelt – sans doute avant que ce dernier eût été élu président des États-Unis. Francesca était impressionnée.

Il y avait également une photo de lui en compagnie d'une douzaine d'autres hommes sur le porche de l'*Union Club*, et une autre avec un homme âgé en face du *Fifth Avenue Hotel.* La dernière, tout au bout de la rangée, retint plus longuement l'attention de Francesca. Bragg entourait du bras la taille d'une jeune femme ravissante. Deux garçons et une fille impeccablement coiffés et habillés se tenaient devant eux.

Sa famille ? Elle reçut un petit coup au cœur. En fait, elle ne savait rien de lui. Elle le croyait célibataire parce qu'elle n'avait jamais entendu dire qu'il était marié, et qu'il était venu seul au bal. Elle examina la photo avec attention, cherchant quelque ressemblance entre la jeune femme et Bragg. En vain. En revanche, les enfants lui ressemblaient beaucoup.

Troublée, et même consternée, elle gagna la fenêtre, derrière le bureau, en se reprochant son indiscrétion. Tout cela ne la regardait absolument pas !

Il y avait encore de la neige sur les trottoirs, mais elle était à présent toute sale. Finalement, ce n'était pas très différent de Hester et Mott Street, songea-t-elle. Les passants avaient tous l'air de voyous, de mendiants ou de pickpockets. Comment ces gens osaient-ils vaquer à leurs occupations illicites sous les yeux de la police ?

Tandis qu'elle parcourait la rue du regard, deux hommes se lancèrent dans une violente bagarre. L'un d'eux s'affala dans le caniveau, pratiquement aux pieds des agents qui firent mine de ne rien voir.

Francesca allait se détourner quand elle aperçut une femme qui entrouvrait son manteau devant un passant. Elle secouait la tête, incrédule, lorsque la femme accepta quelque chose de l'homme – de l'argent, sûrement –, puis l'entraîna de l'autre côté de la rue. Les yeux écarquillés, Francesca les vit descendre les marches d'un établissement en sous-sol. Elle devina ce qui allait se passer ensuite.

Elle revint à Bragg. Si seulement il s'était montré un tant soit peu compatissant, ou même amical. Mais il avait été abrupt, professionnel. Il s'était comporté en préfet de police.

Bien sûr elle n'ignorait pas ce qu'il voulait. Il allait exiger de savoir ce qu'elle faisait au carrefour de Mott et de Hester. Et que répondrait-elle ? Quelle excuse invoquer ?

Elle ferma les yeux. Elle aurait tant aimé savoir ce que disait le deuxième message ! Si elle pouvait parler avec Joel ! Elle aurait tout donné pour être une petite souris pendant que Bragg l'interrogeait.

Il fallait *absolument* qu'elle sache de quoi il retournait.

Comme elle réfléchissait, son regard se posa sur la pile de papiers et de livres.

Son pouls s'accéléra.

Elle lança un regard vers la porte. La partie supérieure était en verre opaque, elle ne risquait donc pas d'être vue de l'extérieur. Elle s'humecta les lèvres. Elle n'aurait pas dû, pourtant elle se dirigea droit vers la table. Là, elle hésita.

Si Bragg la surprenait en train de fouiner dans ses affaires, elle aurait de sérieux ennuis. Était-ce un crime de lire les papiers d'un préfet de police ? Probablement.

Elle s'approcha davantage et parcourut les notes manuscrites posées sur la pile de papiers en s'efforçant de ne rien toucher.

« *Fourmis*, lut-elle. *Fourmis, sable, bois, parc. Central Park ? Champs, saleté, herbe.* »

Les mots étaient griffonnés au hasard sur la feuille. En marge, il y avait deux autres mots : *Burton* et *ennemis* soulignés trois fois.

C'était tout.

— Flûte !

Elle souleva la page, mais celle du dessous était blanche.

Elle examina le bureau. Rien d'autre ne semblait concerner l'affaire Burton. Afin de s'en assurer, elle se risqua à ouvrir un dossier beige, y vit des noms qu'elle ne connaissait pas, et le referma.

Elle réfléchit. Personne ne savait à quelle heure Jonathan avait été enlevé. Il fallait qu'elle le découvre. Bragg en avait-il déjà une idée ? Si seulement elle avait pu interroger les domestiques des Burton elle-même !

Bragg avait certainement été tiré du lit peu après 1 heure du matin. Et il se trouvait chez les Burton à 10 heures. Quand avait-il trouvé le temps de rédiger ces quelques mots ? Peut-être juste avant le rendez-vous de 13 heures. De toute façon, il n'avait pas passé beaucoup de temps dans son bureau depuis l'enlèvement, ce qui expliquait qu'il n'y eût pas davantage de commentaires sur sa table de travail.

Francesca ne put s'empêcher de déplacer quelques livres et dossiers, mais elle ne découvrit rien d'intéressant. Elle songeait à ouvrir un tiroir quand il entra.

Elle lui sourit. Dieu merci, elle se tenait simplement derrière le bureau ! S'il était entré une minute plus tôt, il l'aurait prise la main dans le sac.

Son regard passa d'elle à sa table, et il ferma lentement la porte.

— Vous cherchiez quelque chose ? s'enquit-il.

Il était en bras de chemise et gilet, ses manches étaient relevées jusqu'au coude, révélant des avant-bras musclés. Il avait dénoué sa cravate, et desserré son col.

— Bien sûr que non ! s'écria Francesca avec un brillant sourire.

« N'en fais pas trop », s'avertit-elle. Il n'était pas stupide !

— Je regardais la vue, ajouta-t-elle, étonnée de se découvrir une telle aptitude au mensonge.

Il s'approcha et se percha de biais sur le coin du bureau.

— La vue ? répéta-t-il. Oh, vous voulez dire le merveilleux spectacle qu'offrent les pickpockets, les mendiants et les voyous ?

Elle se redressa. Il n'était guère aimable...

— Je ne suis jamais venue dans ce quartier, alors inutile de vous moquer de moi.

— Excusez-moi.

Il jeta un coup d'œil à ses notes.

— Vous avez trouvé quelque chose d'intéressant ?

Elle se sentit violemment rougir.

— Vos notes ont attiré mon regard, avoua-t-elle enfin. Je suis désolée.

Il soupira, et se massa les tempes. Comme il avait les yeux baissés, Francesca pouvait l'observer à sa guise, elle ne s'en priva d'ailleurs pas. Il semblait exténué, et elle en fut profondément émue.

— Je suis désolée, répéta-t-elle.

Elle ne voulait surtout pas ajouter à ses soucis.

Leurs regards se croisèrent, et Bragg se leva, toute vulnérabilité évanouie.

— Asseyez-vous, mademoiselle Cahill, dit-il du même ton autoritaire que celui qu'il avait employé avec Joel un moment plus tôt.

Anxieuse, elle se laissa tomber dans son fauteuil et agrippa le rebord du bureau.

— Je vais vous expliquer.

— Vraiment ? J'ai hâte de vous entendre. Dites-moi ce qui vous a pris de venir au rendez-vous.

Le regard doré était intransigeant.

— Je voulais aider, répondit-elle à voix basse.

— *Aider ?* s'écria-t-il. Est-ce que vous croyez que vous faire violer par cette brute de Gordino aurait aidé qui que ce soit ?

Elle fut prise de court.

— Co... comment savez-vous ?

— Notre jeune ami m'a tout raconté, dit-il, un peu radouci.

Ainsi campé sur ses jambes, il n'avait pas l'air du tout commode.

— J'attends toujours votre explication, ajouta-t-il.

Elle avait du mal à parler.

— J'aime énormément ce petit garçon, dit-elle enfin, faisant allusion à Jonathan Burton. C'est un crime atroce, et j'ai pensé qu'il serait peut-être là, et que vous pourriez avoir besoin de mon aide !

Il haussa les sourcils d'un air sceptique. Sans lui laisser le loisir de faire un commentaire, elle se leva et enchaîna :

— Le mot que vous a remis Joel venait-il de celui qui a enlevé Jonathan ? Est-ce une demande de rançon ? Joel vous a-t-il dit pour qui il travaillait ? Savez-vous qui a enlevé Jonathan, ou avez-vous un suspect ?

Il ouvrit de grands yeux.

— Asseyez-vous ! aboya-t-il.

Elle se garda de protester.

Il se pencha vers elle par-dessus le bureau.

— Un nouveau décret est passé récemment, dit-il d'une voix dangereusement basse. Savez-vous que c'est un grave délit que de faire obstruction à une enquête criminelle ?

Elle se raidit.

— Quoi ?

— Vous pourriez être accusée d'avoir fait obstruction à une enquête criminelle, mademoiselle Cahill. En êtes-vous consciente ?

Il se pencha davantage.

Elle secoua la tête et recula.

— Donc, vous ignorez la gravité de cette charge ? insista-t-il.

Leurs visages étaient tout proches, alors qu'elle était collée au dossier de son siège. Si elle reculait davantage, elle risquait de basculer en arrière. Elle n'osait plus respirer.

Était-ce une trace de whisky, mêlée au parfum musqué de son eau de toilette, qu'elle décelait dans son haleine ?

— Alors ?

— En effet, je l'ignore, murmura-t-elle, piquée au vif.

— Vous vous êtes rendue coupable d'un crime, mademoiselle Cahill, reprit-il sans la quitter des yeux. Un crime tout à fait sérieux. Un crime qui pourrait vous valoir jusqu'à dix ans d'emprisonnement dans un pénitencier fédéral.

Francesca se sentait horriblement mal. Elle n'avait jamais eu l'intention de commettre un délit.

— Envisagez-vous de me poursuivre, monsieur ? demanda-t-elle enfin.

Soit il ne l'entendit pas, soit il était trop contrarié pour lui répondre. Il se redressa.

— En tant que préfet de police, je pourrais vous jeter en prison sur-le-champ et vous y laisser jusqu'à votre procès.

Elle parvint Dieu sait comment à rassembler ce qui lui restait de courage et de dignité, et se leva si brusquement que le fauteuil tomba. Ils n'y prirent garde ni l'un ni l'autre.

— Monsieur, commença-t-elle d'un ton aussi ferme que possible compte tenu du fait qu'elle n'était pas habituée à ce que des hommes séduisants lui parlent ainsi, si vous agissiez ainsi, si vous essayiez seulement, vous ne garderiez pas votre poste très longtemps, à mon avis.

Ses yeux lançaient des éclairs, de peur mais aussi de colère, à présent. Comment osait-il la traiter ainsi ?

Elle crut qu'il allait s'étrangler.

— Vous *me* menacez ?

Elle craignit soudain d'avoir commis une erreur. Mais jamais, de toute sa vie, on ne l'avait traitée de cette façon ! Certes, Bragg n'avait pas tout à fait tort. Mais, tout de même, elle n'était pas l'une de ces prostituées qui vendaient leurs charmes à quelques pas de là. Ni une vendeuse à la sauvette. Elle était la fille d'Andrew Cahill, elle méritait un certain respect. Et son père était un ami de Platt, un ami encore plus intime de Roosevelt. Si ce dernier le décidait, la tête de Bragg ne vaudrait pas cher.

— Il était fort peu digne d'un gentleman de *me* menacer.

— Je n'ai jamais prétendu être un gentleman, mademoiselle Cahill, rétorqua-t-il.

Francesca n'aimait pas ça. Tous les hommes qu'elle fréquentait étaient des gentlemen – ou en avaient l'apparence. Médusée, elle ouvrit de grands yeux, sans rien trouver à répondre.

— Vous pouvez rentrer chez vous, lâcha-t-il finalement en croisant les bras. Et je suis certain qu'à l'avenir, vous laisserez la police faire son métier.

— J'essaierai.

Il secoua la tête, déconcerté.

— Je vous en prie, faites mieux qu'essayer, dit-il avant de poursuivre : Je n'ai pas le temps de veiller sur vous, mademoiselle Cahill. Je crains d'être assez débordé, en ce moment.

Francesca regretta de nouveau d'ajouter à son fardeau déjà si lourd.

— Je suis navrée, dit-elle du fond du cœur. Je n'avais pas l'intention de vous gêner dans votre enquête.

Il sembla accepter ses excuses, et quand leurs regards se croisèrent de nouveau, il n'y avait plus de colère dans le sien ni d'angoisse dans celui de Francesca. Immédiatement, ils se détournèrent.

Le bureau parut tout à coup infiniment petit. Trop petit pour eux deux.

— Vous retrouverez votre chemin ? demanda-t-il en décrochant son téléphone.

— Bien sûr.

Mais Francesca hésitait. Il haussa les sourcils d'un air interrogateur.

— Joel... Que va-t-il lui arriver ? demanda-t-elle vivement.

Bragg reposa le combiné.

— Ne vous inquiétez pas pour Kennedy.

— C'est son nom de famille ?

— Oui. Maintenant, si vous voulez bien m'excuser...

Il avait de nouveau décroché.

— Je vous en prie, dites-moi que vous n'allez pas l'enfermer dans une cellule avec une bande de vauriens...

— Mademoiselle Cahill, Joel Kennedy est peut-être un enfant, mais croyez-moi, il est beaucoup plus endurci que vous ou moi.

— Comment cela ? C'est un petit garçon ! s'exclama-t-elle. Où est-il ? Allez-vous l'arrêter pour son rôle dans cette affaire – son tout petit rôle ?

— Kennedy est un pickpocket bien connu de nos services, rétorqua Bragg, exaspéré. Tenez.

Il ouvrit un tiroir et en sortit un registre qu'il ouvrit devant elle.

— Qu'est-ce que c'est ?

Il y avait des photos sur la première page, des photos d'hommes avec leur nom inscrit dessous ainsi que les qualificatifs : *cambrioleur, pickpocket, fauteur de troubles.* Sur la deuxième, il y avait les photos de huit femmes, toutes qualifiées de « voleuse à l'étalage ».

— C'est un registre créé par l'un de mes prédécesseurs. Le dernier préfet de police n'en voyait pas l'intérêt, mais je le trouve personnellement très utile, et nous avons l'intention de le remettre à jour. Allez-y, tournez les pages.

Elle obéit, et finit par trouver le portrait de Joel, avec son nom et la mention « kid ».

— Vous disiez qu'il était pickpocket ?

— Il l'est. Un « kid » est un enfant pickpocket. Kennedy a des ennuis plus souvent qu'à son tour, et si j'étais vous, je ne le plaindrais pas trop.

— Il m'a sauvée des griffes de Gordino, lui rappela-t-elle.

Ils s'affrontèrent un instant du regard.

— Alors, qu'allez-vous faire de lui ? insista Francesca.

— Il va passer la nuit au poste, et sans doute le relâchera-t-on demain.

Elle croisa les bras.

— Vous allez le poursuivre en justice ?

Bragg avait la mâchoire crispée.

— Bonne journée, mademoiselle Cahill.

Il s'assit dans son fauteuil, reprit le téléphone et parla à l'opérateur. Un instant plus tard, il s'entretenait avec son correspondant comme si Francesca n'existait pas.

N'ayant pas le choix, elle sortit du bureau.

Ils étaient à deux pâtés de maisons du quartier général de la police quand Francesca aperçut une petite silhouette familière qui se glissait parmi la foule de Lafayette Street. Elle plissa les yeux et reconnut Joel Kennedy.

Il filait en jetant de fréquents coups d'œil par-dessus son épaule. Visiblement, il s'était enfui des locaux de la police.

Francesca frappa sur la vitre de séparation.

— Jennings ! cria-t-elle. Arrêtez !

Le coupé à peine arrêté, elle sauta à terre. Elle scruta la foule, mais n'aperçut pas de policier. Alors elle se mit à courir après Joel en l'appelant.

Il se retourna, la vit, mais continua sa course.

— Joel, arrête-toi ! Je veux t'aider !

Il s'immobilisa enfin et, une minute plus tard, il était dans la voiture. Il n'y avait toujours aucun agent en vue.

— À la maison, Jennings ! Vite, s'il vous plaît.

Le cocher obtempéra.

— Tu vas bien, Joel ? s'enquit Francesca en examinant le garçon.

Il secoua la tête.

— Que s'est-il passé ?

— Le gros type m'a frappé. Pour de vrai. Et fort.

— Quoi ?

Il lui lança un regard noir.

— Je les déteste, les flics. Tous des imbéciles !

Il n'y avait pas de traces de coups sur son visage, ce qui ne voulait rien dire.

— Je ne peux pas le croire ! s'exclama Francesca. Où t'a-t-il frappé ? As-tu besoin d'un médecin ?

Il la considéra un instant.

— Si j'en avais besoin, mademoiselle Cahill, comment je le paierais ?

— Ne t'occupe pas de ça, répondit-elle sans hésiter.

Il parut réfléchir, puis il se détendit visiblement.

— Dans le dos. Sûr que c'est tout rouge. Et vous ? ajouta-t-il prudemment. Je parie qu'ils ne vous ont pas frappée.

En d'autres circonstances, Francesca aurait éclaté de rire.

— En effet, répondit-elle, mais ils ont menacé de me jeter en prison.

Il paraissait incrédule.

— Non ! Ce sale flic, le préfet, il vous a menacée, *vous* ?

Francesca acquiesça.

— Comment t'es-tu débrouillé pour t'échapper ? demanda-t-elle.

Il eut un petit sourire fanfaron.

— C'était facile. Je suis tombé sur une cigarette et j'ai fichu le feu. J'ai profité de la panique pour me sauver. Ces balourds ont pas pu me rattraper !

Francesca sourit.

— Je vais te raccompagner. Où habites-tu ?

Il la fixa comme si elle avait perdu l'esprit.

— Partout. N'importe où.

Elle tressaillit.

— Mais... où sont tes parents ? Tu es orphelin ?

Il hocha la tête.

— Mon père est mort quand j'étais tout petit, de la syphilis. Ma mère quand j'avais six ans. Tu-ber-cu-lio-se.

— Tuberculose, rectifia-t-elle machinalement.

Elle éprouvait un élan de compassion pour lui, voleur ou non.

— Alors, où vis-tu ? Où dors-tu ?

— J'habite nulle part, répondit-il avec un haussement d'épaules. De toute façon, je n'ai rien. Je dors où j'en ai envie. Surtout sous les porches, quelquefois dans les poubelles, parce que c'est chaud.

Il afficha un air de défi.

— Et des fois, je rentre même dans les maisons des gens.

Il semblait très fier de lui.

— Bon, déclara Francesca. Est-ce que tu aimerais dormir dans un bon lit, avec un toit au-dessus de ta tête ?

Elle n'avait même pas pris le temps de réfléchir.

— Tu aimerais avoir trois bons repas tous les jours ?

Il plissa les yeux, méfiant.

— J'irai pas à l'orphelinat, mademoiselle. Pas question !

Elle lui tapota la main. Des chiffons étaient entortillés autour de ses mains, mais le bout de ses doigts était glacé.

— Il faudrait que tu travailles pour gagner honnêtement le vivre et le couvert, mais je suis sûre qu'il y a quelque chose pour toi aux écuries. On te paierait même des gages. Qu'en dis-tu ? conclut-elle en souriant.

Il ne répondit pas tout de suite.

— Tu ne préfères pas retourner vivre dans la rue, tout de même ?

— Je déteste vivre comme un chien ! s'écria-t-il avec véhémence.

— Alors, c'est décidé.

— P't-être.

Elle était étonnée.

— Qu'y a-t-il, Joel ? Je ne dirai pas au préfet de police où tu te trouves, si c'est ce que tu crains.

— Non, c'est pas ça qui m'embête. Ce qui m'embête, c'est que vous voulez quelque chose de moi, mais je sais pas quoi.

Il avait raison, et Francesca eut un petit rire gêné.

— Je veux te rendre service parce que tu es un petit garçon et que j'ai les moyens de le faire. Je souhaite effectivement obtenir ton aide, mais seulement si tu me l'offres de ton plein gré.

— P't-être, répéta-t-il. Qu'est-ce que vous voulez ?

Il était terriblement abrupt. Mais sans doute le serait-elle aussi si elle vivait comme lui.

— Qui t'a donné le message ? lâcha-t-elle. Celui que tu as remis au préfet Bragg ?

— Ça, c'est facile, répondit-il, visiblement soulagé. C'est ce vaurien de Gordino.

— Gordino ! s'écria-t-elle. Le sale type qui a essayé de m'embrasser et...

— Ouais, c'est ça !

Francesca ne croyait pas une minute que Gordino fût assez intelligent pour organiser un enlèvement, et encore moins pour le réaliser.

— Tu sais qui est son complice ?

— Non.

Elle se laissa aller contre les coussins, puis se redressa.

— Tu as sûrement lu ce message. Qu'y avait-il d'écrit ? s'enquit-elle, le souffle court.

— Je sais pas lire, répondit simplement l'enfant.

5

Dimanche 19 janvier 1902, 16 heures

Francesca sortit des cuisines où elle avait laissé Joel entre les mains de la gouvernante, Mme Ryan, avec des instructions précises. Pour l'heure, il dévorait quelques tranches de roastbeef, après quoi, on lui montrerait sa chambre, au-dessus de l'écurie contiguë au tout nouveau garage destiné aux automobiles. Dès le lendemain il commencerait à travailler, et tant pis s'il ne connaissait rien aux chevaux. Il n'en avait même sans doute jamais caressé un de sa vie.

Ce bref moment de satisfaction envolé, Francesca se tint immobile près de la porte de la cuisine, toujours vêtue de la robe de Betsy, sa cape sur le bras. Durant le trajet en voiture, elle avait tenté de refaire son chignon, en vain, car elle avait perdu la moitié de ses épingles, si bien que sa chevelure cascadait dans le dos jusqu'à la taille. Elle devait avoir fière allure !

Elle se trouvait à présent confrontée à une grosse difficulté ; comment regagner sa chambre discrètement ? Sortir avait été relativement facile. Ses parents et Evan discutaient au salon de l'affaire Burton. Mais c'était plusieurs heures auparavant, et on était dimanche. Evan était certainement sorti, en revanche, ses parents passaient souvent le dimanche à la maison, surtout par un temps pareil.

Il y avait bien un escalier au bout du couloir dans lequel elle se trouvait, mais il menait seulement aux quartiers des domestiques.

Elle redoutait de tomber sur sa mère, mais il fallait bien qu'elle se change. Elle avait tant à faire ! Elle voulait interroger le personnel, examiner la liste d'invités de sa mère dès qu'elle aurait fini de la recopier, et surtout, découvrir ce que contenait le deuxième message.

Elle se hâta le long du couloir, passa devant la salle à manger dont les portes étaient fermées. Lorsqu'elle atteignit le fond du hall, elle regarda autour d'elle. Personne. Elle tendit l'oreille mais ne perçut aucun bruit.

Tout le monde avait dû sortir ou se retirer dans les appartements privés, à l'étage.

Elle se précipita vers l'escalier. Elle atteignait le palier du premier quand elle entendit quelqu'un dans le hall. Elle se plaqua au mur, certaine qu'il s'agissait de sa mère.

— Francesca ?

On l'avait vue, mais ce n'était que l'époux de Connie, Montrose.

Elle sourit tandis qu'il la rejoignait.

Connie et Montrose vivaient tout près, sur la 62e Rue. Ils passaient souvent pour une petite visite impromptue ou pour dîner. Montrose était un homme fort impressionnant avec son bon mètre quatre-vingts. Francesca l'avait vu en tenue de polo, en costume de bain, en pantalon de golf, et il n'y avait pas un pouce de graisse sur sa robuste silhouette. Elle n'était pas particulièrement petite, mais auprès de lui, elle se sentait fragile, féminine. Il était aussi extrêmement bel homme. Ses épais cheveux étaient d'un noir de jais, ses yeux bleus lumineux, son nez droit, sa mâchoire virile et son menton s'ornait d'une fossette.

Les femmes l'adoraient et ne se privaient pas de l'admirer en chuchotant entre elles.

Connie et lui s'étaient mariés quatre ans auparavant, alors qu'il était veuf depuis un certain temps. Sa première épouse était morte d'un accident de voiture un an après leur mariage. Une terrible tragédie !

Francesca n'oublierait jamais sa première rencontre avec Montrose. On l'avait présenté à Connie, qui avait tout juste dix-sept ans, à l'époque, et tout le monde les avait trouvés fort bien assortis. Car il avait besoin de la fortune des Cahill, et Connie du titre de Montrose. C'était aussi simple que cela.

À quatorze ans, Francesca était fort timide, et elle n'avait même pas été capable de dire bonjour correctement, ce qui était terriblement humiliant.

Il s'arrêta juste en dessous d'elle, et la fixa d'un regard acéré.

— Seigneur, Francesca, que se passe-t-il ?

Elle ouvrit la bouche, mais aucun son n'en sortit.

— Vous allez bien ? insista-t-il en gravissant les marches qui les séparaient.

Elle hocha la tête. Pourquoi se transformait-elle systématiquement en bécasse muette en sa présence ? C'était toujours aussi vexant.

— Bonjour… Neil.

Elle lui parlait rarement, et elle prononçait encore plus rarement son prénom.

— Je vais bien… euh…

Il la parcourait de la tête aux pieds, et elle se sentit rougir. Elle détestait qu'il la vît vêtue de cette vilaine robe noire de domestique. Il avait beau être marié avec Connie, et elle-même ne pas être vaniteuse, elle ne pouvait s'empêcher d'avoir envie qu'il la trouve agréable. Au lieu de cela, il devait la considérer comme ordinaire et un peu gourde.

Elle ne songeait qu'à se sauver quand elle s'aperçut soudain qu'il ne regardait pas sa tenue mais sa chevelure dorée qui flottait librement sur ses épaules.

Il affichait une mine sombre, les yeux à demi clos comme pour dissimuler ses pensées.

— Que vous est-il arrivé, Francesca ?

Il avait ce ton typique de l'aristocrate britannique. Un ton qui donnait envie de se mettre au garde-à-vous et de saluer.

Il chercha son regard.

Francesca aurait aimé inventer un mensonge élaboré, mais elle en fut incapable tant elle était occupée à se demander s'il admirait sa chevelure en désordre ou s'il la critiquait. Connie avait les cheveux beaucoup plus courts et fins comme de la soie. Ils étaient magnifiques. Francesca se détourna. Déterminée à affabuler, elle ouvrit la bouche, mais ne put que souffler :

— Rien.

Sa mâchoire se crispa.

— Dites-moi seulement que vous allez bien. Sinon, je me sentirai obligé de parler à votre père.

— Non ! s'écria-t-elle en lui agrippant le bras.

Elle le lâcha aussitôt, comme si elle s'était brûlée.

— Je vous en prie, Neil, ne dites pas à mon père que vous m'avez vue ainsi ! supplia-t-elle avec l'énergie du désespoir.

Il la saisit par le poignet.

— C'est bien ce que je pensais, fit-il en s'assombrissant davantage.

Tremblante, Francesca regarda la grande main qui lui enserrait le poignet. L'image de sa sœur lui traversa l'esprit, et elle se dit que la vie était injuste. Si elle avait été l'aînée…

— Vous êtes certaine que tout va bien ? Vous n'êtes pas blessée ?

— Non, répondit-elle, surprise par sa sollicitude.

Il hocha la tête et sembla soudain se rendre compte qu'il lui tenait le poignet. Il la lâcha, et rougit légèrement.

— Ne recommencez jamais plus, Francesca.

Elle ouvrit de grands yeux. Pourquoi rougissait-il ? Elle recula d'un pas, croisa les bras. Il ne la quittait pas des yeux. Il ne pouvait absolument pas deviner d'où elle venait...

— Entendu, dit-elle prudemment.

Elle ne savait pas de quoi il parlait, mais jugea préférable d'entrer dans son jeu.

— Je veux que vous me le promettiez.

Leurs regards s'accrochèrent de nouveau. Elle ne pouvait le tromper. Elle ne pouvait faire une promesse qu'elle ne tiendrait sans doute pas. Elle se rendait cependant compte que leur échange n'était pas clair.

— Vous êtes très jeune, Francesca ! s'exclama-t-il. Je dois vous dire, et vous devez m'écouter : quel qu'il soit, n'acceptez plus de rendez-vous avec lui.

Elle mit un certain temps à assimiler le sens de ses paroles. Il pensait qu'elle revenait d'un rendez-vous galant !

— Alors ? insista-t-il.

Revenue de sa surprise, elle secoua la tête.

— Ce n'est pas ce que vous croyez, Neil.

Son cœur s'affolait. De façon perverse, elle était ravie qu'il imagine qu'elle avait rencontré un homme. Peut-être que lorsqu'il penserait à elle, dorénavant, il verrait autre chose que la bizarre petite sœur de Connie, incapable d'aligner trois phrases cohérentes en sa présence.

— Francesca si ce... salaud... était un gentleman, il vous courtiserait au grand jour. Je suppose donc que c'est un rustre, animé des pires intentions. Regardez dans quel état vous êtes !

Les gentilshommes n'utilisaient pas ce genre de vocabulaire devant les dames, et Francesca se rendit compte qu'il s'inquiétait sincèrement pour elle. Comme pour une sœur, ce qui était normal.

Elle aurait dû rectifier son erreur, mais au lieu de cela, elle déclara impulsivement :

— Je ne verrai plus jamais mon *amant*, Neil.

Elle n'aurait su dire qui, d'elle ou de lui, ces mots choquèrent le plus.

Car il la regardait comme si elle s'était exprimée en chinois.

Que lui avait-il pris ? C'était absurde, mais elle avait envie qu'il la considère suffisamment femme pour avoir un rendez-vous galant, pour être la maîtresse d'un homme.

— Son nom, exigea-t-il.

Elle écarquilla les yeux.

— Quoi ?

Il eut un sourire mauvais.

— Quelqu'un doit lui flanquer une raclée, et de toute évidence, ce quelqu'un, c'est moi.

Elle en resta bouche bée. Il voulait flanquer une raclée à cet amant imaginaire pour venger la perte – supposée – de son innocence ? Elle avait l'impression d'être dans un conte de fées.

— Le jour où j'ai épousé Connie, Francesca, vous êtes devenue ma sœur. Et je dois vous avouer que je suis profondément choqué.

— Il ne s'est rien passé de grave, parvint-elle à murmurer.

Il lui releva le menton, l'obligeant à croiser son regard. Puis il hocha la tête.

— Je lis la vérité dans vos yeux.

Francesca recula, et sa main retomba le long de son flanc. Il y avait une curieuse tension entre eux.

Il est vrai qu'elle ne lui avait jamais vraiment parlé, et qu'ils ne s'étaient jamais trouvés seuls ainsi.

— Alors, c'est la fin de cette histoire, en ce qui me concerne, mais vous devrez respecter votre promesse, reprit-il, la tirant de ses pensées.

Elle se contenta d'acquiescer de la tête.

— Vous feriez mieux d'aller vous changer avant qu'Andrew ou Julia ne vous voient dans cette tenue.

Francesca le contourna en évitant soigneusement de le toucher. Le pied sur la marche, elle s'arrêta, se retourna.

Il la contemplait, le visage de marbre, l'expression indéchiffrable.

— Merci, Neil, dit-elle d'un ton qu'elle voulait plein de maturité et de dignité.

Mais elle se sentit devenir écarlate, ce qui gâchait tout !

Il la gratifia d'un bref signe de tête, puis il redescendit.

Elle le suivit des yeux jusqu'à ce qu'il disparaisse à sa vue.

Elle se changea en un clin d'œil, puis elle se dirigea vers son bureau. La liste des invités voisinait avec son manuel de biologie.

Elle ne pouvait travailler maintenant, pas avec la disparition de Jonathan Burton. Mais elle raterait son examen du lendemain. Et elle risquait d'être renvoyée si elle n'obtenait pas la moyenne dans toutes les matières. Bien qu'il n'y eût que quatorze filles dans sa classe, le doyen de l'université s'était montré tout à fait clair. Il voulait que l'établissement qu'il dirigeait devienne l'une des institutions les plus renommées du pays en matière d'éducation féminine. Il s'attendait que toutes les nouvelles se montrent à la hauteur de ces aspirations et soient un exemple pour les courageuses jeunes femmes qui suivraient leurs traces. C'était un discours enthousiasmant. Francesca en avait été exaltée, comme ses camarades. Mais c'était en septembre. Avant l'enlèvement de Jonathan.

Le pauvre petit devait être terrorisé. Chaque fois qu'elle pensait à lui, elle était malade d'angoisse.

Quant à Eliza et à Robert... Eliza était bouleversée, ce matin ; et Robert ne semblait guère mieux.

Francesca décida de parler à sa mère. Il leur fallait apporter leur soutien aux Burton, ce soir.

Naturellement, si le message que Joel avait remis à Bragg contenait une demande de rançon, Jonathan ne tarderait pas à être libéré non ?

Francesca se massa les tempes. Impossible d'aller chez Eliza, car Bragg pouvait arriver d'un moment à l'autre pour interroger la maisonnée.

Elle s'approcha des fenêtres, qui toutes les deux donnaient directement sur la demeure des Burton. Mais elle avait beau plisser les yeux, elle ne voyait pas grand-chose. Elle alla donc chercher ses jumelles de théâtre et les braqua sur la propriété voisine en s'efforçant de chasser tout sentiment de culpabilité.

Elle aperçut une pièce vide au rez-de-chaussée, une sorte de petit salon intime. À l'étage, elle s'arrêta sur une spacieuse chambre à coucher, qui semblait déserte également. Était-ce une chambre d'amis ? Non, elle était trop grande. Celle d'Eliza, peut-être ?

— Flûte ! pesta-t-elle.

Mais qu'espérait-elle donc voir ? Elle se tenait là, contrariée, quand un mouvement attira son regard. On avait allumé une lampe dans la chambre, et Eliza Burton la traversait. Un moment plus tard, Robert s'approcha d'elle et lui parla en la tenant par les bras.

Ils semblaient amoureux, songea Francesca qui baissa ses jumelles. Chaque fois qu'elle les avait vus ensemble, Burton semblait fort épris. Plus tôt, il s'était montré tendre et plein de sollicitude. Elle se demanda quel effet cela faisait d'avoir près de soi quelqu'un qui vous aime autant – de l'avoir en permanence.

Elle ne put s'empêcher de penser à Montrose et à Connie. Puis elle chassa cette pensée, comme d'habitude. Connie méritait Montrose.

Un instant plus tard, une belle automobile s'arrêta devant chez les Burton. Francesca n'eut pas besoin de ses jumelles pour reconnaître la haute silhouette qui en sortait.

Bragg se dirigea vers la maison, un inspecteur sur les talons, et elle se prépara mentalement à l'entretien qui n'allait pas tarder, tout en essayant de garder son calme.

Francesca traînait devant la porte ouverte de la bibliothèque, jetant des coups d'œil à l'intérieur, où son père et Bragg étaient en grande conversation. Le gros policier qui avait frappé Joel prenait des notes, un peu à l'écart.

— Je crains de ne pouvoir vous en dire davantage, fit Andrew Cahill. J'imagine mal que l'un de mes invités puisse être mêlé à une affaire aussi sordide.

— Je ne peux quant à moi pas en écarter la possibilité, fit le préfet. Pas tout de suite. Faites venir tous vos domestiques dans le hall, je vous prie. Je les interrogerai un par un. Quelle pièce puis-je utiliser ?

Tandis que son père proposait à Bragg de s'installer dans la salle à manger, Francesca prit une petite inspiration nerveuse et pénétra dans la bibliothèque.

Bragg ne parut pas surpris de la voir. Il la salua comme s'ils ne s'étaient pas déjà vus dans l'après-midi.

— Bonjour, mademoiselle Cahill.

Francesca répondit dans un murmure.

— Montrez-moi exactement où vous avez trouvé le message, reprit-il.

Francesca s'avança dans la pièce alors que son père s'en allait réunir les domestiques.

— Allez-y aussi, Hickey, ordonna Bragg à l'inspecteur. Francesca se dirigea vers le bureau. Comme la veille au soir, ils se retrouvaient seuls dans cette pièce, et elle en éprouva un vague embarras.

— Je l'ai trouvée là, dit-elle en caressant le bois poli. Parmi les autres lettres. Vous savez, il semble plausible que quelqu'un l'ait glissée dans notre courrier, ajouta-t-elle. C'est plus vraisemblable. Une erreur, voilà tout.

— Commise par un homme incroyablement stupide, répliqua Bragg.

Il semblait épuisé, et elle eut envie de le réconforter. Au lieu de cela, elle serra les bras autour d'elle.

— Vous êtes certaine de n'avoir vu personne quitter cette pièce lorsque vous y avez pénétré ? insista-t-il.

Francesca allait répondre par la négative quand elle s'interrompit. Elle se rappelait combien elle était tendue après l'échange qu'elle avait eu avec Bragg. Aurait-elle pu ne pas remarquer que quelqu'un sortait de la bibliothèque ?

Le préfet de police l'observait avec une intensité troublante, et elle se sentit rougir.

— À la vérité, dit-elle d'une voix si rauque qu'elle dut se racler la gorge, j'étais bouleversée quand je suis venue ici, et il est possible que je n'aie pas remarqué une personne qui serait sortie de la pièce.

Elle s'efforçait de reconstituer ces quelques minutes dans sa tête. Avait-elle croisé quelqu'un dans le couloir ?

Il se rapprocha du bureau. Francesca craignit qu'il ne lui demande pourquoi elle était bouleversée, mais il n'en fit rien.

Il regardait la machine à écrire posée sur une petite table, et les yeux de Francesca s'agrandirent. Il ne pensait tout de même pas...

Il s'assit devant la machine et, pensif, glissa une feuille sous le rouleau.

— C'est une Remington, observa-t-il. Un modèle récent, je pense.

Elle s'humecta les lèvres, excitée malgré elle.

— En effet. Nous l'avons achetée l'année dernière. C'est une Remington 5, le dernier modèle sorti. C'est une machine à doubles caractères, ajouta-t-elle. Elle est utilisée par le secrétaire de papa.

Bragg se mit à taper laborieusement, des deux index.

Francesca se précipita.

— Puis-je ? demanda-t-elle.

Il se leva.

— Je vous en prie.

Elle prit sa place et tapa :

F pour fourmis. Si vous voulez revoir le garçon, soyez à l'angle de Mott et de Hester Street à 13 heures demain.

Puis elle ôta la feuille et la lui tendit.

Il l'examina attentivement.

— Vous avez dit que l'on s'était servi d'une machine à caractères interchangeables, fit remarquer Francesca.

— Ce n'était qu'une supposition. Vous avez bonne mémoire...

— Allez-vous comparer les deux messages ? Croyez-vous que quelqu'un aurait pu être assez hardi pour taper le mot sur *notre* machine ?

Elle n'était pas seulement incrédule, mais aussi absurdement surexcitée.

— Ce n'est pas un jeu, mademoiselle Cahill.

— Je sais. Et je ne pense pas que notre machine ait été utilisée, bien entendu. J'essayais juste de me rappeler comment le premier message était apparu.

Il eut un demi-sourire.

— Parfait. Pour être franc, je ne crois pas qu'on se soit servi de votre machine.

Elle fut un peu déçue.

— J'espérais aussi que vous aviez aperçu quelqu'un traînant dans le couloir, près de cette pièce, poursuivit-il. J'apprécie vos efforts. Si un détail vous revenait, appelez-moi chez moi ou au quartier général.

Francesca comprit que l'entretien était terminé.

— Naturellement, répondit-elle.

Il plia la feuille sur laquelle elle venait de taper et la glissa dans la poche de sa veste.

— Êtes-vous remise des incidents de cet après-midi ? s'enquit-il.

Les mots ne contenaient ni condamnation ni jugement. Il semblait plutôt inquiet à son sujet, et sa voix était assez chaleureuse.

— Il se passera du temps avant que je retourne dans ce quartier ! avoua-t-elle en frémissant au souvenir de l'immonde Gordino.

Il sourit.

— Je l'espère, mademoiselle Cahill. Vraiment.

Elle lui sourit à son tour.

Le regard de Bragg tomba sur le bureau. Francesca en suivit la direction et son sourire s'effaça.

Il s'empara du *Harper's* et se mit à rire.

— Ai-je vraiment le nez aussi long ?

Elle rit avec lui, ravie de découvrir qu'il avait le sens de l'humour.

— Pas du tout ! Le caricaturiste s'est efforcé de gommer votre côté séduisant.

À peine ces paroles étaient-elles sorties de sa bouche qu'elle les regretta.

Il ne souriait plus. Il ne la regarda pas quand il remit le *Harper's* à sa place, et feignit de ne pas avoir entendu sa dernière remarque.

— Nous y allons ?

Il se dirigea vers la porte.

Francesca le précéda dans le hall, soulagée qu'il n'eût pas relevé le fait qu'elle le trouvât plutôt bel homme. Soudain une idée lui traversa l'esprit. Elle le saisit par le bras.

— Bragg !

Il s'arrêta.

— Quoi encore ? demanda-t-il calmement.

Savait-il que c'était Gordino qui avait remis le mot à Joel ? Joel le lui avait-il dit au cours de son interrogatoire ? Évidemment, elle ne pouvait tout lui raconter, car ce serait avouer qu'elle avait aidé Joel à échapper à la police. Il pourrait même se douter qu'il était là en ce moment même. Toutefois, il n'était pas question de lui cacher un tel indice.

— Juste avant que vous arrêtiez ma voiture quand nous quittions Hester Street, le gamin m'a dit que c'était Gordino qui lui avait donné le message à vous remettre.

Il la dévisagea, une curieuse lueur dans le regard, et elle éprouva un vague malaise à l'idée qu'il la soupçonnât peut-être de maquiller la vérité.

— Merci de partager cette information avec moi, mademoiselle Cahill, mais notre ami commun, Joel Kennedy, m'en avait parlé pendant que vous m'attendiez dans mon bureau.

Savait-il que son inspecteur avait frappé l'enfant ? Sinon, condamnerait-il une telle attitude de la part d'un de ses subordonnés ? Elle ne pouvait évidemment lui poser la question sans révéler qu'elle avait vu Joel après son interrogatoire. Pourtant, elle refusait de croire qu'il fût au courant.

Il lui prit fermement le bras.

— Et c'est, bien sûr, la fin de votre participation à cette affaire, conclut-il.

— Bien sûr, murmura-t-elle en évitant son regard.

Elle avait dû se montrer trop docile, car il la considéra soudain d'un air inquiet. Julia choisit ce moment pour faire son apparition.

— Monsieur, c'est étrange, fit-elle, troublée, mais ma liste d'invités a disparu de mon secrétaire.

Francesca se figea sur place.

— Disparu ? Vous voulez dire qu'on l'a déplacée ?

— Je l'avais laissée sur mon secrétaire. Je l'ai encore consultée hier, juste avant le bal, afin de me remémorer certains noms. C'est Laetitia qui fait le ménage dans mes appartements, et elle jure qu'elle n'y a pas touché. Elle croit se rappeler aussi l'avoir vue hier. Il s'est certes passé beaucoup de choses aujourd'hui, pourtant...

— Pourtant quoi ?

— Pourtant, je suis quasiment sûre de l'avoir vue ce matin-là où je l'avais laissée.

Francesca avait le cœur à l'envers.

Bragg se rembrunit.

— Quelqu'un a volé la liste. Eh bien !

Inutile d'être grand clerc pour deviner ce qu'il pensait. Il supposait que ce quelqu'un avait volé la liste afin de dissimuler son identité. Et en déduisait qu'un des invités était impliqué dans l'enlèvement.

Elle devait avouer la vérité ! Mais alors, que se passerait-il ? Il n'allait tout de même pas la poursuivre pour avoir fait obstruction dans une affaire criminelle ?

Francesca se rappela sa colère de l'après-midi, et la lâcheté l'emporta. Elle se promit de remettre discrètement la liste à sa place sans révéler son forfait. Personne n'en saurait jamais rien, et Bragg serait content.

Elle ne se sentit guère mieux après avoir pris cette décision. Peut-être faisait-elle effectivement entrave à son enquête.

Francesca se tenait sur le seuil du petit salon des Burton, une tarte à la framboise dans un carton.

Elle avait dû faire du charme à la cuisinière pour qu'elle la lui confectionne, puis aux deux policiers en faction devant la maison des Burton pour qu'ils l'autorisent à entrer.

Assise dans un vaste fauteuil, enveloppée d'un plaid de cachemire, Eliza était d'une pâleur extrême. Malgré le feu qui crépitait dans la cheminée, il faisait froid.

Elle regarda la nouvelle venue sans grand intérêt.

— Je vous ai apporté une tarte à la framboise, dit doucement Francesca.

Eliza se mordit la lèvre.

— Vous êtes très gentille. Je l'ai toujours pensé, du reste.

Elle se détourna et se tamponna les yeux.

Francesca posa la tarte sur le guéridon devant le sofa.

— Puis-je quelque chose pour vous ? Avez-vous mangé, aujourd'hui ?

Eliza la regarda.

— Si on avait enlevé votre enfant, seriez-vous capable d'avaler quoi que ce soit ?

Francesca s'assit non loin d'elle.

— Sans doute pas. Je suis désolée. Mais nous retrouverons Jonathan, j'en suis sûre.

Surprise, Eliza tapota brièvement le genou de la jeune fille en ravalant un sanglot. Remarquant une bouteille de sherry ainsi qu'un verre vide, Francesca se releva pour remplir ce dernier avant de le tendre à Eliza.

Celle-ci le refusa.

— J'en ai déjà bu deux verres. Je n'arrive même pas à m'enivrer.

Francesca s'agenouilla près d'elle.

— Y a-t-il des indices ? risqua-t-elle.

— Les indices sont absurdes ! cria Eliza en bondissant sur ses pieds. Absurdes ! *F pour fourmis, A pour abeilles...*

Elle se plia soudain en deux, comme prise d'une atroce douleur.

— Qu'y a-t-il ? s'inquiéta Francesca Vous souffrez ? L'estomac ? Voulez-vous que j'appelle un médecin ?

— Non, non, ça va, murmura Eliza, alors que ce n'était visiblement pas le cas.

Francesca l'aida à se rasseoir dans le grand fauteuil, mais elle continuait de se tenir le ventre. Elle était livide, hormis deux taches rouges sur les joues.

Francesca rapprocha l'ottomane et s'y installa.

— Y a-t-il eu une demande de rançon ?

— Non. Juste ce deuxième affreux message.

— C'est ce qu'elle disait *A pour abeilles ?*

Eliza acquiesça en fermant brièvement les yeux.

— C'est tout ! Mais il y avait une mèche de cheveux de Jonathan collée sur la feuille.

— Seigneur ! souffla Francesca.

Eliza se prit le visage entre les mains.

— Qui a fait ça ? Et pourquoi ? Pourquoi ne demande-t-on pas de rançon ? Quand retrouverai-je mon petit garçon ?

Francesca cherchait quoi répondre quand Robert Burton entra.

Il ne la regarda pas. Peut-être même ne la vit-il pas. Bouleversé, il se précipita vers sa femme, l'entoura de ses bras et la berça comme il aurait pu le faire avec leur enfant.

Francesca comprit qu'il était temps de se retirer.

6

Lundi 20 janvier 1902, 11 heures 30

Décrivez la différence entre le système nerveux d'un crapaud et celui d'un être humain.

Francesca commença à griffonner sur sa feuille, puis s'interrompit.

F pour fourmis, A pour abeilles.

Le soleil pénétrait à flots dans la salle de classe du bâtiment de brique qui abritait l'université, dans la 119e Rue.

Francesca fixait les particules de poussière dorée en se demandant pour la centième fois pourquoi il n'y avait pas eu de demande de rançon.

Que se passait-il ? Pourquoi le ravisseur jouait-il ainsi avec les nerfs des Burton ? Et si la rançon n'était pas sa motivation, quelle était-elle ?

— Mademoiselle Cahill ?

Francesca sursauta et regarda le Pr Wallace, qui se trouvait être une jeune femme à peine plus âgée qu'elle.

— Vous avez un problème ? s'enquit-elle.

C'était une petite femme quelconque, à la mine sévère, qui ne s'épanouissait que lorsqu'elle parlait biologie.

— Non, pas du tout, répondit Francesca en souriant.

Elle se pencha sur sa feuille et se mit à rédiger.

Heureusement, elle avait passé une partie de la nuit à étudier et elle connaissait le sujet. Mais elle était morte de fatigue. Elle avait d'ailleurs failli arriver en retard à l'examen !

F pour fourmis... Les fourmis étaient des créatures actives : elles construisaient, vivaient, se déplaçaient dans des galeries souterraines. On en trouvait sous les rochers, dans les champs, dans les bois. Le ravisseur essayait-il de les diriger vers un tunnel ? Ou vers des bois, des champs ? Les dirigeait-il seulement ?

Quant au deuxième indice... *A pour abeilles.* Les abeilles aussi étaient des créatures actives qui travaillaient dur pour récolter le miel. Francesca lâcha son stylographe. Elle était perdue. Y avait-il là un lien qu'elle ne parvenait pas à repérer ?

Les fourmis et les abeilles étaient des insectes travailleurs. Or des travailleurs, il y en avait partout à New York, surtout dans le centre-ville, où personne ne vivait mais où tout le monde travaillait, que ce soit les financiers sur Wall Street, ou les ouvriers sur South Street.

Francesca se massa les tempes. Des rochers, des champs... Elle se figea soudain.

Des champs. Des travailleurs.

Elle se leva.

— Vous avez terminé, mademoiselle Cahill ?

Francesca n'entendit même pas le Pr Wallace. Le chantier derrière la propriété des Burton était encore un champ il y a peu ! On y construisait la maison d'un avocat et, avant les premières chutes de neige, des ouvriers avaient creusé les fondations et commencé à monter la structure.

On trouvait les fourmis dans les champs. Et les abeilles, s'il y avait des fleurs. Or, ce champ en particulier n'était qu'un tapis de fleurs, l'été précédent, et à présent, il grouillait d'activité.

— Mademoiselle Cahill ?

Francesca se rassit. Et si elle avait raison ? Si le ravisseur les guidait vers ce champ ?

Achever son devoir fut de loin la chose la plus pénible qu'elle ait jamais eu à faire.

Elle ne s'attendait nullement à avoir vu juste. Après tout, il y avait des tas de champs à New York, et il se pouvait quelle se fourvoie complètement…

Pourtant elle découvrit l'enveloppe clouée sur une poutre de bois qui sortait des fondations de la future maison.

Elle se tenait là, plantée dans la neige, emmitouflée dans sa pelisse, les mains dans son manchon, les yeux écarquillés.

L'enveloppe était bien *là.*

Francesca s'élança en avant, glissant tandis qu'elle grimpait sur les fondations. Elle lâcha son manchon et ôta ses gants. Puis, très soigneusement, elle récupéra l'enveloppe.

Dès qu'elle l'eut en main, elle vit le sang coagulé.

Une nausée faillit la submerger. Les doigts raidis de froid, elle l'ouvrit et en sortit une feuille également pleine de sang.

L pour lionceau.

Francesca retourna chez elle au pas de course. Une fois à l'intérieur, elle se rua sur le téléphone. L'enveloppe se réchauffait, devenait poisseuse dans sa main. Tremblante, elle la posa pour décrocher l'appareil.

— M. Bragg au quartier général de la police ! demanda-t-elle à l'opératrice.

Elle imaginait la surprise de Bragg lorsqu'elle lui apprendrait qu'elle avait trouvé le troisième message.

— Il est sorti pour déjeuner, lui annonça une voix d'homme au bout de quelques secondes.

— Déjeuner ! cria Francesca.

— Qui est à l'appareil ? demanda le policier d'une voix coupante.

— Francesca Cahill. Où est-il ?

— Au *Fifth Avenue Hotel.* Puis-je prendre un message ?

— Quand rentre-t-il ?

Francesca fixait l'enveloppe ensanglantée, au bord des larmes. Comment Bragg pouvait-il songer à manger en un moment pareil ? *Comment* ?

Le sang était-il celui de Jonathan ?

— Il vient tout juste de partir, lui indiqua l'officier.

Francesca raccrocha. Puis elle décrocha de nouveau et, un instant plus tard, elle parlait à la standardiste de l'hôtel.

— S'il vous plaît, le préfet de police Bragg déjeune chez vous, or il faut que je lui parle immédiatement. C'est urgent !

— Je vais voir si nous le trouvons, répondit la standardiste. Quel est votre nom, madame ? Vous êtes sûre que ça va ?

— Non, ça ne va pas du tout ! cria Francesca. Je vous en prie, passez-moi Bragg.

Elle trépignait littéralement, lorsque au bout de cinq minutes, elle entendit :

— Bragg à l'appareil.

— Bragg, c'est Francesca ! J'ai trouvé un autre message !

Il y eut un bref silence, puis :

— Où êtes-vous ?

— Chez moi.

— Ne bougez pas. J'arrive.

Francesca arpentait le hall depuis une demi-heure quand l'automobile remonta l'allée. Infiniment soulagée, elle courut ouvrir la porte avant même que Bragg fût descendu de voiture.

Il grimpa les marches quatre à quatre, et dès qu'il fut dans le hall, elle cria :

— C'est affreux !

Il la prit aux épaules.

— Calmez-vous. Où est le message, et où l'avez-vous trouvé ?

Elle leva les yeux vers lui.

— Il est dans la bibliothèque.

Et brusquement, elle fondit en larmes.

— Il y a du sang, Bragg. Du sang partout.

Avec un juron, il s'élança dans le hall, Francesca derrière lui. Elle était terrifiée !

Il arriva avant elle et s'empara de la feuille complètement détrempée, à présent.

— Bon Dieu !

Elle fixa son dos raide en essuyant ses larmes.

Bragg se retourna, et elle lut une peur identique à celle qu'elle ressentait dans son regard. Elle voulait être rassurée, non pas découvrir que le préfet de police était aussi inquiet qu'elle.

— Où avez-vous trouvé ceci, Francesca ?

Elle le lui expliqua et ajouta :

— J'étais en examen quand j'ai soudain songé que, peut-être, le ravisseur nous dirigeait vers ce chantier.

— Vous n'auriez pas dû y toucher.

— Je...

— C'est un indice, et vous auriez dû le laisser là où vous l'aviez trouvé, coupa-t-il avec colère en agitant l'enveloppe sous son nez.

Elle recula.

— Je suis désolée, murmura-t-elle.

— Il est un peu tard pour ça ! aboya-t-il.

Elle se crispa.

Brusquement, son regard changea.

— Bon sang, mademoiselle Cahill, pardonnez-moi.

— Vous n'avez pas à vous excuser, je comprends, fit-elle en effleurant sa manche.

Elle comprenait, en effet. Il avait perdu son sang-froid parce que c'était un nouveau rebondissement, et des plus effrayants.

— Non, j'en doute, dit-il en s'éloignant. Mais j'ai eu tort de m'emporter de cette façon, alors que vous venez de faire progresser l'enquête.

Si angoissée fût-elle, Francesca était heureuse qu'il reconnût l'importance de son rôle.

— Croyez-vous qu'il s'agit du sang de Jonathan ? risqua-t-elle.

— Je n'en sais pas plus que vous.

— Vous pensez qu'on pourrait l'avoir tué ? Que nous avons affaire à un fou meurtrier ?

— Il n'est pas mort, gronda Bragg. Le petit n'est pas mort.

Les larmes montèrent de nouveau aux yeux de Francesca.

— J'espère que vous avez raison…

— J'ai raison, décréta-t-il.

Francesca commençait à le connaître un peu. Elle le savait intelligent, efficace, déterminé. Et sans doute aussi fort ambitieux. Sinon, pourquoi aurait-il accepté le poste de préfet de police ? Aussi ne comprenait-elle pas pourquoi il s'entêtait ainsi. Voulait-il se persuader lui-même ?

— Le ravisseur ne demande pas de rançon, n'est-ce pas ?

— Visiblement, non.

— Quelqu'un cherche à se moquer des Burton.

— C'est le moins qu'on puisse dire.

Leurs regards se croisèrent.

— Pourquoi, Bragg ? Qui pourrait les détester à ce point ? Ce sont des gens charmants. Je les connais depuis deux ans, et j'ai du mal à imaginer que l'un ou l'autre ait pu se faire un tel ennemi.

— Nous le saurons quand nous aurons coincé le criminel, répondit-il.

Francesca frissonna.

— Ainsi, nous avons affaire à un fou. Seul un fou agirait de cette façon.

— Je le crains.

Il la regardait, et un instant, elle crut qu'il allait la rassurer, fût-ce d'un simple geste. Mais il se contenta de dire :

— Allez chercher votre manteau. Je veux voir l'endroit exact où vous avez trouvé le message.

— Vous allez en parler aux Burton ?

— Je n'ai pas le choix.

Ils se tenaient côte à côte sur les fondations. Bragg passa sa main nue sur la poutre, autour du clou.

— Que faites-vous ?

— Je cherche un indice quelconque. Un fil de tissu, ou un cheveu.

Il s'accroupit pour fouiller la neige.

— Avez-vous comparé les autres messages avec celui que nous avons tapé hier à la machine ? demanda-t-elle.

— Ils n'ont pas été écrits sur votre Remington 5, mais sur une machine à lettres interchangeables, comme je m'en doutais.

Il se releva, s'essuya les mains à son pardessus.

— Et les deux ont été tapés sur la même machine, ajouta-t-il. De cela, au moins, nous sommes sûrs.

— Ma mère a retrouvé sa liste d'invités hier soir, dit-elle, sachant que si elle s'empourprait, il ne le remarquerait pas, car ses joues étaient déjà rougies par le froid.

— On me l'a apportée à mon bureau, en effet.

Il lui prit la main pour l'aider à descendre des fondations. Il avait dû travailler tard. Elle admirait son énergie et son ambition, mais elle ne pouvait s'empêcher de penser qu'il semblait aussi fatigué qu'elle. Comme ils se dirigeaient vers la maison, elle songea à la photo dans son bureau.

Si cette femme était son épouse, et les enfants les siens, ne serait-il pas rentré chez lui à une heure décente ?

— Vous travaillez toujours la nuit ? demanda-t-elle, non sans rougir légèrement.

— Souvent, répondit-il. Vous ne trouvez pas curieux que la liste ait disparu et réapparu mystérieusement… exactement là où votre mère l'avait laissée ?

Elle détourna les yeux.

— Elle a sans doute été là tout le temps, cachée par d'autres papiers.

Il ne fit pas de commentaire, mais elle sentit qu'il l'observait, et elle pria pour que son expression ne la trahisse pas.

— Je suis de plus en plus convaincu que celui qui est derrière cet enlèvement est très proche des Burton, déclara-t-il.

Elle s'immobilisa, soudain tout excitée.

— Savez-vous où trouver Gordino ? Il doit connaître l'identité du ravisseur !

Il lui sourit.

— Bien vu, mademoiselle Cahill. Apparemment, il s'est volatilisé. Mais mes hommes finiront bien par le dénicher, et je serai le premier à lui donner le troisième degré.

— Le troisième degré ? répéta-t-elle sans comprendre.

Mais son cerveau travaillait à toute allure. Joel savait sans doute où se cachait Gordino. Dès que Bragg serait parti, elle poserait la question au garçon.

— C'est le terme qu'on emploie dans la police pour désigner un interrogatoire sérieux, expliqua-t-il. Vous avez entendu parler de Thomas Byrne ?

— Comme tout le monde. C'était un chef de la police si corrompu que lorsqu'il a pris sa retraite, il avait amassé des millions de dollars. Il a démissionné lorsque Roosevelt était à votre poste, car il craignait d'avoir à répondre de ses faits et gestes devant la Cour. Je suis une grande admiratrice de Roosevelt, précisa-t-elle. L'assassinat de McKinley a été une tragédie, mais nous avons désormais à la Maison-Blanche un homme extraordinaire, et un réformateur acharné.

Ils arrivaient devant la demeure des Burton, et il haussa les sourcils.

— J'avais oublié que vous étiez non seulement une jeune femme intelligente et cultivée, mais aussi très passionnée dans ses convictions.

Elle le regarda, surprise. Il était en train de lui faire un compliment, à n'en pas douter. Il ne la trouvait pas virile, finalement.

Elle en rougit de plaisir.

— Merci, murmura-t-elle.

Il hésita, puis sourit brièvement avant de se tourner vers la porte. Francesca aurait dû rentrer chez elle, elle le savait, mais elle n'en fit rien.

— Puis-je vous être d'une aide quelconque ? risqua-t-elle.

Il la prit par le bras.

— Sans doute. Eliza aura besoin d'une présence féminine quand elle apprendra qu'il y a un troisième message.

— Je regrette qu'on ne puisse éviter cela ! soupira Francesca tandis qu'il sonnait.

— Moi aussi. Mais je n'ai pas l'intention de lui montrer la lettre. Toutefois, il faudra bien que Burton la voie.

On les conduisit dans le même salon que la veille.

Burton et Eliza arrivèrent en même temps, tous deux infiniment pâles et anxieux. Eliza était enveloppée dans son châle de cachemire. Francesca s'approcha aussitôt d'elle.

— Que s'est-il passé ? s'écria Burton. Je vous en supplie, dites-moi que vous avez retrouvé notre fils, qu'il est sain et sauf !

— Nous ne l'avons pas retrouvé, fit Bragg. Asseyez-vous.

Mais Eliza marcha droit sur lui et lui agrippa le bras.

— Il s'est passé quelque chose, je le vois dans vos yeux. Quelque chose de terrible !

Il la prit par le coude.

— Je vous en prie, madame Burton, asseyez-vous. Nous avons découvert un autre message, c'est tout.

Eliza refusait de bouger.

— Une demande de rançon ? risqua-t-elle, pleine d'espoir.

— Hélas, non !

— Montrez-la-moi.

Burton s'avança. Il avait une mine épouvantable. De toute évidence, il n'avait pas dormi de la nuit. Il n'était pas rasé et avait le teint cireux. Francesca remarqua qu'il tremblait.

— Dans un moment.

Bragg leur expliqua où ils avaient trouvé la lettre et ce qu'elle contenait. Francesca rougit quand les Burton se tournèrent vers elle, mais ils ne lui demandèrent pas comment elle avait procédé pour en déduire que le message se trouvait sur le chantier.

— Que signifie *L pour lionceau* ? demanda Eliza. Que veut cet horrible individu ?

Francesca lui prit la main.

— Si quelqu'un peut résoudre cette énigme, c'est le préfet de police, déclara-t-elle, sincère.

Eliza ne parut pas l'entendre.

— Et il était là, tout à côté, dans ce terrain vague !

— *L pour lionceau*, murmura Burton.

Il leva brusquement la tête.

— Seigneur ! Je crois... je crois savoir ce que cela signifie.

— Quoi ?

— La maison des enfants, dans l'arbre. Ils l'appelaient « l'antre ».

Lionceaux, ours, cavernes... antre. Francesca se tourna vers Bragg.

— Francesca, restez ici avec Mme Burton. Robert, s'il vous plaît, prenez votre manteau et montrez-moi cette maison.

Ils sortirent en hâte de la pièce, mais Eliza leur emboîta le pas... et Francesca l'imita.

Puis une pensée atroce lui traversa l'esprit. Et s'ils retrouvaient le corps du petit là-haut ? Elle retint Eliza.

— Ce n'est pas une bonne idée.

— Restez ici ! ordonna Bragg sans se retourner.

Eliza repoussa Francesca.

— Ne me dites pas ce que je dois faire ! cria-t-elle. Pas quand il s'agit de mon enfant.

Elle empoigna ses jupes et s'élança à leur suite.

Personne ne prit la peine d'aller chercher un manteau. Francesca courut derrière Eliza. Le soleil avait disparu, masqué par des nuages porteurs de neige. Un vent mordant s'était levé, et le jardin semblait désolé.

Un grand chêne se dressait à la limite de la propriété, non loin du mur qui séparait le terrain des Burton de celui des Cahill. Ses branches nues étaient couvertes de neige. Une structure carrée avec un toit en pente était construite en son centre. On y accédait par une échelle.

Francesca ralentit le pas tandis que Bragg, après avoir ordonné à Burton de l'attendre, grimpait à l'échelle. Alors qu'il disparaissait à l'intérieur, elle retint son souffle, priant pour qu'il ne fasse pas de découverte macabre dans la petite maison.

Eliza tremblait convulsivement, et Francesca lui entoura spontanément les épaules du bras. Elle aurait voulu trouver les mots pour la réconforter, mais ceux qui lui venaient lui paraissaient ineptes.

— Qu'y a-t-il là-haut ? hurla Burton.

Après un silence, la voix de Bragg leur parvint :

— Un autre message.

Francesca faillit s'évanouir de soulagement.

— Où peut-il être ? gémit Eliza, les joues ruisselantes de larmes. Pourquoi me fait-on une chose pareille ?

Le cœur de Francesca manqua un battement. Et si, en s'en prenant à son fils, c'était Eliza que le ravisseur cherchait à atteindre ?

Une foule d'images défilèrent dans son esprit. Eliza en calèche découverte dans Central Park, saluée par une quantité de messieurs. Eliza en barque sur le lac, resplendissante dans sa robe blanche, les rameurs étant de fort beaux jeunes gens. Eliza au bal, samedi dernier, entourée d'admirateurs. Elle se rappela comment Wiley l'avait regardée, ce soir-là. Elle pensa au nombre de fois où elle avait vu Evan la contempler…

Le ravisseur était-il un amoureux éconduit ?

S'agissait-il d'une vengeance ?

Bragg redescendait, et Francesca se tordit le cou pour apercevoir l'enveloppe qui, Dieu merci, n'était pas tachée de sang.

Puis elle leva les yeux vers son visage…

Quelque chose clochait ! Il était verdâtre, comme s'il allait être malade.

— Bragg ? murmura-t-elle.

Il la regarda, les pupilles dilatées. Il y avait quelque chose de terrible dans ce message, et elle n'avait pas envie de savoir de quoi il s'agissait.

Bragg s'éclaircit la voix.

— Rentrons, dit-il.

— Qu'y a-t-il d'écrit, bon Dieu ? demanda Burton.

— Rentrons, répéta Bragg. Je veux d'abord vous parler en privé, Robert, j'aurai ensuite une conversation avec votre femme.

— Qu'y a-t-il d'écrit ? insista Burton.

Mais Bragg n'avait de toute évidence pas l'intention de le lui révéler maintenant.

— Francesca, dit-il.

Elle fit signe qu'elle avait compris et glissa son bras sous celui d'Eliza.

— Nous sommes tous transis. Il faut obéir au préfet de police, Eliza. Il représente l'autorité.

Francesca n'avait jamais vu une expression semblable à celle d'Eliza en cet instant : entre défaite, désespoir et résignation. Eliza hocha la tête et se laissa aller contre elle.

— Bon sang ! hurla Burton en arrachant le message de la main de Bragg.

— Non, Burton ! cria celui-ci en s'agrippant à son bras.

Burton laissa échapper un cri rauque et le repoussa violemment.

Il ouvrit l'enveloppe, fouilla à l'intérieur.

Et en sortit la moitié d'une petite oreille humaine.

7

Lundi 20 janvier 1902, 15 heures

Francesca était assise dans l'entrée, les mains croisées sur les genoux. Bragg était enfermé avec les Burton depuis une éternité lui semblait-il. Elle ferma les yeux et refoula un haut-le-cœur.

Désormais, il n'était plus possible de prétendre que Jonathan allait bien. Le morceau d'oreille lui appartenait vraisemblablement.

À quel genre de dément avaient-ils donc affaire ?

Elle luttait pour ne pas pleurer lorsque la sonnette de l'entrée retentit. Le valet de pied fit entrer un homme d'âge mûr en pardessus et chapeau haut de forme qu'elle reconnut aussitôt.

— Bonjour, docteur Finny, dit-elle.

Il sursauta.

— Francesca ! Que faites-vous là ?

Elle se leva avec difficulté. Elle avait l'impression d'avoir vieilli d'un siècle en une heure.

— J'espérais réconforter Eliza Burton, répondit-elle.

Elle attendait aussi Bragg. Elle voulait lui parler avant de rentrer chez elle. Lui soumettre sa dernière théorie.

— Ils n'ont toujours pas retrouvé le petit ? s'enquit le médecin, sincèrement inquiet.

Francesca secoua la tête. D'instinct, elle jugea préférable d'en dire le moins possible.

— Les Burton ont bien fait d'envoyer James chez ses grands-parents, observa-t-il. Vous semblez lasse, ma chère, ajouta-t-il. Je vais donner un sédatif à Eliza. Pourquoi ne rentrez-vous pas chez vous ?

— C'est ce que je vais faire, répondit Francesca avec un pâle sourire.

Comme le médecin gravissait l'escalier, Bragg apparut sur le palier.

Il descendit à sa rencontre, s'arrêta pour lui parler. Il s'exprimait à voix basse, mais Francesca entendait tout.

— L'affaire prend un mauvais tour, Finny. Donnez-lui du laudanum, je voudrais qu'elle dorme cette nuit.

— Je comprends, fit le docteur avant de monter à l'étage.

Bragg arriva dans le hall, et aperçut Francesca. Il paraissait tendu, et terriblement fatigué. Comme un domestique lui apportait son manteau, elle enfila le sien, et ils se dirigèrent ensemble vers la porte.

— Allez-vous essayer de vous reposer un peu ? murmura-t-elle tandis qu'ils sortaient dans le vent et la neige.

Il lui jeta un coup d'œil.

— Comment le pourrais-je, alors que la vie d'un enfant est en jeu ?

Francesca lui saisit le bras.

— Que veut ce fou, selon vous ?

— De toute évidence, il cherche à atteindre les Burton.

— Et cette fois, il n'y avait pas de message. Pas d'indice, rien que…

Elle se tut, vacilla légèrement. Il la retint d'une main solide, et elle le regarda droit dans les yeux.

— Et maintenant ?

— Nous entendrons encore parler de lui, soyez-en sûre.

Elle en était certaine. Car ce fou voulait les torturer en les laissant s'interroger sur le sort réservé à l'enfant.

— Alors, il n'y aura pas de demande de rançon ?

— Probablement pas.

— Donc, cela élimine la possibilité qu'il s'agisse d'un domestique.

— Pas forcément. Il y a des serviteurs qui haïssent leurs employeurs. Toutefois, j'imagine mal un domestique se montrer aussi créatif. Mais à quoi pensiez-vous, Francesca ? Je veux dire mademoiselle Cahill.

Elle eut un bref sourire.

— À moins que cette personne ne prenne plaisir à faire du mal, sa motivation doit être la vengeance.

— C'est ce que je crois aussi.

Francesca se doutait qu'il avait procédé à un interrogatoire approfondi des Burton.

— Ont-ils découvert une personne susceptible de leur en vouloir suffisamment pour en arriver là ?

Il hésita.

— Vous vous rendez certainement compte que c'est l'affaire de la police, Francesca, même si vous avez été par ailleurs très efficace ?

— Oui, murmura-t-elle.

Elle sut aussitôt que les Burton étaient arrivés à un résultat, sinon Bragg se serait contenté de répondre non.

— Je ne peux pas partager cette information avec vous, reprit-il.

Les yeux rivés à ceux de Bragg, Francesca songea soudain à cette photo où il figurait avec trois enfants. C'était absurde, et le moment était mal choisi, aussi s'empressa-t-elle de chasser cette image.

— J'ai pensé à quelque chose.

— Le contraire m'aurait étonné, lâcha-t-il.

En d'autres circonstances, elle aurait souri.

— Peut-être, j'ai bien dit *peut-être*, le criminel cherche-t-il à blesser Eliza, et non pas Burton.

Une étincelle s'alluma dans son regard.

— C'est la femme la plus admirée qui soit ! poursuivit-elle. Peut-être que ce fou a été amoureux d'elle… et éconduit ?

Il soupira.

— Francesca… mademoiselle Cahill, j'y ai déjà réfléchi. Le seul problème, c'est qu'Eliza Burton n'a jamais éconduit personne. Elle assure qu'on ne lui a jamais fait de propositions malhonnêtes, et qu'elle-même ne s'est jamais conduite de façon répréhensible.

Francesca se sentit mal à l'aise.

— Et si elle mentait ? hasarda-t-elle. Afin de sauvegarder son mariage ?

— Vous l'accusez de quoi ? De mensonge ? D'immoralité ? Ou simplement d'égoïsme ?

— De rien de tout cela, dit-elle, surprise par son éclat. Je suis désolée. Je l'admire infiniment. Je… je ne pense qu'à retrouver l'enfant vivant.

Bragg se détourna, mais elle eut le temps de voir quelque chose qui ressemblait à du désespoir dans ses yeux. Il semblait faire de cet enlèvement une affaire personnelle. Elle aussi, du reste.

— Je vous raccompagne, dit-il, une fois sur le trottoir.

Francesca acquiesça, et ils se mirent en route. Elle était obligée de marcher vite pour demeurer à sa hauteur. Quelques secondes plus tard, ils franchissaient les grilles de fer forgé de la demeure de ses parents.

Absorbés dans leurs pensées, ils marchèrent en silence jusqu'à la voiture.

Là, Bragg sortit des gants de cuir de ses poches et nettoya le pare-brise avant de se retourner vers Francesca.

— Puis-je vous poser une question ? demanda-t-il.

— Bien sûr.

— Vous avez dit que vous étiez en examen quand vous avez fait cette déduction qui vous a conduite au troisième message. Qu'entendiez-vous par là ?

Elle pâlit.

— Mademoiselle Cahill ?

Evan et Connie étaient les seuls à savoir qu'elle suivait des cours à Barnard. Elle parvint à sourire.

— Je... c'était un examen personnel. J'étudie divers sujets... et je m'interroge de temps à autre.

Il semblait la trouver tout à fait étrange.

— Je vois... Eh bien, au revoir, mademoiselle Cahill.

— Au revoir, répondit-elle, soulagée qu'il n'insiste pas.

Francesca pénétra dans le hall et remit son manteau à un valet qui passait. Frissonnante, elle se frottait les mains quand sa mère sortit du salon jaune.

— Francesca, fit-elle en souriant.

La jeune fille comprit qu'elle était attendue.

— Comment s'est passé ton déjeuner avec M. Wiley ?

Francesca se figea sur place. Wiley ! Non seulement elle l'avait complètement oublié, mais elle ne lui avait même pas envoyé un mot pour s'excuser ! Elle regarda sa mère, consternée.

— Que signifie cette expression, Francesca ? voulut savoir celle-ci, les mains sur les hanches.

Elle était vêtue d'un élégant tailleur gris à fines rayures crème, et d'un chemisier ivoire orné de dentelle. Un collier de perles ornait son cou, et sa chevelure était relevée en chignon.

Julia Van Dyck Cahill possédait la beauté et la classe, si bien qu'elle ne passait pas inaperçue, où qu'elle aille.

— J'ai oublié, murmura Francesca.

— Oublié ! répéta Julia, indignée. Comment as-tu pu *oublier* ? Et où étais-tu passée depuis ce matin ?

Francesca porta les mains à ses joues.

— Je vais envoyer sur-le-champ un mot à M. Wiley pour m'excuser et m'expliquer.

— J'aimerais entendre ton explication, justement, riposta sa mère, dont les yeux bleus viraient au gris orage. Ton attitude dépasse les bornes. Comment as-tu pu…

Francesca se mordit la lèvre, puis se jeta à l'eau :

— J'ai trouvé un autre message, maman.

— Tu… quoi ?

Elle raconta à sa mère comment elle avait trouvé l'enveloppe, et ce qu'elle avait fait ensuite. Évidemment, elle ne souffla mot de son examen à l'université.

— Mon Dieu !

Toutes deux retournèrent au salon où elles se laissèrent tomber sur un sofa recouvert de brocart.

— C'est terrible, souffla Julia. Eliza doit être anéantie…

Francesca ne mentionna pas l'oreille. La note ensanglantée était suffisante !

— En effet. Le Dr Finny est venu lui administrer des sédatifs.

Julia lui tapota la main.

— J'ai toujours su que j'avais une fille très intelligente et efficace. Je suis heureuse que tu aies pu te rendre utile, Francesca.

Il était rare que sa mère lui fasse un compliment, et Francesca en fut sottement heureuse.

— Naturellement, poursuivit Julia, il faut maintenant que tu ailles en ville t'excuser auprès de M. Wiley. En personne !

Francesca n'avait qu'une envie : s'allonger et dormir. Mais elle croisa le regard de sa mère, et sut qu'il n'était pas question de refuser.

— Très bien, murmura-t-elle. Puis-je prendre Jennings ?

— Bien sûr, fit Julia en se levant. Oh, et n'oublie pas le dîner chez Connie ! À 20 heures.

Cette perspective n'enchantait guère Francesca, même si les Montrose habitaient à deux pas, sur Madison Avenue.

— J'aimerais autant ne pas sortir, ce soir…

— C'est un dîner intime, juste une vingtaine d'invités. Et tu sais combien ta sœur est une hôtesse parfaite. J'aimerais que tu viennes.

Francesca devait réviser son cours de français, et elle avait grand besoin d'une longue nuit de sommeil. Cela dit, la journée avait été si éprouvante qu'elle doutait de réussir à dormir.

— Francesca ? Ça va ?

Elle se leva à son tour.

— Je suis tellement inquiète pour Jonathan Burton…

— Nous le sommes tous, ma chérie. Mais il faut faire confiance à la police. Mets ta robe verte, ce soir, s'il te plaît. Avec le camée.

Elle allait sortir quand elle ajouta :

— Il y aura le Dr Parkhurst. Cela devrait te redonner du courage.

Le Dr Parkhurst était le fondateur et le président de la Société pour la prévention du crime.

— Pourquoi ne me l'avez-vous pas dit plus tôt ? s'exclama Francesca.

— Je crois que le préfet de police sera là aussi, ajouta Julia avant de sortir.

Francesca s'appuya au dossier d'une chaise. Pourquoi ces battements de cœur désordonnés ? Elle courut derrière sa mère.

— Maman, attendez !

— Oui ?

— Que savez-vous de Rick Bragg ?

Julia eut l'air surpris.

— Comment cela ? Tu ne… Francesca ! Tu ne t'intéresses tout de même pas au préfet de police ! s'écria-t-elle, consternée.

Francesca se sentit rougir.

— Je n'ai rien dit de tel. Mais en quoi cela serait-il condamnable ? Il vient d'une bonne famille. Les Bragg du Texas valent bien les Vanderbilt. À moins que… Il n'est pas marié, n'est-ce pas ?

— Je ne sais pas ce qui te passe par la tête, Francesca, mais il n'est pas question que tu t'intéresses au préfet de police Bragg.

Il était marié ! Le cœur de Francesca lui sembla peser soudain une tonne.

— Tu sais que je n'aime pas dire du mal des gens, reprit sa mère, mais jamais je n'approuverai une relation entre Rick Bragg et toi.

Francesca était déconcertée.

— Il n'est pas marié ?

— Marié ? Sûrement pas ! Il est illégitime, ma petite fille. Aussi illégitime qu'il est possible de l'être.

Francesca était sidérée.

— Quoi ?

— Je tiens l'information de ton père. Je ne crois pas que grand monde soit au courant, mais c'est un fait. Le sujet est donc clos.

La jeune fille ne connaissait personne qui souffrît d'un tel handicap, car d'ordinaire, ces gens n'évoluaient pas dans les cercles de qualité.

— Il semble très cultivé, risqua-t-elle. Il est allé à Harvard.

— Et alors ? Il est aussi de bonne famille. Ton père pense qu'il se présentera un jour aux élections sénatoriales, mais cela ne change rien au fait…

Elle baissa le ton comme si elle craignait d'être entendue.

— Au fait que sa mère était une femme de mauvaise vie.

Francesca était grandement choquée.

— Ne répète pas ce que je viens de te confier, ce ne serait pas bien vis-à-vis du préfet de police, insista Julia. Mais si tu éprouves pour lui quelque inclination romantique, je te suggère d'y renoncer sur-le-champ.

Elle s'adoucit, caressa la joue de sa fille.

— Je vois que tu es aussi bouleversée que je l'ai été lorsque je l'ai appris. Ne pense plus à Bragg. Quand seras-tu prête à te rendre en ville ? Je vais avertir Jennings.

— Dans une demi-heure, parvint à répondre Francesca.

Sa mère lui caressa de nouveau la joue avant de disparaître.

Francesca était assommée. Décidément, la journée n'était qu'une succession de chocs.

Francesca prit quelques minutes pour se rafraîchir. Son désarroi n'avait fait que croître, mais elle refusait de s'en avouer la raison. Mieux, elle tentait de se persuader que cela n'avait rien à voir avec Bragg.

Elle quitta sa chambre pour se rendre aux cuisines où elle demanda à voir Joel. Mme Ryan, la gouvernante, sortait justement de l'office. C'était une grande femme maigre aux cheveux roux grisonnants et aux yeux d'un bleu fané. Des lunettes qu'elle ne chaussait jamais pendaient sur sa poitrine.

— On ne trouve le garçon nulle part, mademoiselle Cahill, annonça-t-elle, les poings sur les hanches.

Francesca battit des paupières.

— Je vous demande pardon ?

— Joel Kennedy a disparu. Et avec lui une bonne partie de l'argenterie.

— Quoi ?

— Il a volé l'argenterie, mademoiselle. Je ne me réjouis pas d'avoir à l'annoncer à Mme Cahill.

Francesca était atterrée. Joel l'avait volée, alors qu'elle avait eu la bonté de lui fournir du travail et un toit ! Plus important encore, il représentait son seul lien avec Gordino...

— Mais comment a-t-il pu voler l'argenterie, alors qu'elle est enfermée dans une armoire et que vous en détenez les clés ? s'étonna-t-elle.

— Venez avec moi, dit Mme Ryan.

Francesca lui emboîta le pas.

Il y avait dans la salle à manger un magnifique meuble du XVIIe siècle dans lequel on rangeait l'argenterie, les cristaux et la porcelaine fine. Mme Ryan désigna un tiroir.

Le bois autour de la serrure de cuivre était très abîmé.

— Il a forcé la serrure, murmura Francesca.

— Espérons qu'il n'a pas fait pire. Ce serait bien notre veine que ce soit un vrai cambrioleur.

Un instant, Francesca se demanda si Mme Ryan prenait plaisir à ce drame, ou si elle se réjouissait qu'elle en fût responsable.

— Il va nous falloir être très prudents, au cas où des voleurs pénétreraient dans la maison pendant notre sommeil.

Il y avait en effet des bandes organisées qui prenaient les empreintes des serrures de chambres et revenaient commettre des vols à grande échelle.

— Ah ça, oui, renchérit Mme Ryan. Dois-je prévenir votre mère, ou est-ce que vous vous en chargez ?

Francesca soupira.

— Je dois me rendre en ville. Pourquoi ne garderiez-vous pas cette affaire pour vous ? Je lui parlerai à mon retour.

Elle avait l'intention de remettre cette corvée au plus tard possible.

— Très bien, acquiesça Mme Ryan avant de quitter la pièce à grandes enjambées.

Furieuse, Francesca alla chercher son manteau. Elle avait voulu aider Joel Kennedy, et voilà comment il la remerciait !

Francesca mit une heure pour atteindre le centre-ville, où se trouvait l'entreprise *Wiley et Fils*, car il continuait de neiger, ce qui provoquait des embouteillages. Le ciel s'assombrissait, annonçant le crépuscule, et elle demanda à Jennings de l'attendre en double file.

Bien que les bureaux de son père soient situés à Wall Street, cela faisait des années qu'elle n'était pas venue dans ce quartier. D'ordinaire animé, il était presque désert en raison de la neige, et elle ne croisa que quelques messieurs munis de grands parapluies noirs.

Francesca consulta la liste des sociétés, dans le hall de l'immeuble, et monta au premier étage. Une réceptionniste lui indiqua un bureau d'angle. Un peu anxieuse, elle frappa doucement à la porte.

On lui répondit d'entrer.

Wiley était assis à un vaste bureau, en manches de chemise roulées jusqu'au coude. Il semblait très absorbé. Lorsqu'il leva les yeux et découvrit Francesca, il bondit sur ses pieds.

— Mademoiselle Cahill !

Elle referma la porte derrière elle.

— Je suis venue m'excuser, car j'ai complètement oublié notre déjeuner, dit-elle avec un sourire penaud. Je suis vraiment navrée.

Il s'approcha, les joues écarlates.

— Ce n'est pas grave... Laissez-moi vous débarrasser... Quelle délicieuse surprise !

Francesca n'avait pas envie de s'attarder, mais elle avait déjà été suffisamment grossière. Elle lui tendit son manteau.

— Permettez-moi de vous expliquer, commença-t-elle.

— Bien sûr... Encore qu'une explication ne soit pas nécessaire, ajouta-t-il vivement. Je n'arrive pas à croire que vous soyez venue en ville par ce temps !

Francesca sourit tandis qu'il ouvrait la porte et appelait son assistant pour lui demander du thé.

Comme elle restait debout, il se précipita pour lui avancer un siège.

— Asseyez-vous, je vous en prie.

Elle était fort mal à l'aise. Il semblait entiché d'elle, or elle avait fait fi de ses sentiments.

— Vous avez entendu parler de l'affaire Burton, dit-elle tandis qu'il s'installait en face d'elle.

— Une horrible tragédie, répondit-il d'un ton grave.

Ses joues avaient repris une couleur presque normale.

— C'est ce qui m'a perturbée. Je connais très bien la famille, et je suis folle d'inquiétude pour Jonathan.

— Je suis désolé, murmura-t-il.

Pour la première fois, Francesca le regarda réellement. Il avait l'air d'un gentil jeune homme.

— Comment réagissent les parents ? s'enquit-il. Ils doivent être effondrés !

— En effet.

— Pauvre Mme Burton !

Francesca se rappela la façon dont il avait contemplé Eliza, le soir du bal. Il n'était certes pas le seul à l'admirer, elle se demanda cependant s'il n'avait pas un faible pour la jeune femme.

— Vous les connaissez depuis longtemps ? demanda-t-elle.

— Assez longtemps. En outre, Robert et moi jouons au golf à Saratoga Springs, où ma famille possède une maison de campagne à quelques kilomètres de celle des Burton.

— Je l'ignorais.

Wiley devait avoir à peu près le même âge qu'Evan, qui avait vingt-quatre ans. Eliza Burton était sans doute plus âgée de quelques années.

— Les Burton ont acquis cette propriété il y a un ou deux ans, je crois ? risqua-t-elle alors qu'elle n'en avait aucune idée.

Il haussa les sourcils.

— Oh, non ! Ils la possèdent depuis des années. Je devais avoir environ quatorze ans lorsque je les ai rencontrés pour la première fois ; ils étaient jeunes mariés.

Francesca se redressa sur son siège, le cœur battant. S'il était proche des Burton, Wiley pouvait se révéler une précieuse source d'information.

— Vous connaissez bien les jumeaux, alors.

— Depuis leur naissance.

— Avez-vous une idée de qui pourrait détester les Burton au point d'enlever leur fils ? Qui pourrait en vouloir secrètement à l'un des deux, ou aux deux ?

Wiley fronça les sourcils.

— Non, je crains que non, mademoiselle Cahill. Le préfet de police Bragg m'a déjà posé cette question, malheureusement, je n'ai pas pu l'aider.

Quelque chose dans son intonation l'alerta. Et soudain, absurdement, elle se demanda si Wiley était fou. C'était tiré par les cheveux, naturellement. Pourtant un proche des Burton, une personne qui n'était pas ce qu'elle paraissait être avait commis ce crime.

Il faudrait qu'elle partage cette réflexion avec Bragg.

— Je serais heureuse de rester plus longtemps, fit-elle en se levant, mais je crains que le temps ne s'aggrave, et je préfère ne pas m'attarder.

Il fut aussitôt sur ses pieds, et alla chercher son manteau.

— Mademoiselle Cahill, dit-il tout en l'aidant à l'enfiler, pourrions-nous prendre un autre rendez-vous pour déjeuner ?

Elle faillit refuser, puis se rappela qu'il connaissait bien les Burton.

— Certainement, dit-elle, se sentant coupable d'accepter son invitation pour de mauvaises raisons. Mais cela peut-il attendre jusqu'à dimanche ?

— Ce serait parfait ! s'écria-t-il, ravi.

Il lui ouvrit la porte.

— Je vous raccompagne, si vous voulez bien.
— Avec plaisir, répliqua Francesca.

Dans le hall du quartier général de la police, Francesca demanda à parler au préfet de police. Le sergent à qui elle s'était adressée voulut connaître la raison de sa visite, mais elle se contenta de donner son nom et de préciser que Bragg était un ami de sa famille.

Tandis que le sergent ordonnait à un jeune agent d'aller voir si le préfet de police pouvait recevoir Mlle Cahill, elle entendit toussoter derrière elle. Pivotant sur ses talons, elle se retrouva face à un homme moustachu d'une trentaine d'années.

— Arthur Kurland, du *Sun*, se présenta-t-il en lui tendant la main. Ai-je bien entendu ? Vous êtes la fille d'Andrew Cahill ?

— En effet, dit-elle, déconcertée, en lui serrant la main.

— Qu'est-ce qui vous amène à Mulberry Street ? l'interrogea-t-il sans détour.

Elle se passa la langue sur les lèvres.

— Le préfet de police est un ami de mon père.

— Et il est bel homme, pas vrai ? fit Kurland dans un sourire.

Francesca se raidit.

— Je ne pense pas que ce que je fais ici vous concerne en quoi que ce soit, riposta-t-elle.

— Je me renseignais, c'est tout. Inutile de monter sur vos grands chevaux, mademoiselle Cahill. Je ne voulais pas vous offenser. Vous connaissez les Burton, non ? Ce sont vos voisins, je crois. Ils n'étaient pas chez vous lorsque leur fils a été enlevé ?

Quel culot !

— En effet, ce sont des amis, répondit-elle sèchement.

À cet instant, à son grand soulagement, l'agent vint lui annoncer que Bragg l'attendait. Elle s'excusa et se dirigea en hâte vers l'ascenseur.

— Pourrons-nous bavarder quand vous redescendrez ? lança Kurland.

Francesca ne lui répondit pas.

— Quel indiscret ! marmonna-t-elle, plus pour elle-même que pour l'agent qui l'accompagnait.

— Ils sont tous comme ça, si vous voulez mon avis, mademoiselle. Des vautours qui guettent le scoop.

— Le scoop ?

— Une histoire à sensation, expliqua-t-il tandis que l'ascenseur s'immobilisait à l'étage.

La porte de Bragg était grande ouverte.

Il était assis à sa table de travail en bras de chemise, la cravate dénouée. Il discutait au téléphone, une pile de dossiers devant lui. On avait l'impression qu'un ouragan avait dévasté son bureau.

Francesca se laissa aller à le contempler. S'il avait été rasé, il aurait été proprement époustouflant.

Il leva les yeux, lui fit signe d'entrer tout en indiquant au policier de fermer la porte. Il désigna ensuite un siège à Francesca.

— Merci, fit-il. Tenez-moi au courant.

Il posa le récepteur.

— Bonjour, mademoiselle Cahill.

Il sourit, et elle lui rendit son sourire tout en songeant à ce que sa mère lui avait révélé. Était-ce vraiment si important qu'il fût un enfant illégitime ? Ce n'était pas sa faute, après tout ! Du reste, il était très bien élevé, c'était un vrai gentleman. Elle espéra de toutes ses forces qu'il n'avait pas souffert de sa naissance.

Elle soupira.

— J'ai peut-être un nouveau suspect à ajouter à votre liste, Bragg.

Il joignit les doigts.

— Continuez.

Elle lui raconta en détail sa visite à Wiley, à quoi il répondit en secouant la tête.

— Vous sautez directement aux conclusions, Francesca. À tort. Il doit y avoir des douzaines de jeunes gens dans cette ville qui admirent ou peut-être aiment en secret Eliza Burton. Le fait qu'il la connaisse depuis des années ne désigne pas Wiley comme suspect.

Francesca était déçue par la tiédeur de sa réaction. D'un autre côté, elle était aussi soulagée.

— Mais vous admettez qu'il y a un loup dans la bergerie, n'est-ce pas ? Et que nous devons garder cela à l'esprit !

Il s'adossa à son fauteuil. En dépit du froid, la fenêtre était ouverte.

— *Nous* ne devons pas l'oublier ?

Elle s'empourpra.

— Je suis désolée. Je ne peux m'empêcher de penser à cette... cette oreille.

Il s'assombrit d'un coup, se leva, et commença à arpenter la pièce.

— Avez-vous réussi à localiser Gordino ? demanda-t-elle, pleine d'espoir.

Il vint vers elle.

— Nous y travaillons jour et nuit, Francesca. Je sais que vous êtes une personne pleine de compassion, mais laissez-moi mener mon enquête... seul.

— Je veux seulement aider, murmura-t-elle.

— Je sais. Mais il vaudrait mieux que vous n'aidiez *pas*, décréta-t-il.

Elle se sentit brusquement déprimée. Comment ne pas s'en mêler alors qu'elle pouvait peut-être apporter sa contribution ?

— Autre chose ? reprit-il.

Elle se leva, nerveuse.

— J'ai un aveu à vous faire.

— J'ai presque peur de l'entendre.

Elle tressaillit.

— Mais il le faut.

Il croisa les bras.
— Alors ?
Elle prit une profonde inspiration pour se donner du courage.
— Dimanche après-midi, comme je quittais vos bureaux, j'ai aperçu Joel qui courait dans la rue. Et je l'ai fait monter dans ma voiture.
— Vous êtes décidément incorrigible ! grommela Bragg.
— Je pensais qu'il pourrait être utile. Et puis, il me faisait de la peine. Sa mère est morte de la tuberculose, son père de... peu importe. Je lui ai offert du travail, je l'ai emmené à la maison, je l'ai nourri, je lui ai fourni un lit.
Il grimaça un sourire.
— J'imagine qu'il y a une morale à cette histoire ?
— Hélas !
— Laissez-moi deviner. Cette petite canaille s'est enfuie avec les bijoux de famille ?
Elle croisa son regard d'ambre.
— Non. De l'argenterie. L'ingrat ! s'écria-t-elle.
Bragg secoua la tête.
— Je suis désolé d'avoir à vous le dire, Francesca, mais vous avez été dupée. La mère de Kennedy est tout ce qu'il y a de vivante, bien que je n'aie aucune idée de qui est son père. Maggie Kennedy est couturière, elle travaille chez Moe Levy. C'est une femme honnête. Elle a trois autres enfants plus jeunes et elle se tue à la tâche pour les élever. Elle habite dans un taudis près de la 10e Rue. Malheureusement, Joel ne lui ressemble pas du tout.
Francesca n'en croyait pas ses oreilles.
— On peut dire que j'ai été roulée !
Il eut un rire bref.
— Je suis allé deux fois chez Maggie depuis dimanche dans l'espoir d'y trouver Joel. Au moins, à présent,

je sais pourquoi il n'y était pas. D'ailleurs elle m'a appris qu'il rentrait rarement à la maison.

— Je suis désolée, souffla Francesca.

— Peut-être que cela vous servira de leçon.

De toute évidence, il l'espérait.

— Je crois que oui.

Il sourit. Et elle aussi.

On frappa à la porte, et un visage rougeaud apparut dans l'entrebâillement.

— Qu'y a-t-il, Heinrich ? aboya Bragg.

L'homme pénétra dans le bureau.

— Pas de bonnes nouvelles, répondit-il en tendant un papier au préfet de police. Voilà mon rapport.

Bragg parcourut rapidement la feuille et vacilla comme si on l'avait frappé.

— Que se passe-t-il ? demanda Francesca.

Bragg ne parut pas l'entendre.

— Vous êtes sûr ? demanda-t-il à Heinrich. Comment pouvez-vous l'être ?

— C'est mon boulot de faire la différence entre le vivant et le mort. Ce morceau d'oreille appartient à un cadavre décédé depuis au moins dix-huit heures. Désolé, monsieur.

Francesca se laissa retomber sur son siège, atterrée.

8

Heinrich et Bragg sortirent du bureau afin de s'entretenir en privé. Francesca tremblait de tous ses membres.

Jonathan Burton était mort.

Lorsque Bragg revint enfin, il paraissait dix ans de plus. Le front plissé, il se dirigea vers son bureau, visiblement sous le choc.

Elle se leva, s'approcha de lui et posa la main sur son épaule.

— Ce n'est pas votre faute ! s'entendit-elle dire avec véhémence.

Il sursauta. De toute évidence, il avait oublié sa présence.

— S'il est mort, c'est ma faute, lâcha-t-il d'un ton neutre.

Trop neutre.

Elle s'apprêtait à protester, mais se contenta de murmurer :

— Si ?

Il s'éloigna d'elle, et la main de Francesca retomba à son côté. Devait-elle interpréter ce mouvement comme un rejet pur et simple ? Elle l'ignorait, et en ressentit un certain malaise.

— Heinrich a dit...

— Je sais ce qu'Heinrich a dit, coupa-t-il. Cette ville est pleine de cadavres, y compris de cadavres d'enfants.

Elle mit un moment à comprendre le sens de ses paroles.

— Vous pensez que... l'oreille provient d'un autre enfant ?

— C'est en tout cas une possibilité.

Abruptement, il alla à son fauteuil dans lequel il se laissa tomber si lourdement que le siège protesta.

Était-ce vraiment une possibilité ? Ou bien s'autorisait-il à espérer l'impossible ?

— Supposons que l'oreille soit celle de Jonathan, commença Francesca.

Bragg regardait par la fenêtre et fit pivoter son fauteuil pour lui faire face.

— Dans ce cas, le ravisseur est fou, poursuivit-elle. Et cruel. Il veut infliger la pire des tortures psychologiques aux Burton. Je me trompe ?

— Continuez, fit Bragg, l'air sinistre.

Elle avala sa salive. Il la mettait de plus en plus mal à l'aise.

— Et si l'oreille n'appartient pas à Jonathan, elle a été prise sur un enfant mort. Ce qui signifie que non seulement ce fou est porté sur la torture, mais qu'il a aussi intérêt à garder Jonathan en vie...

L'idée lui en était venue en parlant, et elle fut soudain revigorée. Tout espoir n'était peut-être pas perdu !

— Dans les deux cas, nous avons affaire à un dément, observa Bragg. Soit c'est un dément doublé d'un assassin, soit c'est simplement un dément.

Il se leva.

— Je suis désolé que vous ayez entendu ce nouvel élément. Vous ne devez en aucun cas le divulguer. C'est bien clair ?

Elle hésita imperceptiblement.

— Je ne dirai pas un mot.

— Qu'y a-t-il ? fit-il, le regard acéré. Qu'avez-vous déjà révélé ?

Décidément, cet homme était extrêmement clairvoyant.

— J'ai parlé à ma mère du troisième message, avoua-t-elle à contrecœur.

— Voilà qui est regrettable, commenta-t-il.

— Elle n'en parlera à personne ! assura Francesca.

— Insistez pour qu'elle ne divulgue pas cette information. Vous n'avez pas idée de ce dont sont capables les reporters, pour obtenir des informations, mademoiselle Cahill. Je ne veux pas que cette affaire fasse la Une de tous les journaux. Cela pousserait notre fou à des réactions extrêmes, et il deviendrait de plus en plus difficile de le localiser.

Elle pensa à Kurland qui, vraisemblablement, l'attendait en bas.

— Je m'entretiendrai avec ma mère dès mon retour, promit-elle.

— Je vous remercie. À présent, si vous voulez bien m'excuser...

Il semblait impatient qu'elle s'en aille, mais Francesca hésitait.

— Allez-vous révéler la vérité aux Burton ?

— Laissez-moi vous dire une chose qu'il m'a fallu vingt-huit ans pour découvrir.

Elle hocha la tête.

— Les mots sont faciles à prononcer. Mais ensuite, on ne peut plus ni les changer ni les effacer.

Elle le regarda droit dans les yeux.

— Je comprends.

— Bonsoir, fit-il.

Il était déjà à la porte et criait :

— Murphy ! Hicky ! Newman !

Il ne la vit même pas sortir.

Les Montrose habitaient au 698, Madison Avenue.

Francesca pénétra en compagnie de ses parents dans le vaste salon vert et or qu'un superbe tapis d'Orient réchauffait. La pièce n'était que soie, velours et brocart. La partie inférieure des murs était en boiserie, la partie supérieure était ornée des fresques représentant des scènes de la mythologie grecque et romaine.

Du seuil, elle repéra immédiatement la frêle silhouette de Parkhurst, qu'elle avait rencontré à plusieurs reprises. Il discutait avec Montrose et deux autres messieurs fort distingués qui l'écoutaient avec attention.

Cet homme était passionné par de nombreux sujets, et elle se demanda sur lequel il s'était embarqué. Tandis que son regard s'attardait sur Montrose, époustouflant en tenue de soirée, elle se rappela leur bref échange de la veille et l'intérêt qu'il lui avait témoigné. Elle était certaine qu'il n'en avait parlé à personne, pas même à Connie.

Quoique...

Il tourna brusquement la tête, comme s'il s'était senti observé. Francesca regarda vivement ailleurs, mais pas assez vite... Il l'avait surprise en train de le regarder. Pourquoi se comportait-elle comme si elle était coupable de quelque crime ? Bien sûr, il la prenait désormais pour une femme avertie. Qu'est-ce qui lui était donc passé par la tête ?

Il vint à elle.

— Bonsoir, Francesca. J'espérais bien que vous vous joindriez à nous.

— Maman a insisté, répondit-elle en évitant son regard.

Elle regretta aussitôt ses paroles... tout en se demandant si elle devait lui avouer la vérité.

Mais il sourit.

— Je m'en doute. Je suis sûr que vous auriez préféré passer la soirée à étudier dans la bibliothèque.

Francesca se risqua à croiser son regard. Un instant, elle crut qu'il savait pourquoi elle s'enfermait si souvent dans la bibliothèque. Pourtant elle avait fait jurer le secret à Connie, et elle n'imaginait pas que celle-ci ait pu la trahir.

— Je suis un incorrigible bas-bleu, murmura-t-elle.

Il la fixait avec intensité.

— Savez-vous que je m'émerveille parfois de ce que ma femme et vous êtes si différentes ? Cela ne cesse de me surprendre.

Francesca était de plus en plus mal à l'aise, elle avait le souffle court, son cœur s'affolait.

— Connie est tellement parfaite !

Parfaite épouse, parfaite mère, parfaite hôtesse. Francesca haussa les épaules.

— Je suis bourrée de défauts.

Il rit.

— Vous êtes toutes deux uniques, et ma femme, que j'adore, n'est pas parfaite.

— Qu'est-ce qui vous amuse ? s'enquit Connie qui s'approchait en souriant. Je suis contente que tu sois venue, Francesca.

Montrose sourit à son épouse.

— Nous parlions de vos imperfections, dit-il en l'attirant contre lui.

Francesca s'efforça d'ignorer ce geste affectueux.

— À vrai dire, nous parlions de mes défauts, intervint-elle.

— Des défauts ? Toi ? Tu es ravissante, ce soir, Francesca.

Elle accompagna ses paroles d'un regard interrogateur. Visiblement, elle se demandait pourquoi sa sœur portait des pendants d'oreilles et des bagues, du rouge et de la poudre. Et qui lui avait bouclé les cheveux.

— Pas aussi ravissante que toi, rétorqua Francesca, sincère.

Connie était la plus belle femme qu'elle connaisse. Elle avait hérité de leur mère le charme et l'allure. Sa robe rouge profondément décolletée était osée, mais la ligne en était si simple que personne n'aurait trouvé à y redire. Elle portait un collier de diamants et le bracelet assorti. Avec son rouge à lèvres foncé et ses cheveux relevés en chignon, elle avait tout d'une Parisienne !

— Je suis d'accord avec Francesca, déclara Montrose. Vous êtes éblouissante, ce soir, ma chérie, comme toujours d'ailleurs. Maintenant, mesdames, si vous voulez bien m'excuser...

Il leur sourit avant de rejoindre leurs invités.

Connie prit la main de sa sœur.

— Que t'arrive-t-il ? demanda-t-elle, stupéfaite. Est-ce bien ma sœur, ou un imposteur ?

— Un imposteur, évidemment. Ta sœur est en train d'étudier dans la bibliothèque.

Francesca allait lui demander si elle avait parlé de l'université à Montrose quand ses yeux s'agrandirent.

— Sarah Channing est là ?

Connie suivit la direction de son regard. Sarah Channing se tenait près de Julia et d'une autre femme.

— Evan la courtise, et je crois que c'est sérieux.

Francesca secoua la tête.

— Comment est-ce possible ? Elle est quasiment muette ! Et si timide ! Ils me semblent affreusement mal assortis.

— Je la connais à peine, avoua Connie avec un haussement d'épaules.

Evan choisit ce moment pour quitter le groupe d'hommes avec qui il discutait pour rejoindre Sarah. Il était tellement plus grand qu'elle qu'il devait se pencher pour lui parler. Francesca le vit sourire à Sarah qui lui retourna aussitôt son sourire.

— Tu crois vraiment que c'est sérieux ? insista-t-elle, troublée.

— C'est à lui que tu devrais poser la question.

Connie jeta un coup d'œil autour d'elle afin de s'assurer que personne ne les entendait, puis elle prit sa sœur par le bras et l'entraîna, à l'écart.

— Maman m'a appris que tu avais trouvé la troisième note ce matin, chuchota-t-elle.

— Elle te l'a raconté ? s'indigna Francesca, contrariée.

— Il paraît qu'elle était couverte de sang ! Mon Dieu, Francesca, dis-moi qu'on a retrouvé le petit sain et sauf.

Francesca se mordit la lèvre. Bragg allait être furieux que Connie soit au courant.

— Ne le répète à personne, je t'en supplie. Je n'aurais même pas dû en parler à maman.

— Je te le promets. Mais évidemment, je l'ai déjà raconté à Neil.

Francesca gémit intérieurement.

— Et à Beth.

— Quoi ? Comment as-tu pu en parler à Beth Anne Holmes ?

— C'est ma meilleure amie, lui rappela Connie. Ne crains rien, Beth n'est pas une commère, elle le gardera pour elle, j'en suis certaine. Maintenant, allons dîner.

Beth Anne, pas une commère ? Personne n'aimait autant les ragots qu'elle !

Connie commença à rassembler ses invités, et Francesca la suivit.

Mais Parkhurst parlait, et tout le monde se regroupa autour de lui.

— Le maire ne peut choisir les lois qu'il veut appliquer.

Des murmures approbateurs lui répondirent.

— Vous nous avez offert un magnifique sermon, hier, déclara Andrew Cahill. Superbe !

— Merci.

Parkhurst était un orateur-né, et ses sermons à l'église presbytérienne de Madison Square étaient fort célèbres.

— Je comprends la position de Low, évidemment, poursuivit Cahill. Ce sera le baiser de la mort s'il pousse la police à faire des descentes dans les tavernes le dimanche. Cependant, Bragg est un homme de haute moralité, et un réformateur sincère.

Francesca s'approcha, le cœur battant. Bragg était un réformateur. Rien ne pouvait lui faire plus plaisir.

— Je me demande ce que le préfet de police Bragg va faire, déclara un invité. Est-il l'homme de Low, ou est-il indépendant ? S'il est vraiment pour la réforme, il lui faudra appliquer la loi Raines, un jour ou l'autre.

— Bragg est en très mauvaise posture, admit Cahill. S'il s'attaque aux tavernes, il met en danger la réélection de Low. Mais s'il ne le fait pas, il manque à son devoir de réformateur.

— Je n'aimerais pas être à sa place, commenta un autre invité. Surtout avec cette terrible affaire Burton. La presse l'accuse déjà d'incompétence.

Francesca eut un sursaut si violent que tout le monde se tourna vers elle. Elle rougit. Comment les journalistes osaient-ils dire une chose pareille alors que Bragg travaillait sur cette affaire vingt-quatre heures sur vingt-quatre ? Quelle injustice !

Connie en profita pour s'immiscer dans la conversation.

— Le dîner est servi ! annonça-t-elle.

Tandis que les invités se dirigeaient vers la salle à manger en continuant à discuter de l'affaire, Francesca ruminait. Qu'adviendrait-il de Bragg s'il ne retrouvait pas Jonathan vivant ? Il perdrait certainement son poste.

Elle rejoignit son père.

— Le préfet de police ne devait-il pas assister à ce dîner, papa ?

— Il s'est excusé, répondit-il en lui prenant le bras. Puis-je escorter ma ravissante fille jusqu'à la salle à manger ?

Francesca acquiesça, à la fois déçue et soucieuse.

Francesca avait un cours de littérature à 10 heures, aussi descendit-elle prendre son petit-déjeuner à 7 h 45. Son père était déjà à table, plongé dans la lecture du *Times*.

— Regarde-moi ça, Francesca ! s'écria-t-il après l'avoir salué.

Il lui tendit le journal, et elle lut en première page : *De nouveaux messages, mais aucune nouvelle de l'héritier Burton.*

Elle se pétrifia. Sa mère en avait parlé à sa sœur, qui en avait parlé à Neil et à Beth Anne... Les mains tremblantes, elle parcourut l'article, et faillit tomber de sa chaise.

Un troisième et un quatrième message ont été découverts hier, à quelques heures d'intervalle. Le premier était imbibé de sang, le deuxième contenait un morceau d'oreille humaine.

Elle leva les yeux sur son père, épouvantée.

— Tu imagines ce... ce monstre ! s'écria ce dernier en tapant du poing sur la table. Le préfet de police se refuse à faire le moindre commentaire, mais il semblerait bien que ce pauvre petit ait été tué !

Francesca n'avait parlé à sa mère que du troisième message. Qui avait révélé l'existence du quatrième ? Et qu'avaient pensé les Burton en lisant le quotidien ? Ils devaient être atterrés, et bouleversés !

— C'est affreux, murmura Francesca.

— C'est pire que ça ! Ta mère m'a appris que c'était toi qui avais trouvé la troisième lettre, Francesca.

Décidément, au temps pour la confidentialité !

— Papa... commença-t-elle.

Il leva la main.

— Non. Je te connais par cœur. Je sais que tu n'as voulu que te rendre utile, mais je ne veux pas que tu sois mêlée à cette affaire. C'est compris ?

Francesca hochait la tête quand Evan entra et prit place en face d'elle.

— Bonjour ! Pourquoi ces têtes d'enterrement ? Et de quoi Francesca doit-elle se tenir à l'écart ? demanda-t-il en souriant.

Il se rembrunit en découvrant le gros titre.

— Je peux ?

Sa sœur lui tendit le journal, l'appétit coupé.

— C'est ta sœur qui a trouvé le troisième message, précisa Cahill.

— Cela ne m'étonne pas d'elle. Père a raison, Francesca. Ne te mêle pas de ça, et laisse la police faire son travail. Ils ont nettement plus d'expérience que toi.

Francesca se servit une tasse de thé.

— Je n'ai nullement cherché à m'en mêler. Il se trouve que j'ai fait certains rapprochements, c'est tout. Du reste, rien ne prouve que Jonathan soit mort.

Elle regretta aussitôt cette dernière remarque, mais apparemment, ni son père ni son frère n'en tirèrent de conclusions.

— C'est possible, admit Evan. Mais peut-être vaudrait-il mieux qu'il le soit.

— Comment peux-tu dire une chose pareille ? s'indigna-t-elle.

— On lui a coupé une oreille, Francesca...

— Cette oreille n'appartient pas obligatoirement à Jonathan Burton ! rétorqua-t-elle sèchement.

— C'est une théorie intéressante, commenta Andrew Cahill. Cependant ne pourrions-nous trouver un sujet de conversation plus agréable ?

Ses enfants acquiescèrent. Francesca se servit des œufs au bacon, tandis que son père reprenait :

— Evan a une nouvelle à t'annoncer. Je t'en prie mon fils, ajouta-t-il.

Evan sourit.

— Sarah et moi allons nous fiancer. Maman donnera une grande fête samedi prochain, et papa l'annoncera tandis que je lui offrirai officiellement une bague.

Francesca était abasourdie.

— Pourquoi pâlis-tu ainsi, Francesca ? Aurais-tu vu un fantôme ? plaisanta-t-il. J'avoue que je m'attendais à une réaction plus chaleureuse. Tu ne me félicites pas ?

— N'est-ce pas un peu rapide ? risqua-t-elle. Es-tu si amoureux ?

— Il aura vingt-six ans au mois de juin, fit remarquer son père. Il est temps qu'il se fixe.

— Grand temps ! renchérit joyeusement Evan.

Francesca avait l'impression d'avoir reçu un coup de poing.

— Depuis combien de temps vous connaissez-vous ? s'enquit-elle enfin.

— Quelques semaines, répondit Evan. Elle est très gentille, Francesca. Et de bonne famille. J'espère que vous deviendrez amies, toutes les deux.

— Gentille, répéta Francesca dans un murmure. Pourquoi ne retarderais-tu pas cette annonce le temps d'être certain que cette femme est bien celle avec laquelle tu as envie de passer le reste de ta vie ? Ta vie *entière ?*

Evan eut son sourire éblouissant.

— Mais j'en suis certain, Francesca. Parfois, cela arrive. Le coup de foudre, expédié par Cupidon en personne. Et on n'y peut pas grand-chose.

Elle hocha la tête, mais elle n'en croyait pas ses oreilles.

— Evan, en tant que sœur aimante et loyale, je te supplie d'attendre quelques mois avant de te fiancer.

Avant qu'il puisse répondre, leur père, qui se levait, déclara :

— J'approuve de tout cœur la décision d'Evan. À présent, je dois partir au bureau. Tu viens avec moi, Evan, ou tu me rejoins plus tard ?

— Je vous accompagne, père, dit-il en se levant à son tour.

Il adressa un clin d'œil à sa sœur.

— Ça ira, Francesca. Fais-moi confiance.

Elle les regarda quitter la pièce. Sur le seuil, Evan se retourna.

— Tu as promis de lui rendre visite, lui rappela-t-il.

Elle eut un faible sourire.

— J'irai.

Une fois les hommes sortis, elle repoussa son assiette, posa les coudes sur la table – de quoi faire hurler sa mère ! –, et se prit la tête dans les mains. Elle avait passé la nuit à se retourner dans son lit, à rêver d'oreilles, et de Rick Bragg, et de Jonathan… qu'ils avaient fini par retrouver, sauf que ce n'était pas Jonathan, mais Joel Kennedy…

Bragg avait dit qu'il était allé deux fois chez les Kennedy depuis l'enlèvement. Avait-il précisé où habitait la mère de Joel ?

Avenue A, à côté de la 10e Rue ?

Il fallait absolument débusquer Joel, car ils avaient désespérément besoin de Gordino.

Elle bondit sur ses pieds, se mit à arpenter la pièce. Maggie travaillait chez Moe Levy, un tailleur pour hommes réputé. Combien d'ateliers possédait-il ? Sans doute plusieurs. Peut-être Maggie n'avait-elle pas voulu se confier à Bragg parce qu'il appartenait à la police, mais lui parlerait-elle à *elle*, de femme à femme ?

Ils étaient dans une impasse. Il fallait qu'elle la trouve, qu'elle lui parle !

Renonçant à son petit déjeuner, elle décida de ne rester qu'une heure à l'université, puis de tenter de dénicher Maggie Kennedy. Mais alors qu'elle passait devant la fenêtre, le roadster de Bragg s'arrêta devant la demeure des Burton.

Sans réfléchir, elle se précipita à l'étage, pénétra dans sa chambre, s'empara de ses jumelles de théâtre et courut à la fenêtre. Bragg était déjà entré chez les Burton.

Elle dirigea ses jumelles sur le hall, au rez-de-chaussée. Personne.

Le petit salon était vide, lui aussi.

Non ! Bragg s'y trouvait. Il se découpait devant la fenêtre, immobile.

Elle s'aperçut soudain que ses lèvres bougeaient. Il parlait à quelqu'un qu'elle ne pouvait voir. Flûte !

C'était sans doute Burton ou Eliza.

Puis celle-ci entra dans son champ de vision.

Francesca se figea sur place tandis qu'Eliza se jetait dans les bras de Bragg.

Il la tint serrée contre lui.

De toute évidence, elle pleurait, et il était tout aussi évident qu'il la consolait.

Il ne faisait aucun doute qu'Eliza et le préfet de police étaient plus que de vagues relations…

9

Mardi 21 janvier 1902, 8 h 30

Ils étaient amants.

Les mains de Francesca tremblaient tellement que les jumelles tressautaient et qu'elle ne voyait plus très bien. Bragg caressait les cheveux d'Eliza, de cela elle était certaine.

La façon dont ils se tenaient évoquait une profonde intimité.

Soudain ils se séparèrent d'un bond, comme pris en faute. Eliza s'éloigna de Bragg. Quelques secondes plus tard, les soupçons de Francesca se confirmèrent : Burton entrait dans la pièce.

Elle en avait la nausée !

Burton se doutait-il que son épouse et le préfet de police de New York avaient une liaison ?

Francesca était complètement désarçonnée. Comment était-ce possible ? Surtout vu les circonstances ? Elle se laissa tomber dans le premier fauteuil venu. Elle ne se rappelait pas avoir jamais été aussi bouleversée. Que lui arrivait-il ? Quelle importance qu'Eliza soit la maîtresse de Bragg ?

Les larmes lui montèrent aux yeux. Cela lui importait, bon sang !

À son grand étonnement, elle se mit à pleurer.

Cela lui arrivait rarement. En jeune femme sensée, elle savait que cela n'avançait à rien. En outre, elle ne supportait pas les femmes qui avaient sans cesse la larme à l'œil.

Elle s'essuyait les joues d'un geste rageur quand une phrase prononcée par Bragg lui revint à l'esprit : « Il doit y avoir des douzaines de jeunes gens dans cette ville qui admirent ou peut-être aiment en secret Eliza Burton. »

Elle se rappela cette façon qu'il avait de nier farouchement la possibilité que Jonathan fut mort. Elle se souvint aussi de sa colère lorsqu'elle avait suggéré que, peut-être, Eliza mentait en prétendant qu'elle n'avait pas de soupirant, simplement pour sauvegarder son mariage. À présent, elle comprenait pourquoi cette affaire lui tenait tant à cœur, pourquoi il refusait de croire que l'enfant était mort, pourquoi il protégeait avec acharnement la réputation d'Eliza.

Tout dans son comportement indiquait à quel point il était lié à Eliza. Chaque mot, chaque geste trahissait l'amour qu'il lui portait.

Et désormais, elle en avait la preuve, elle avait tout vu.

Elle se demanda depuis combien de temps cela durait.

Comment Eliza pouvait-elle tromper ainsi son époux ?

Et Bragg ? Elle se raidit. Elle croyait entendre sa mère : « Je te l'avais bien dit ! Les chiens ne font pas des chats ! »

Elle faillit se boucher les oreilles afin de faire taire cette voix.

On frappa à sa porte.

— Un instant ! cria-t-elle.

Elle se précipita dans la salle de bains. Elle avait les yeux rouges et gonflés. Elle eut beau se rafraîchir le visage, et se recoiffer, elle avait piètre allure. Pire encore, elle ressentait comme un grand vide dans la poitrine.

Elle ouvrit enfin pour découvrir une femme de chambre sur le seuil.

— Le préfet de police demande à vous voir, mademoiselle Cahill.

Bragg avait été introduit dans le petit salon attenant à la salle de réception. Francesca s'arrêta un instant sur le seuil pour l'observer à son insu. Il fixait la cheminée sans la voir. Il semblait épuisé et, bien qu'il fût rasé de près, on aurait dit qu'il n'avait pas dormi depuis des jours. Son angoisse était presque tangible.

Elle éprouva pour lui un élan de sympathie qu'elle refoula aussitôt. C'était un menteur. Seigneur, il paraissait tellement droit, tellement noble ! Elle était affreusement déçue. Elle avait toutes les raisons de le mépriser, désormais. Il devait la prendre pour une idiote ! Non seulement elle, mais toute la bonne société.

— Francesca, fit-il en s'avançant vers elle.

Elle recula d'un pas, et il s'immobilisa, visiblement surpris.

— Mademoiselle Cahill, rectifia-t-elle d'un ton pincé.

Comme s'ils n'avaient pas passé des heures à discuter de l'affaire, comme si une sorte de connivence tacite ne s'était pas instaurée entre eux au cours de l'enquête ! Elle se sentit rougir.

— Je vous demande pardon, reprit-il en cherchant son regard. Quelque chose ne va pas ?

— Non. Si. Bien sûr que quelque chose ne va pas, se hérissa-t-elle.

Que dirait-il, que ferait-il si elle l'accusait d'être l'amant d'Eliza Burton ? En même temps, elle songeait à Evan et à ses nombreuses maîtresses. Elle se sentit mal à l'aise. Elle adorait son frère, et elle ne le considérait absolument pas comme un être immoral. En fait, dès qu'il serait fiancé, elle savait qu'il abandonnerait ses aventures amoureuses.

Elle se rappela qu'il y avait une différence de taille : Bragg avait une liaison avec une femme mariée. Pas Evan.

— Francesca… mademoiselle Cahill ?

Il s'approchait, son regard ambré plein de sollicitude.

— Y a-t-il du nouveau ? s'enquit-elle en croisant les bras.

Elle ne se dérobait pas, mais elle avait l'atroce sentiment d'avoir été trahie.

— Non. Vous avez lu les journaux ?

Elle hésita.

— Malheureusement, oui.

Comment pouvait-elle se sentir trahie ? Ils étaient quasiment des étrangers. Il ne lui devait rien. Rien du tout.

Le regard de Bragg s'assombrit.

— Comme tout New York. Et les Burton.

— Eliza doit être dans tous ses états.

Sa voix sonnait dure, même à ses propres oreilles.

— Je sors de chez eux, dit-il en la regardant droit dans les yeux, visiblement dérouté. Elle est convaincue que son fils est mort… Vous êtes certaine que ça va ?

Comment osait-il se montrer aussi gentil et compatissant avec elle ? Et bien qu'Eliza ne fût pas ce qu'elle paraissait, elle demeurait une mère dont l'enfant avait disparu, était peut-être mort. Elle ne pouvait la mépriser.

— Avez-vous appelé le Dr Finny ? Voulez-vous que j'aille voir si je peux lui être utile ?

Il parut soulagé qu'elle réagisse ainsi.

— Elle s'est retirée dans ses appartements. Je doute qu'elle accepte de recevoir quiconque.

« Pourtant, elle vous a reçu, vous ! » faillit lui rétorquer Francesca sans la moindre indulgence.

— J'ai fait venir Finny, reprit Bragg. À qui avez-vous parlé du quatrième message ? Ou plutôt, de l'enveloppe avec l'oreille.

— À personne ! déclara-t-elle fermement.

Il sembla se détendre.

— Je suis désolé. Il fallait que je vous pose la question. Je suis furieux que le *Times* ait publié un tel article – un article capable de me nuire.

— Je vous jure que je n'en ai soufflé mot à quiconque, répéta-t-elle.

— Je vous crois.

Il soupira.

— Hélas, je crains que la fuite – les deux, même – ne viennent de mon propre service, ajouta-t-il.

— Qu'est-ce qui vous fait croire cela ?

De son côté, elle était convaincue que Beth Anne avait parlé du troisième message au monde entier.

— Bien qu'il s'agisse d'un cas de haute sécurité, ce qui signifie que quelques hommes seulement y travaillent et qu'ils ont juré le secret absolu, il y a aussi des techniciens sur l'affaire. L'un d'entre eux a peut-être été acheté. J'ai désigné moi-même les inspecteurs, mais il n'y en a que trois que j'ai récemment promus pour leur honnêteté et leur engagement. Et je ne puis même pas être certain que la fuite ne vient pas de l'un d'eux.

— Je suis désolée, murmura Francesca.

Le silence tomba entre eux, pesant. Francesca était incapable de dire quoi que ce soit tant elle était obsédée par la scène dont elle venait d'être témoin chez les Burton. Bragg l'observait avec beaucoup trop d'intensité, visiblement déconcerté par son comportement.

— Je dois partir, Francesca, dit-il enfin. Si quelque chose ne va pas, je vous en prie, sentez-vous libre de m'en parler.

Elle eut un sourire ironique. Trop ironique.

— Pourquoi diable pensez-vous que quelque chose ne va pas ? En dehors du fait qu'un enfant a disparu dans d'atroces circonstances ?

Il plissa les yeux.

— Nous ne nous connaissons pas depuis longtemps, mais je crois pourtant que nous sommes devenus amis, d'une certaine manière. Et je suis assez observateur. Or quelque chose cloche, j'en suis certain.

— Mais non. Vous vous trompez, pour une fois, monsieur.

Le ton était trop sec pour être aimable.

— J'espère que ce n'est pas quelque maladresse que j'aurais commise par inadvertance, hasarda-t-il.

Francesca faillit en rester bouche bée.

— Eh bien, bonne journée.

— Bonne journée, répondit-elle.

Elle ne le raccompagna pas à la porte.

Elle n'irait pas en cours. Il y avait trop à faire, et tant qu'ils n'auraient pas la preuve du contraire, il fallait considérer que Jonathan Burton était vivant.

Elle enfila une jaquette gris anthracite gansée de noir, coiffa un chapeau noir orné de plumes d'autruche, prit son sac et descendit à la hâte, bien décidée à chasser de son esprit l'histoire entre Bragg et Eliza.

Elle n'avait pas atteint le rez-de-chaussée que Connie fit son entrée, son bébé dans les bras, suivie de Mme Partridge et de la petite Charlotte, âgée de trois ans.

Charlotte était le portrait de sa mère, sauf que ses cheveux étaient si blonds qu'ils en paraissaient presque blancs. Lorsqu'elle vit Francesca, ses yeux bleus s'illuminèrent.

— Tatie ! Tatie !

Francesca lui tendit les bras.

— Viens vite me voir, ma Cendrillon.

Cendrillon était le conte préféré de la petite fille, et du coup, on lui avait attribué ce surnom. Elle lâcha la main de la gouvernante pour se précipiter vers Francesca.

— Bonjour ! s'écria joyeusement Connie. Nous avons eu envie de venir prendre le petit déjeuner avec vous !

Sa jupe bleu marine dansant autour de ses jambes, la petite fille se jeta dans les bras de Francesca qui la souleva dans les airs. Charlotte éclata de rire.

— Plus haut, Tatie ! ordonna-t-elle.

— Plus haut, tu te retrouveras au ciel, ma chérie dit Francesca qui l'étreignit un instant avant de la reposer à terre.

Elle regarda sa sœur avec étonnement. Celle-ci semblait très lasse.

— Tu avais un dîner hier soir, Connie. Nous sommes partis à minuit ! Pourquoi ne traînes-tu pas au lit, ce matin ? Avec le *Harper's Weekly* et une bonne tasse de chocolat... Ou mieux, le dernier catalogue de chez *Sear*.

Son intuition lui soufflait que tout n'allait pas pour le mieux.

— Depuis quand suis-je une lève-tard ? répliqua Connie. Tu avais oublié ? En outre, je te rappelle que les petites se réveillent à 7 heures.

Francesca s'approcha de sa sœur et se pencha sur la petite Lucinda, âgée de huit mois. Curieusement, elle était rousse et avait la peau très blanche.

— Ton dîner était fort réussi, Connie. Le repas, les invités, tout était parfait.

— Merci de me le dire. Vois-tu, maman ne m'a pas adressé le moindre compliment.

Francesca lui tapota le dos.

— Elle a pourtant trouvé que c'était une charmante soirée. Elle me l'a dit. Mais tu la connais. Les compliments ne sont pas son fort.

— Je sais, mais j'aurais tout de même aimé qu'elle fasse un effort, soupira Connie en calant le bébé au creux de son autre bras.

— Je peux la prendre ? demanda Francesca.

Un instant plus tard, elle berçait la petite fille. Mais alors même qu'elle savourait l'instant, la vision d'Eliza dans les bras de Bragg lui traversa l'esprit. Quand donc parviendrait-elle à oublier cette histoire ?

— Pourquoi fronces-tu les sourcils, Francesca ? s'enquit sa sœur.

La jeune fille sursauta.

— Je ne fronce pas les sourcils, Connie. C'est juste que je ne me souviens pas que tu sois venue si tôt prendre le petit-déjeuner.

Elle se demandait aussi quel prétexte avancer pour sortir si sa sœur s'attardait. Elle envisageait de se rendre à la boutique de Moe Levy, sur Broadway, et de s'y faire indiquer l'adresse de l'atelier où Maggie Kennedy travaillait.

— Papa est déjà parti ? fit Connie en tendant son manteau de fourrure, son chapeau et ses gants à un valet.

Charlotte, qui était sortie du hall, revint en courant.

— Grand-papa n'est pas là ! gémit-elle.

— Mademoiselle Charlotte, venez ôter votre manteau ! ordonna Mme Partridge d'un ton ferme.

Charlotte obéit et s'approcha de la petite dame rondelette aux boucles grises.

— Et tenez-vous correctement, ajouta la gouvernante à voix basse.

— Tatie Francesca, on peut aller faire des courses ? s'écria la petite fille. M'acheter une poupée ? Aujourd'hui ?

Sans laisser à Francesca le temps de répondre, Connie prit sa fille par la main.

— Tu as des dizaines de poupées, Charlotte. Il te faudra attendre ton prochain anniversaire pour en avoir une autre.

Charlotte eut l'air contrariée.

Francesca lui adressa un clin d'œil. « Plus tard », lui dit-elle en silence.

Charlotte sourit, battit des mains et jeta un coup d'œil coupable à sa mère. Connie soupira.

— Oh, Francesca, ne la gâte pas trop ! Tu as vraiment besoin d'en avoir une à toi, crois-moi.

— J'adorerais ça, assura Francesca en remettant Lucinda à Mme Partridge, mais pas ce qui va avec. Je suis trop jeune pour me marier.

Connie sourit.

— Maintenant qu'Evan est fiancé, tu as environ six mois de répit. Après son mariage, petite sœur, tu seras la suivante.

Francesca observa sa sœur.

— Il se marierait en juin ? dit-elle, un peu incrédule.

— Si maman a son mot à dire, oui.

Francesca leva les yeux au ciel. Elle ne s'était pas encore habituée aux fiançailles d'Evan, alors son mariage...

— Tu as pris ton petit déjeuner ? s'enquit sa sœur.

— Oui. J'allais sortir.

— À cette heure-ci ?

Connie était impeccablement coiffée, elle portait un simple collier de perles sur sa blouse et un soupçon de rouge sur les lèvres. Francesca se demanda si elle était aussi parfaite quand elle allait se coucher et au réveil. Sûrement, oui.

— Et où vas-tu, je te prie, si tôt dans la journée ?

Francesca sourit.

— Je me rendais à la bibliothèque municipale, c'est tout.

Elle mentait comme si elle n'avait fait que ça toute sa vie, pourtant, elle détestait tromper sa sœur.

Visiblement, celle-ci ne savait pas si elle devait la croire ou non. Elle lui prit le bras.

— Tiens-moi compagnie un moment. Gavons-nous de gaufres dégoulinantes de sirop d'érable et de chocolat chaud à la crème fouettée afin de devenir si merveilleusement grosses que plus un homme ne nous regardera.

« Quel étrange commentaire ! » songea Francesca tandis qu'elles se dirigeaient vers la salle à manger.

— Vous descendez, mademoiselle ?

Francesca jeta un coup d'œil par la vitre du fiacre. L'entreprise Moe Levy et Compagnie était située au troisième étage du bâtiment, sur la Trente-deuxième rue. L'immeuble était en piteux état, comme la plupart des édifices autour. La chaussée était truffée de nids-de-poule, les maisons avaient des vitres cassées, et les quelques ouvriers qui passaient par là paraissaient aussi pitoyables que le quartier.

— Bien sûr, répondit Francesca qui avait déjà réglé le cocher.

Tandis qu'elle posait le pied sur le trottoir, en prenant garde de ne pas glisser sur la neige gelée, elle ne put s'empêcher de se demander si elle trouverait un autre fiacre pour rentrer.

La voiture s'éloigna. Francesca serra son manchon dans une main, son sac dans l'autre. Deux hommes en vestes élimées la dévisagèrent avec curiosité. Un chien urinait sur la roue d'un chariot. Des cris s'élevèrent d'un bâtiment voisin. Le cœur de Francesca battait beaucoup trop fort. Que lui avait-il pris de venir là ?

Elle s'ébroua afin de chasser sa peur. C'était ici que travaillait Maggie Kennedy, et elle n'avait pas le choix : il fallait qu'elle lui parle. Elle n'avait pas osé demander à Jennings de la conduire, c'était trop dangereux. Une question de sa mère et il avouerait tout. Or, si celle-ci apprenait où se trouvait sa fille, et ce qu'elle avait fait ces derniers jours, elle lui interdirait de sortir de la maison pendant six mois !

Elle poussa la lourde porte d'entrée, qui n'était pas fermée, et se retrouva dans un hall mal éclairé d'où partait un escalier obscur. S'exhortant au courage, elle gravit les marches. Une odeur d'urine flottait dans l'air.

Sur le palier, elle crut entendre le ronronnement de machines et des bruits de voix. Il n'y avait que deux portes, une de chaque côté, et elle se dirigea vers la plus éloignée, qui devait donner sur la Septième Avenue.

La pièce était très vaste. Devant des tables de bois surchargées de tissus, tailleurs et couturières s'affairaient sans relâche. Il y avait des fenêtres sur trois des murs, si bien que la lumière du jour pénétrait à flots dans la pièce. À cela s'ajoutaient des ampoules électriques qui pendaient du plafond. Après la pénombre de l'escalier, Francesca fut éblouie, et elle dut cligner des yeux pour accommoder.

Quelques têtes se tournèrent, et un homme trapu, vêtu d'un costume un peu défraîchi, s'approcha d'elle.

— Je peux vous aider, mademoiselle ?

Il s'exprimait avec un fort accent. Allemand, ou russe.

— Je cherche Maggie Kennedy. Je crois qu'elle travaille ici.

— En effet, mais elle est occupée.

— C'est très important !

— Pourquoi ne revenez-vous pas à 6 heures ? C'est l'heure à laquelle elle termine.

— Cela ne peut pas attendre, insista-t-elle, au bord du désespoir.

Il secoua la tête.

— Non, non.

Brusquement, un certain propos de Bragg lui revint à l'esprit. Elle fouilla dans son sac, puis tendit à l'homme Un dollar en argent. Il sourit.

— C'est la rousse, là-bas, dit-il avant de s'éloigner.

Francesca venait de soudoyer quelqu'un pour la première fois de sa vie. Elle ne savait si elle devait s'en réjouir ou le déplorer. Préférant ne pas s'attarder à cette pensée, elle se dirigea d'un pas décidé vers Maggie Kennedy dont la chevelure flamboyait au soleil.

Celle-ci avait cessé de coudre. Assise sur son tabouret, elle fixait Francesca de ses grands yeux bleus.

Elle devait avoir à peu près l'âge de Connie, et elle était encore jolie, malgré quelques rides et des lèvres gercées. Mais ce fut son regard qui frappa Francesca. Un regard terne, sans âge, d'où le rêve et l'espoir avaient disparu.

Elle avait quatre enfants ! Et Joel avait dix ou onze ans, ce qui signifiait qu'elle avait dû l'avoir à treize ou quatorze ans... Francesca était effarée.

— Madame Kennedy ?

— Maggie suffira, dit la jeune femme avant de se pencher de nouveau sur son ouvrage.

Sa concentration semblait artificielle, ses gestes laborieux.

— Pouvons-nous parler ?

— De quoi ? demanda Maggie sans lever les yeux.

— Je suis au désespoir, dit simplement Francesca. Un petit garçon de six ans a disparu, et Joel pourrait nous aider à le retrouver.

Maggie s'immobilisa. Ses mains tremblaient, et elle finit par poser son regard las sur Francesca.

— Je suis désolée pour le petit garçon. Le policier m'a parlé de lui. Mais ça arrive tout le temps, en ville. Les enfants disparaissent. Et pire, même. Je suis désolée, répéta-t-elle, mais je peux pas vous aider. Je sais pas où est Joel.

Les larmes lui montèrent aux yeux, et elle se remit au travail avec des gestes saccadés.

Spontanément, Francesca lui couvrit la main de la sienne. Maggie s'interrompit.

— Je sais que vous avez peur pour Joel. Rassurez-vous. Il peut nous être utile, Maggie. Je vous en supplie de femme à femme. Je n'ai pas d'enfant, mais j'ai deux nièces. Je ne sais pas ce que je ferais si l'une d'elles était enlevée. Eliza Burton – la mère du petit – est folle d'angoisse. Il faut que je trouve Joel, il peut nous aider, j'en suis sûre. Je vous en prie...

Maggie la fixa avec intensité, les pupilles dilatées.

— Je sais pas où il est. Je le sais jamais. Il va et vient comme il veut, toujours fourré dans les ennuis. Il s'est sauvé tant de fois de la pension que je les compte plus. Il est comme son père, pour sûr, et j'en peux plus. J'ai assez de mal à donner un toit et de quoi manger aux trois petits, alors j'en peux plus !

Une larme roula sur sa joue, et le tremblement de ses mains s'accentua.

— Ce n'est pas un mauvais garçon, murmura Francesca. Il m'a secourue alors que j'étais dans une situation critique.

Maggie s'essuya les yeux.

— J'en peux plus, répéta-t-elle. Tout le monde a ses limites.

— Vous devez être très forte, fit Francesca en lui serrant la main.

Elle ne parvenait pas à imaginer ce qu'était la vie de cette malheureuse.

— Non. Je suis faible, fatiguée, je crie tout le temps après les petits... Vous dites qu'il vous a secourue ?

Francesca sourit.

— J'étais dans un lieu où je n'aurais pas dû me trouver, et un affreux individu m'a accostée. Joel l'a attaqué, et nous nous sommes enfuis tous les deux. J'ai une dette envers lui, Maggie.

Celle-ci esquissa un sourire et renifla.

— Il n'est pas toujours mauvais.

— L'avez-vous vu depuis dimanche ?

Maggie secoua la tête en détournant le regard.

Elle mentait, Francesca en était certaine.

— Je vous en prie, Maggie. Joel n'aura pas d'ennuis. Je ne suis pas de la police. Je suis une femme, comme vous.

Paroles malheureuses s'il en fut !

— Non, vous êtes pas comme moi ! rétorqua Maggie d'un air de défi. Vous êtes riche, je suis sûre que vous avez jamais eu faim de votre vie.

Elle posa son aiguille, montra ses paumes.

— Vous voyez ces cals ?

— Oui...

Soit Maggie ne savait pas où était Joel, soit elle refusait de répondre parce qu'elles n'étaient pas du même monde. Un gouffre impossible à franchir.

— Vous avez raison, reconnut Francesca. Nous ne sommes pas semblables, sinon que nous sommes toutes deux des femmes. Mais je ne renoncerai pas, Maggie, tant que le petit garçon qui a été enlevé ne sera pas retrouvé. Je prie seulement pour qu'il soit encore en vie, et chaque minute qui passe rend son sort plus incertain. Il est entre les mains d'un dément.

Les deux jeunes femmes se jaugèrent un instant du regard. Francesca sentait les larmes lui monter aux yeux, mais elle s'efforça de les ravaler.

— Il sera pas agrafé ?

— Agrafé ?

— Agrafé, répéta Maggie qui, devant l'air perdu de Francesca expliqua : Épinglé. Il se fera pas épingler par les flics ?

Elle parlait vraiment une langue étrangère !

— Vous voulez dire arrêté par la police ?

Maggie acquiesça.

— Et envoyé au trou.

— Non, assura Francesca. Je ne fais pas partie de la police, Maggie. Du reste, il n'y a pas de femmes dans la police. Je suis étudiante, c'est tout.

Maggie s'humecta les lèvres.

— Il habite chez mon voisin. Nous sommes au 201 de l'avenue A, au coin de la 10e Rue. Il est dans l'appartement 4, lettre C.

— Merci ! s'écria Francesca en joignant les mains.

Puis, impulsivement, elle embrassa Maggie Kennedy sur la joue.

Finalement, Francesca dénicha un fiacre qui l'amena avenue A. La différence entre ce quartier et celui qu'elle venait de quitter tenait au fait qu'il abritait des logements. Des taudis coincés entre des épiceries et des tavernes.

Il faisait un peu moins froid, la neige s'était transformée en boue. Le soleil était haut dans un ciel sans nuage, et il y avait foule sur les trottoirs, principalement des femmes vaquant à leurs tâches quotidiennes. Quelques colporteurs avaient sorti leurs charrettes. Francesca acheta un sachet de marrons grillés pour manger sur le chemin du retour. Elle passa devant un établissement de bains devant lequel des hommes et des gamins faisaient la queue. Des petits garçons avaient ôté leurs manteaux et jouaient à la balle sans se soucier de la neige fondue.

Le moral de Francesca était au beau fixe. Elle allait retrouver Joel !

Elle s'arrêta devant le numéro 201. Il n'y avait personne sur le porche, mais des bruits de voix montaient des appartements situés à l'entresol. Les fenêtres étaient ouvertes. Une femme chantonnait, et une odeur de poulet rôti flottait dans l'air.

L'estomac de Francesca se mit à protester, lui rappelant qu'elle n'avait pas pris de petit-déjeuner. Tout excitée, elle pénétra dans le bâtiment. Et si Joel n'était pas là ? S'il se sauvait en la voyant ? Elle croisa les doigts pour conjurer le sort.

La cage d'escalier était sombre et empestait l'urine, mais, cette fois, elle n'en fut pas surprise. En revanche, elle poussa un cri quand une souris lui fila entre les pieds, et grimpa vivement les marches.

Elle frappa à la porte de l'appartement C qui s'entrouvrit un instant plus tard sur une femme aux cheveux gris, vêtue d'une robe sombre et d'un tablier qui avait dû être blanc autrefois.

— Maggie m'a dit que je trouverais Joel ici, expliqua Francesca.

— Il y est pas, répondit la femme, visiblement méfiante.

Francesca lui tendit un dollar en argent.

— Puis-je l'attendre ?

La femme empocha l'argent, et ôta la chaîne de sécurité afin de la laisser entrer.

— Joel ! Quelqu'un pour toi !

Elle émit un son indéfinissable avant de se diriger vers le comptoir de la cuisine, qui faisait partie de la pièce de séjour.

Joel sortit d'une chambre, suivi par trois petits enfants. Ses yeux s'agrandirent d'appréhension quand il vit Francesca.

Il n'était pas question d'évoquer l'argenterie volée pour l'instant.

— Bonjour, Joel. Ta mère m'a dit que je te trouverais ici. Comment vas-tu ?

— Elle vous l'a dit ? s'exclama-t-il, les yeux ronds.

— Oui. Ta maman est une dame bien.

Elle regarda les trois bambins, deux garçons dont l'un avait les cheveux de jais de Joel et l'autre la chevelure flamboyante de sa mère, et une fille, brune, qui avait environ l'âge de Charlotte. Tous trois portaient des vêtements rapiécés, mais d'une propreté irréprochable, et les petits visages qui la contemplaient avec curiosité avaient été fraîchement débarbouillés.

— Ma mère n'est pas une dame, riposta Joel. Elle travaille.

Il avait une tache de suie sur le nez.

— Il n'empêche qu'elle a le tempérament d'une dame, répliqua Francesca.

— Ah bon ?

Il semblait ravi tout en essayant de ne pas le montrer.

— Absolument. Veux-tu me présenter tes frères et ta sœur ?

Il hésita.

— Pourquoi ?

— Pourquoi pas ?

Il soupira.

— Voici Lizzie, et Paddy, et Mat.

Il se tourna vers les gamins.

— Filez dans la chambre et attendez que je vous dise d'en sortir ! ordonna-t-il, sévère.

— C'est qui, la dame, et qu'est-ce qu'elle veut ? demanda le petit Paddy.

— Ça te regarde pas.

Après d'énergiques protestations, le trio retourna dans la chambre. Quelques secondes plus tard, Lizzie piaillait et les deux garçons riaient aux éclats. Francesca s'inquiéta.

— Ils jouent, fit Joel en fourrant ses mains dans ses poches.

— J'ai besoin de ton aide, Joel.

Il haussa les épaules.

— Si je peux.

— Nous devons trouver Gordino. Sais-tu où il est ?

— Non.

Francesca s'apprêtait à sortir une pièce de sa bourse la corruption devenait vraiment une habitude ! – lorsqu'elle repensa à l'argenterie.

— Comment as-tu pu, Joel ?

Il plissa les yeux, méfiant.

— Comment j'ai pu quoi ?

— Comment as-tu pu voler l'argenterie de ma mère ? s'écria Francesca.

— J'ai pas volé d'argenterie, m'dame.

— Je t'en prie ! Tu t'es enfui après avoir pris l'argenterie. Alors que je t'avais nourri, je t'avais donné un lit, un travail...

— J'ai pas pris l'argenterie ! répéta l'enfant avec véhémence.

Francesca fut déconcertée. Il semblait en colère.

— Tu étais le nouvel employé, Joel. Tu as un casier judiciaire. Ma mère me tuera, quand elle apprendra ce qui s'est passé.

Il la dévisageait avec agressivité.

— Je croyais que vous vouliez des nouvelles de Gordino.

— Bien sûr !

Mais en le mettant ainsi dans l'embarras, elle avait réussi à le mener là où elle voulait qu'il aille.

— Il se cache depuis dimanche, c'est ce qu'on raconte dans la rue, marmonna Joel.

— Où ? Nous devons absolument le trouver !

— C'est un mystère, m'dame.

— Joel, tu sais pourquoi je tiens tant à le localiser ?

Il se rembrunit, l'air de dire : « Je ne suis pas complètement idiot. »

— Bien sûr. Le petit Burton. C'est à cause de lui.

— Tu ne saurais pas où il est, par hasard ? s'écria brusquement Francesca. Je veux dire, est-ce qu'on en parle dans la rue ?

— Pas beaucoup.

— Qu'est-ce qu'on en dit ?

Francesca s'assit dans un petit fauteuil. Joel était debout près d'elle, et elle lui prit la main.

Il se dégagea en rougissant.

— Je sais pas. C'est une drôle d'affaire, voilà ce que tout le monde pense.

— Mais encore ? Je t'en prie... insista-t-elle.

— C'est pas quelqu'un d'ordinaire qui a fait ça, mademoiselle Cahill. C'est une histoire tordue, et tout le monde le sait. Y paraît que c'est quelqu'un qui en veut à Burton. C'est ce qu'on dit, en tout cas. C'est lui la cible.

Ainsi, c'était un ennemi personnel de Robert...

— Est-ce que tu serais prêt à m'aider à retrouver Gordino ?

Il hésita.

— Peut-être... Parce que vous m'avez donné du travail et tout, même si j'ai décidé de m'en aller.

Elle se demanda soudain s'il lui avait dit la vérité – s'il n'avait vraiment pas volé l'argenterie.

— Tu ne t'es pas sauvé parce que tu avais dérobé l'argenterie, Joel ? Pour la vendre et nourrir tes frères et sœur ?

Les yeux du garçon lançaient des éclairs.

— Je vous ai rien volé, m'dame ! Y a quelqu'un qui travaille chez vous et qui est un véritable escroc ! Il s'est servi de moi, et c'est lui qui a volé. Vous voyez ce que je veux dire ? Vous avez été filoutée !

Francesca se leva, mal à l'aise. S'il disait vrai, il y avait un voleur parmi leur personnel.

— Je comprendrais que tu l'ais volée, Joel.

— Je l'ai pas fait ! Je peux chiper dix bourses par jour. J'ai pas besoin de votre argenterie !

Elle le croyait volontiers. Elle lui posa la main sur les cheveux, qu'il avait plutôt sales.

— Je te demande pardon, dit-elle doucement. Vraiment.

Il fit un bond de côté.

— Vous me demandez pardon ? À moi ?

Elle sourit.

— Oui. Cela t'étonne ?

Il se détourna et marmonna :

— Je sais peut-être où il se cache.

— Quoi ?

Francesca l'obligea à lui faire face.

— Je sais peut-être où se cache Gordino, répéta-t-il.

— Où ?

— Ce soir. Retrouvez-moi vers 11 heures. Je vous y emmènerai. Il y sera peut-être.

Francesca fut saisie d'angoisse.

— Ce soir ? À 11 heures ? Tu veux que je te retrouve *ici*, ce soir, à *11 heures* ?

Il hocha la tête.

— Il faut que je sache, Joel, reprit-elle en croisant les bras. Où m'emmèneras-tu ?

— Vous travaillez pour ce flic ? demanda-t-il, les yeux plissés.

Flic. Policier.

— Non.

— Venez à 11 heures, on pourra peut-être trouver Gordino, s'entêta-t-il.

Francesca le fixa un moment, puis, en dépit de son inquiétude, elle accepta.

10

Mardi 21 janvier 1902, 16 heures

Curieusement, les Channing habitaient dans le West Side. Leur résidence, à un pâté de maisons du Dakota, ainsi surnommé parce que le quartier était éloigné du monde civilisé, était toute neuve. Francesca contempla l'affreux manoir gothique, « orné » de tours, de tourelles, et de gargouilles, en se demandant ce qui était passé par la tête de l'architecte.

Le père de Sarah Channing était décédé, et sa mère s'était empressée de construire cette horreur. Sarah était fille unique. Un jour, l'immense fortune des Channing lui reviendrait.

Francesca avait bien du mal à se concentrer sur sa tâche – se lier d'amitié avec la future épouse de son frère –, car elle ne cessait de songer à son rendez-vous avec Joel Kennedy. Elle avait l'estomac noué rien que d'y penser. Comment pouvait-elle seulement envisager de sortir toute seule, à une heure pareille, dans l'un des quartiers les plus mal famés de la ville ?

Pensive, elle gravit les marches du porche. Après mûre réflexion, elle avait décidé de ne pas parler à Bragg de son entrevue avec Joel ni de leur rendez-vous. Le gamin se méfiait de la police, à juste titre, et il prendrait ses jambes à son cou s'il devinait que le préfet de police était dans les parages. Mais elle craignait franchement pour sa sécurité. Elle savait combien Gordino était retors, et se rappelait comment il l'avait embrassée. Et puis, les paroles de Joel la hantaient. Gordino était un assassin, et pourtant, il était toujours en liberté.

Elle tira sur la sonnette.

Et s'il s'en prenait de nouveau à elle ? S'il réussissait, cette fois ? Cette seule idée lui donnait la nausée.

Elle ferait peut-être mieux d'avertir Bragg afin qu'il trouve le moyen d'être présent à l'insu de Joel.

Seulement, elle n'aimait pas l'idée de tromper ce dernier. Bizarrement, elle l'aimait bien. S'il en était réduit à voler, c'est que la pauvreté et le désespoir ne lui laissaient guère de choix pour survivre. Elle ne pouvait lui reprocher d'être ce qu'il était.

Il semblait aimer sincèrement ses frères et sœur.

Elle ne voulait pas trahir sa confiance.

Perdue dans ses réflexions, elle sursauta lorsque le valet lui ouvrit la porte. Elle lui remit sa carte, et il lui fut répondu que Sarah était occupée, mais qu'on allait voir si elle acceptait de recevoir des visites.

Francesca lui tendit son manteau, son chapeau, ses gants et son manchon, puis elle fut introduite dans un salon au décor surchargé. Des chérubins flottaient au plafond au milieu de nuages blancs, et boiseries et meubles étaient dorés. Francesca se mit à marcher de long en large dans la pièce.

Est-ce que le respect d'une promesse faite à Joel, un garçon qu'elle connaissait à peine, valait le risque de prendre un mauvais coup ? Elle frissonna.

Mais la vie de Jonathan Burton était en jeu. À condition qu'il fût toujours vivant... Et elle était prête à offrir une somme extravagante à Gordino en échange du nom de celui qui lui avait remis le deuxième message.

Un valet de pied apparut.

— Si cela ne vous dérange pas, mademoiselle Cahill, Mlle Channing vous recevra dans son atelier.

Son atelier ? Surprise, Francesca suivit le domestique à travers l'immense demeure. Il y avait pléthore de sièges, de tables, de sculptures, de vases, de miroirs, de tableaux. Mme Channing semblait avoir un goût immodéré pour la profusion.

Enfin, ils s'immobilisèrent devant une porte. Le domestique l'ouvrit, et Francesca n'en crut pas ses yeux.

Elle se trouvait sur le seuil d'une vaste pièce, à l'arrière de la maison, dotée de deux immenses baies vitrées qui laissaient couler la lumière à flots. La vue sur l'Hudson gelé était à couper le souffle. Mais ce ne fut pas ce qui étonna le plus Francesca.

Elle se trouvait dans l'atelier d'une véritable artiste. Il y avait des toiles appuyées un peu partout le long des murs, certaines plus hautes qu'elle. Des portraits, à quelques rares exceptions près. Certaines huiles étaient terminées, d'autres non, et devant un immense chevalet, le dos tourné, se tenait Sarah Channing.

Elle portait un tablier taché de peinture sur une robe bleue toute simple. Elle pivota en souriant, une brosse à la main. Elle avait de la peinture ocre sur la joue.

— Bonjour, mademoiselle Cahill. Quelle bonne surprise !

Francesca demeura un instant muette. La timide petite Sarah Channing était une artiste ? Et une artiste talentueuse, pour autant qu'elle pût en juger.

Car dans son cas, la peinture ne pouvait être un simple passe-temps. Son travail était trop professionnel – n'importe lequel de ses portraits aurait eu sa place chez ses parents. Ses portraits avaient quelque chose de rêveur, comme si les sujets étaient vus à travers un voile très fin.

Il y avait un portrait du maire, qui ne souriait pas, mais dont les yeux brûlaient de cette passion qui le caractérisait. Deux petites filles joyeuses, l'une d'elles carrément espiègle, offraient l'image même de l'innocence. La mère de Sarah esquissait un sourire, le regard lointain, comme dans la réalité. Mme Channing était toujours un peu absente, or Sarah avait brillamment restitué cette particularité.

— Je ne savais pas, avoua enfin Francesca, pleine d'admiration.

Sarah posa son pinceau, s'essuya les mains sur son tablier.

— Peu de gens sont au courant. Maman préfère qu'il en soit ainsi.

Francesca regarda la jeune fille. Peut-être avaient-elles plus en commun qu'elle ne l'avait imaginé de prime abord. Les apparences étaient tellement trompeuses, parfois !

— Vous êtes une merveilleuse artiste ! s'exclama-t-elle.

Sarah rougit.

— Pas vraiment…

— Je ne suis pas critique d'art, mais je trouve votre travail fabuleux !

Sarah sourit, les yeux brillants.

Cette jeune femme, songea Francesca, était entièrement dévouée à son art, comme elle-même l'était à la cause de la réforme. Son regard était beaucoup plus vif que lorsqu'elle l'avait rencontrée précédemment.

Soudain, elle eut la vision de son frère, si séduisant en tenue de soirée, annonçant qu'il sortait – sans aucun doute afin de se rendre à son club pour boire et jouer.

Elle le vit aussi avec ses grosses lunettes et son cache-poussière, se préparant pour une promenade à la campagne en automobile.

Ou en tenue de tennis, renvoyant balle sur balle, déterminé à battre son adversaire à plates coutures, sous les applaudissements de jeunes femmes pleines d'espoir.

Il n'y avait pas de couple plus mal assorti ! décida Francesca. Elle n'imaginait pas Sarah délaissant son atelier pour aller encourager Evan au bord des courts, se promener en automobile ou l'accompagner sur son voilier.

— Je suis désolée de vous recevoir dans une tenue si négligée, s'excusa Sarah d'un ton posé.

— C'est ma faute, répondit Francesca avec un sourire.

Elle étudia la jeune fille plus attentivement, et elle lui parut infiniment plus jolie, ses grands yeux bruns demeurant son principal atout.

— Je suis venue vous féliciter pour vos prochaines fiançailles avec mon frère, reprit Francesca.

— C'est ce que je pensais. J'ai de la citronnade, là, sur la table. En voulez-vous ?

Elle se dirigeait déjà vers le coin salon de la pièce, en face de la cheminée au manteau de bois sculpté. Il y avait un vieux sofa vert, deux fauteuils confortables ainsi qu'une petite table recouverte d'une nappe de dentelle sur laquelle se trouvaient un pichet de citronnade et quelques verres.

— Avec plaisir, répondit Francesca.

Elles s'assirent, et Sarah les servit. Elle laissa des traces de peinture sur le cristal du pichet, mais ne sembla pas s'en soucier.

Les deux jeunes femmes sirotèrent leur boisson en silence. Francesca comprenait les raisons pour lesquelles Sarah était tombée amoureuse de son frère – elle ne devait pas avoir beaucoup de soupirants, et sûrement pas un qui valût Evan. En revanche, elle ne comprenait toujours pas comment Evan avait pu s'éprendre d'elle. Il avait toutes les femmes qu'il voulait, et c'était un incorrigible séducteur.

— Depuis combien de temps connaissez-vous mon frère ? demanda enfin Francesca, juste pour relancer la conversation, puisqu'elle connaissait déjà la réponse.

— Deux semaines, répondit Sarah, l'air grave.
— Quelle histoire d'amour éclair ! s'écria Francesca.
Sarah esquissa un sourire sans répondre.
— Evan semble très épris de vous. Des centaines de femmes vont vous jalouser !
Sarah la regarda sans ciller.
— Je suis certaine qu'il y aura bien des cœurs brisés. Votre frère est à la fois beau et charmant.
Francesca fut certaine qu'il y avait un « mais » informulé derrière cette déclaration.
— Vous devez flotter sur un nuage, risqua-t-elle.
Sarah posa son verre maculé de peinture, et demeura un instant silencieuse. Elle affichait cette expression calme et sereine qu'on lui connaissait en public. Sauf que lorsque Francesca avait pénétré dans l'atelier, un peu plus tôt, elle rayonnait.
— Je suis très contente d'épouser votre frère, dit-elle.
Une sonnette d'alarme tinta dans la tête de Francesca. Quelque chose n'allait pas…
— C'est une union fort réussie.
Sarah acquiesça.
— En effet. Ma mère est enchantée, vos parents aussi.
Et elle, ne l'était-elle pas ? Pourtant, elle aurait dû être aux anges. Bien qu'elle sût qu'elle se montrait indiscrète, Francesca ne put s'empêcher de demander :
— Quelque chose ne va pas, Sarah ?
— Mais non, tout va bien, répondit la jeune fille.
— Vous aimez les automobiles ? demanda impulsivement Francesca. Evan a un nouveau roadster. Par beau temps, il adore sillonner Long Island. C'est tellement agréable !
Sarah hésita.
— Je suppose que j'apprendrai à aimer cela.
— Il possède aussi un voilier. Nous y passons de délicieuses journées, en été. Vous aimez la voile ?
Sarah hésita de nouveau.

— Pour être franche, j'ai le mal de mer.

C'était bien ce que soupçonnait Francesca. Ils n'avaient rien en commun, sinon qu'ils étaient amoureux.

— Ma foi, j'ai été tellement surprise quand Evan m'a appris qu'il était « tombé », pour ainsi dire.

— Tombé ?

— Vous savez. Tombé amoureux.

Sarah ne répondit pas. Elle jeta un coup d'œil à la toile sur le chevalet.

Elle représentait une jeune femme en robe du soir. Ses cheveux roux étaient relevés haut sur son crâne, son regard malicieux. Elle se détachait sur un fond de velours vert sombre, et sa main reposait sur le dossier d'une chaise.

— Elle est très belle, commenta Francesca.

Sarah s'illumina aussitôt.

— N'est-ce pas ? C'est ma cousine, le vilain petit canard de la famille. Elle est déjà veuve, à vingt-trois ans. Elle vit à Paris et dépense sans compter. J'ai commencé ce portrait juste avant qu'elle s'en aille... avec la fortune de son mari.

Sarah se laissa aller à rire ; c'était la première fois que Francesca l'entendait rire.

— Elle s'appelle Bartolla Benevente. Son mari était un comte italien. Elle me fait penser à Eliza Burton.

Francesca ouvrit de grands yeux. Ce n'était pas faux, mais il s'agissait moins d'une ressemblance physique – Bartolla était une véritable beauté – que d'une certaine assurance, doublée d'un brin d'effronterie. Toutes deux dégageaient une même vitalité.

Francesca s'assombrit soudain en pensant à la nuit qui l'attendait. Si Bragg en avait vent...

— J'espère qu'ils vont vite retrouver le petit garçon, murmura Sarah.

— Moi aussi.

Francesca se leva brusquement.

— Je suis navrée d'avoir interrompu votre magnifique travail.

Sarah rougit joliment.

— Vous me flattez.

— Vous êtes trop modeste ! protesta Francesca.

Sarah l'accompagna à la porte.

— Merci de votre visite, mademoiselle Cahill.

— Je vous en prie, appelez-moi Francesca, puisque nous serons bientôt sœurs.

— Seulement si vous m'appelez Sarah.

Francesca sourit.

C'est alors que Sarah la surprit en ajoutant :

— J'aimerais vous peindre un jour. Le pourrai-je ?

— Eh bien… Je ne vois pas de raison de refuser…

— Vous êtes très belle, mais il y a plus que cela, chez vous. Vous feriez un modèle passionnant, assura Sarah dont les yeux scintillaient de nouveau. Pensez-y, je vous en prie.

Son regard était loin d'avoir le même éclat lorsqu'elles avaient évoqué Evan et leur mariage…

— C'est promis.

Sarah l'escorta jusqu'à la porte.

Francesca regagna sa voiture, songeuse. Sarah s'était révélée beaucoup plus intéressante que prévu.

Ses parents passaient la soirée à l'opéra, et Evan était sorti. Les choses ne pouvaient se présenter mieux.

Il n'y avait plus qu'à prier pour que le reste de la soirée se déroule de même !

Francesca n'avait pas pris la peine de se déguiser. Elle héla un fiacre, et vingt minutes plus tard elle était au 201 avenue A. Joel l'attendait sur le porche, un foulard autour du cou, une vieille casquette vissée sur la tête. Il sauta dans la voiture avant même qu'elle l'appelle.

— Bonsoir, mademoiselle Cahill.

Francesca était tellement à cran qu'elle fut incapable de lui rendre son sourire.

— Comment as-tu su que c'était moi ?

Il pouffa.

— Vous voyez beaucoup de fiacres dans ce quartier, vous ?

Il se pencha pour taper à la vitre de séparation.

— 23e Rue, à la hauteur de Broadway.

Le fiacre s'ébranla.

Francesca discernait à peine le visage du gamin, dans la pénombre.

— Dis-moi où nous allons, Joel, ordonna-t-elle.

Elle commençait à regretter sa décision. Elle aurait dû prévenir Bragg. Ou au moins laisser un mot sur son lit, au cas où il lui arriverait malheur. Au cas où elle ne rentrerait pas chez elle cette nuit.

Joel ne répondit pas. À genoux sur le siège, il regardait par la vitre arrière. Francesca l'imita, mais elle ne vit que la rue déserte. Soudain, elle comprit ce qu'il cherchait.

— Je n'ai parlé à personne de notre... petite escapade, dit-elle sèchement.

— Je voulais juste être sûr que les flics nous filaient pas le train.

— Nous filaient pas le train ?

— Nous suivaient pas, quoi ! expliqua-t-il, exaspéré.

— Où allons-nous ?

— N'ayez pas peur. C'est juste une petite taverne. Gordino adore jouer. S'il est de sortie, ce sera là.

Une taverne. C'était bien ce qu'elle craignait. Comment diable allait-elle pénétrer dans un tel établissement ?

— J'entrerai voir s'il est là, reprit Joel. Vous paierez le cocher pour qu'il attende. Ça ira, m'dame. Je l'amènerai dehors pour qu'il vous parle.

Il souriait, mais elle n'était pas plus rassurée pour autant.

— Je l'espère, murmura-t-elle, sentant la sueur lui perler aux tempes.

Dix minutes plus tard, Joel demanda au fiacre de s'arrêter. La rue n'était qu'une succession de tavernes et de maisons de mauvaise réputation. Par une fenêtre illuminée, à l'étage, elle aperçut des femmes en tenue légère.

— Je crois que je vais être malade, murmura-t-elle.

— Je reviens tout de suite, fit Joel. Donnez de l'argent au cocher.

Il sauta à terre.

Les mains tremblantes, Francesca tendit quelques pièces au cocher. Ses genoux s'entrechoquaient.

Le baiser de Gordino était encore si vivace dans son souvenir qu'elle faillit vomir. Elle eut soudain envie de frapper à la vitre et de demander au cocher de la ramener chez elle. Mais l'image du petit visage mutin de Jonathan lui vint à l'esprit, et elle y renonça.

Cinq minutes passèrent. Puis cinq autres. Et cinq encore. Francesca ne quittait pas des yeux l'entrée brillamment éclairée de la taverne dans laquelle Joel était entré. Pourquoi était-il si long ? Lui était-il arrivé quelque chose ?

Le cocher interrompit ses réflexions.

— Je peux pas rester là toute la nuit, mademoiselle.

— Ce n'est pas toute la nuit, protesta Francesca en lui donnant une nouvelle pièce.

Soudain Joel fut là, les mains dans les poches, le dos voûté pour lutter contre le froid.

— Il est bien ici, annonça-t-il, mais il veut pas sortir. Il joue au poker et il veut parler à personne.

Francesca respira un bon coup.

— Dans ce cas, je vais devoir entrer.

Elle ne s'était jamais connue si courageuse, bien qu'elle eût la nausée.

Mais avant qu'elle pût poser le pied sur le sol, Joel l'arrêta.

— Je crois pas, mademoiselle Cahill. C'est pas un endroit chic. On ferait mieux d'attendre un peu, histoire de voir s'il sort.

La rue était éclairée par d'anciens réverbères à gaz. Francesca réfléchissait. Il fallait qu'elle soit de retour avant ses parents – qui devraient rentrer peu après minuit. Le temps passait...

— C'est vraiment affreux ? risqua-t-elle.

— C'est pas bien pour une dame, répondit Joel gravement. Pas bien du tout.

— J'attends encore dix minutes, décida Francesca.

Joel rentra dans le fiacre. Le cocher réclama davantage d'argent, et Francesca obtempéra.

Cinq minutes plus tard, Joel retourna à l'intérieur. Francesca luttait contre un besoin naturel. En outre elle claquait des dents, car le fiacre n'était pas chauffé, et il ne faisait guère plus de zéro dehors. Joel réapparut bientôt.

— On ferait mieux de revenir demain. Il joue toujours aux cartes, et il a même pas voulu me parler.

Francesca se rappela une fois de plus l'immonde baiser, l'haleine fétide, les petits yeux porcins. Ils feraient mieux, en effet, de revenir le lendemain, mais alors Jonathan serait peut-être mort. À supposer qu'il fût encore en vie en ce moment...

— J'y vais.

Elle tendit un billet de cinq dollars au cocher.

— Attendez-nous. Nous ne serons pas longs.

— D'accord, fit l'homme en souriant.

Francesca gagna la porte de la taverne d'un pas prudent tant le trottoir était glissant. Joel poussa le battant, l'air contrarié. Une bouffée de chaleur les assaillit, ce qui, au moins, était réconfortant.

La pièce était pleine d'hommes, pour la plupart des ouvriers à l'allure peu engageante. Qu'ils soient au bar ou assis aux longues tables de bois, ils semblaient tous plus ou moins éméchés.

Il y avait aussi des femmes, vêtues de robes si courtes qu'elles révélaient leurs bas et leurs souliers à hauts talons. La couleur dominante était le rouge, et les décolletés scandaleux. Francesca n'avait jamais vu autant de poitrines dénudées ni de cheveux dénoués.

Il s'agissait de toute évidence de prostituées.

Enfin, on la remarqua. Il y eut des huées, des sifflements, des plaisanteries.

— Hé, princesse ! Viens par là ! Tu veux t'amuser un peu ? J'suis ton homme !

Francesca sentit ses jambes se dérober sous elle. Joel se tenait devant elle, protecteur.

Seigneur, qu'était-elle en train de faire ? Elle était folle, ou quoi ?

— Madame, cria Joel par-dessus le vacarme ambiant, il est là-bas, dans le coin. On y va, et on se tire.

Elle suivit la direction du regard de Joel, et aperçut Gordino assis à une table de poker avec quatre autres hommes. Ses cartes étaient posées à l'envers devant lui, et il la fixait. Son cœur manqua un battement. Il l'avait reconnue, elle en était certaine.

Joel lui prit la main et la tira en avant. Les plaisanteries graveleuses continuaient.

— T'as besoin d'un homme ?

— La dame veut une petite gâterie ?

Elle avait les joues en feu, son cœur battait à tout rompre. Elle avait commis une épouvantable erreur… Mais, bon sang, elle obtiendrait l'information qu'elle était venue chercher ! Sinon ce cauchemar n'aurait aucun sens.

— Princesse ! Par là !

Elle sentit qu'on agrippait sa jupe, et trébucha, folle de terreur.

— Lâche-la, vaurien, gronda Joel.

Un couteau apparut dans sa main.

Francesca eut un haut-le-corps. L'homme, qu'elle n'osait pas regarder, la lâcha.

— Va te faire voir, fils de garce ! grommela-t-il à l'intention de Joel.

Le gamin la poussait, et Francesca se retrouva devant Gordino, qui souriait de toutes ses dents.

— Salut, princesse, ricana-t-il en se levant lentement.

Il était grand, costaud, et empestait le whisky et le tabac.

— Il faut que je vous parle, monsieur Gordino. Il s'agit d'une question extrêmement importante ! s'écria-t-elle. Je suis prête à vous payer généreusement !

Il avait les poings sur les hanches.

— Ah, ouais ? Tu peux payer, princesse ? D'accord. Allons-y.

— Allons-y ? répéta-t-elle d'une voix étranglée.

— En haut. Laisse le mioche ici.

Elle rougit de nouveau, comprenant ce qu'il désirait en guise de paiement. Elle ravala la boule qui lui montait à la gorge.

— Je vous paierai grassement, en espèces.

Il eut un sourire lubrique.

— Je veux qu'une sorte de paiement, et c'est en nature.

Francesca inspira à fond.

— Je vous donnerai cinquante dollars, monsieur, si vous me dites qui vous a remis le message que vous avez donné à Joel dimanche. Au sujet de l'enlèvement du petit Burton.

— J'accepterai peut-être l'argent. Une fois là-haut, précisa-t-il avec un rire gras.

Francesca tremblait de tous ses membres.

— Elle montera pas là-haut ! décréta Joel avec virulence. Tu lui dis ce qu'elle veut savoir, et elle te file l'argent.

— La ferme, moutard !

— Je ne monterai pas, monsieur Gordino, déclara Francesca d'une voix haut perchée. Alors répondez à ma question, et prenez l'argent. Sinon, je m'en vais et vous ne serez pas plus riche ce soir que vous ne l'étiez ce matin.

— Tu sais pas ce que tu perds, chérie.

Francesca le regarda sans ciller.

— D'accord, dit-il enfin. Donne-moi le fric et je te dirai tout.

Le cœur battant d'espoir, Francesca ouvrit son sac, mais Joel posa la main sur la sienne.

— Non ! Tu parles d'abord, et elle te paye ensuite, lança-t-il à Gordino.

Ce dernier jeta à Joel un regard si mauvais que Francesca comprit qu'ils avaient intérêt à sortir de là, et vite.

— C'est bon ! dit-elle en fouillant frénétiquement dans son sac.

— Non, m'dame ! l'avertit le gamin.

Francesca tendit les cinquante dollars à Gordino en veillant à ce qu'il ne lui saisisse pas la main.

Il compta soigneusement les billets, puis il les empocha.

— Merci, princesse.

— Qui vous a confié le message ?

Il eut un rire dur.

— Je sais même pas de quoi tu parles. Mais on peut toujours monter…

Francesca en demeura bouche bée.

— Je vous avais bien dit de pas lui donner l'argent tout de suite ! s'écria Joel.

— Vous aviez promis ! protesta-t-elle.

Le gros rire redoubla.

Joel s'empara de la main de Francesca.

— Il dira rien. Allez, il faut se tirer de là.

Francesca refusait de bouger.

— Monsieur Gordino, je vous en prie…

— Si tu montes, je te dirai tout, et plus encore.

Gordino souriait, tandis que Joel tentait d'entraîner Francesca à sa suite.

— Venez, bon sang ! lâcha-t-il, nerveux.

Elle jeta un coup d'œil autour d'elle. Tous les regards étaient fixés sur eux.

— Entendu, murmura-t-elle.

Joel la tira vers la sortie. Il y eut encore des sifflements, des commentaires graveleux que Francesca n'entendit pas, tant le sang lui battait aux tempes.

Puis soudain, ils furent dehors.

— Ce salaud de cocher ! s'exclama Joel.

La rue était déserte. Le fiacre avait disparu.

— Oh, non ! gémit Francesca.

Le cocher les avait purement et simplement abandonnés !

— Venez. On trouvera un fiacre sur Broadway.

— Si tard dans la nuit ?

— Il faut bien faire quelque chose. Allez, venez, insista Joel.

Francesca dut courir pour rester à sa hauteur. Elle glissait sur les plaques de verglas et faillit tomber à plusieurs reprises. Comment en était-elle arrivée là ? *Comment ?* Elle venait de vivre la pire soirée de sa vie, un véritable cauchemar ! Ces hommes, leurs regards, leurs remarques... elle n'était pas sûre de l'oublier un jour. Et tout cela pour *rien*. Quelle humiliation ! Et elle avait perdu près de soixante-dix dollars.

Ils s'arrêtèrent au coin de Broadway, et Francesca héla un fiacre qui passait. Hélas, il était déjà occupé et ne s'arrêta pas.

Joel et elle se tenaient au beau milieu de l'immense avenue déserte.

— Comment vais-je rentrer chez moi ? murmura Francesca, prise de peur.

— On peut aller à pied jusque chez moi, et vous y dormirez, proposa Joel.

Mais Francesca était désespérée. Si ses parents s'apercevaient de son absence, ils préviendraient aussitôt la police.

Enfin ils aperçurent un agent qui se dirigeait vers eux.

— Bon sang ! pesta Joel, prêt à fuir.

Francesca le retint par le col de son manteau.

— Monsieur l'agent ! cria-t-elle. Aidez-nous, s'il vous plaît !

Le policier se hâta de les rejoindre, et ses yeux s'arrondirent quand il découvrit qu'il avait affaire à une dame, et belle, en plus.

Francesca voulut tout lui expliquer, mais au lieu de cela, elle fondit en larmes.

Francesca s'agrippa à la banquette tandis que le fiacre arrivait devant l'allée menant chez elle. Trois voitures de police ainsi que le roadster de Bragg étaient garés devant la demeure des Burton qui était brillamment illuminée.

Il s'était passé quelque chose.

Quelque chose de terrible.

— Arrêtez-vous, cocher ! Arrêtez-vous tout de suite ! ordonna-t-elle.

Il tira sur les rênes, et le cheval protesta des quatre fers.

— Combien ? demanda Francesca en ouvrant sa bourse.

Il fallait qu'elle sache ce qui s'était passé ! Mais elle ne pouvait tout de même pas simplement sauter du fiacre et se précipiter chez les Burton.

C'est pourtant ce qu'elle fit, et avec tant de précipitation qu'elle se retrouva à quatre pattes sur le sol.

Alors qu'elle se relevait vivement, la porte du manoir s'ouvrit sur Bragg. Il s'adressa d'un ton sans réplique à quatre de ses hommes. Ces derniers sortirent à la hâte et se dirigèrent vers l'une des voitures.

Bragg se détournait quand il aperçut Francesca.

Elle décida aussitôt de ne pas lui parler des événements de la soirée. Ne lui avait-il pas dit que les paroles ne pouvaient être effacées ? Elle avait besoin de réfléchir calmement. Elle pourrait toujours le mettre au courant le lendemain, si elle le jugeait nécessaire. De toute façon, elle n'avait rien appris... Elle eut cependant un pincement de culpabilité, sachant qu'il ne serait pas mécontent d'apprendre où se trouvait Gordino.

Il descendit les marches du porche.

— Francesca ?

Il regarda derrière elle, incrédule. Visiblement, il cherchait qui l'escortait.

Elle parvint à sourire. Mais elle était inquiète à l'idée qu'il sente l'odeur de tabac et de whisky sur ses vêtements.

— Bragg !

Il y avait un immense soulagement dans sa voix.

— Que faites-vous dehors à une heure pareille ? s'étonna-t-il en lui prenant le bras pour l'attirer sous un réverbère. Vous allez bien ?

Il se pencha sur elle, le regard inquisiteur, et il renifla.

— Je vais très bien ! s'écria-t-elle joyeusement. J'ai passé la soirée chez Connie. Je m'y rends souvent seule, c'est si près !

Il ne la quittait pas des yeux, et Francesca continuait à sourire malgré l'effort que cela représentait. Pourquoi ne la croirait-il pas ? Son histoire était tout à fait plausible sauf qu'une jeune personne ne serait jamais sortie seule le soir, même pour aller jusqu'au pâté de maisons voisin. Il devait être au moins 1 heure du matin !

— Vous êtes une piètre menteuse, Francesca.

Elle se raidit.

Il ne lui avait pas lâché le bras, et lorsqu'il reprit la parole, ce fut d'un ton posé.

Si vous me dites que vous allez bien, que rien ne vous est arrivé, je devrai respecter votre désir de garder le silence sur votre vie privée.

Sa vie privée. Francesca se rappela la conversation qu'elle avait eue avec Montrose dans l'escalier. Seigneur ! Il ne croyait tout de même pas, lui aussi, qu'elle avait un amant ?

Mais bien sûr que si. Après tout, il devait penser que tout le monde se comportait comme lui.

Elle regretta de s'être soudain rappelé la liaison de Bragg avec Eliza.

— Merci, fit-elle.

Il la fixait toujours d'un regard pénétrant, et sa mâchoire était crispée.

— Que s'est-il passé ? poursuivit-elle, se rendant soudain compte qu'ils étaient tout proches l'un de l'autre – raison pour laquelle elle ne mourait pas de froid.

Bragg ne portait même pas de manteau.

— Nous devrions rentrer avant que vous n'attrapiez une pneumonie, suggéra-t-elle.

— Je vais vous faire raccompagner chez vous, fit-il, la lâchant enfin. De toute façon, j'allais partir.

Une sorte de résignation traversa fugitivement son regard. Francesca le retint avant qu'il se détourne.

— Qu'est-il arrivé ? demanda-t-elle d'une voix sans timbre.

— Un autre message.

Elle retint son souffle et s'accrocha à sa main, qui était calleuse comme celle de Maggie. Ce n'était pas la main manucurée d'un gentilhomme.

— Oh, non…

Il se dégagea et se passa les doigts dans les cheveux.

— Bon Dieu de bon Dieu ! marmonna-t-il.

Elle avait entendu bien pire au cours de la soirée, aussi ne s'offusqua-t-elle pas, mais elle sentit les larmes lui piquer les yeux. Jonathan était mort…

— Dites-moi.

— Je ne devrais pas.

Francesca s'essuya les yeux.

— Ne pleurez pas, murmura-t-il.

Leurs regards se croisèrent, s'aimantèrent.

Il finit par hocher la tête.

— Ses vêtements. Le pyjama dans lequel il avait disparu. La note y était épinglée. Il était couvert de saleté, de sang, et gelé. On l'a trouvé sur son lit. Le message disait : *C pour chien.*

— *C pour chien*, répéta Francesca.

— C'est James qui a trouvé le pyjama et le mot, reprit Bragg. Alors qu'il allait se coucher.

Francesca était horrifiée.

— Je croyais qu'on l'avait envoyé chez ses grands-parents.

— Eliza ne supportait pas d'être séparée de lui. Il est rentré cet après-midi. C'est compréhensible... Il réclame son frère.

Un flot de larmes inonda les joues de Francesca. Bien sûr que c'était compréhensible. À la place d'Eliza, elle aurait voulu avoir son fils auprès d'elle.

— Vous avez une idée de ce que cela signifie ?

— Nous analysons ce nouvel indice, soupira-t-il.

Il se détourna, et elle sut que c'était parce qu'il avait momentanément perdu courage.

— *C pour chien*... murmura-t-elle. Des os, Bragg. Des os.

Il releva les yeux.

— Des os ?

Elle en avait le cœur à l'envers.

— Une tombe.

11

Mercredi 22 janvier 1902, 8 heures

— Debout !

Francesca entendit vaguement la voix de son frère. Elle ne voulait pas se réveiller. En fait, elle était tellement épuisée qu'elle était incapable de soulever les paupières.

— Debout, Francesca. Il est 8 heures, et tu as cours à 10 heures.

Elle avait manqué la classe de littérature française la veille, et elle avait trois cours ce matin. Evan avait raison, algèbre à 10 heures.

Et pourtant elle refusait toujours de se réveiller. Et tandis qu'elle émergeait lentement des brumes du sommeil, elle comprit pourquoi.

Jonathan Burton était mort.

Elle se redressa avec peine, s'adossa à ses oreillers.

— Francesca ?

Evan s'assit au pied du lit, l'air sombre.

— Tu es malade ?

Chien. Os. Tombe. C'était d'une simplicité enfantine !

— Il est mort, Evan. J'en suis sûre.

Il ouvrit de grands yeux.

— Qui ? Jonathan ?

Elle acquiesça en repoussant ses cheveux.

— Il y avait un autre message… Je ne peux pas entrer dans les détails, mais cela semble évident. Pauvre petit ! Pauvre Eliza. Pauvre Burton.

De toute évidence, le monstre voulait torturer les Burton. Qui était-il ? Ou elle ? En tout cas, c'était quelqu'un qui avait accès à leur demeure…

Et qui devait être terriblement sûr de lui, pour aller jusqu'à déposer le pyjama sur le lit.

— Je suis désolé, fit Evan. Quelle histoire atroce ! J'espère qu'on va retrouver ce fou et le pendre par les… Non, rien.

Elle rougit. Pourtant, après la soirée de la veille, rien ne pouvait plus la choquer. Était-elle vraiment allée dans cette taverne ou n'était-ce qu'un cauchemar ? Elle s'empourpra davantage. Si seulement elle pouvait oublier les remarques obscènes !

— Tu es certaine qu'il n'y a plus d'espoir ? reprit Evan.

Elle eut un pauvre sourire. Elle se rappelait l'expression de Bragg, la veille, une expression vaincue, résignée. Il pensait la même chose qu'elle.

— Je suppose qu'il reste une ombre d'espoir tant que l'on n'a pas retrouvé le corps.

Elle repoussa les couvertures, pour se lever, mais son frère la retint par le poignet.

— Il faut que nous parlions, toi et moi.

Déconcertée par son intonation sévère, elle s'assit près de lui.

— Quelque chose ne va pas ?

Son visage se durcit.

— Où étais-tu hier soir ?

Elle cligna des yeux, envahie par un affreux sentiment de culpabilité.

— Je… quoi ?

— Tu m'as parfaitement entendu. Où étais-tu hier soir ? Je voulais te parler. Sachant que tu étudies tard le soir, je suis venu frapper à la porte de ta chambre. Il était minuit et quart. Non seulement tu n'étais pas là, mais ton lit n'était pas défait, et personne, Francesca, *personne* dans la maison ne savait où tu te trouvais.

Son cœur battait à grands coups sourds. Le même mensonge que celui qu'elle avait servi à Bragg lui vint spontanément aux lèvres.

— J'étais chez Connie, dit-elle en évitant son regard.

Elle avait intérêt à aller trouver sa sœur sans tarder afin de la supplier de la couvrir. Mais celle-ci ne serait pas facile à convaincre.

— Je ne te crois pas ! déclara Evan en se levant.

Elle l'imita et répéta :

— J'étais chez Connie, Evan.

Elle faillit ajouter : « Jamais je ne te mentirais », mais s'en sentit incapable.

— S'il te plaît…

— S'il te plaît quoi ? coupa-t-il. Que je croie à ton mensonge ?

L'air furibond, il se mit à arpenter le tapis avant de faire brusquement volte-face et de s'immobiliser devant elle.

— Sais-tu que j'ai eu une étrange conversation avec Montrose, il y a quelques jours ?

Francesca se pétrifia. *Oh, non !*

— Il m'a posé des questions curieuses à ton sujet. Il voulait savoir si tu te comportais de façon bizarre, ces derniers temps. Ma réaction première a été de répondre non. Puis j'ai réfléchi. Tu as toujours été excentrique, Francesca, mais depuis peu, tu te conduis de façon plus farfelue encore.

— C'est à cause de l'université, répondit-elle faiblement.

— Il m'a demandé si tu avais un amoureux. Évidemment, j'ai dit que non, sûrement pas. Il a eu une expression que je n'ai pas su interpréter sur le moment, mais que je n'ai pas oubliée. Bon sang, Francesca, il ne m'a pas cru et, pour une raison que j'ignore, il se mêlait de ta vie privée !

— Ce n'est rien, déclara Francesca. Et toi aussi, grand frère, tu fais des histoires pour rien. En tout cas, je dois prendre mon bain et m'habiller avant d'être renvoyée de Barnard avec un coup de pied quelque part. Je te vois en bas ? ajouta-t-elle en s'efforçant de sourire.

Il croisa les bras sans faire mine de se retirer.

— Où étais-tu hier soir, Francesca ? Et surtout, avec qui ?

— Evan ! lâcha-t-elle. Je sais que tu ne vas pas comprendre, mais j'aide à l'enquête Burton, et je ne peux pas te dire où j'étais hier.

Il écarquilla les yeux.

— Quoi ?

— C'est la vérité.

— Tu as perdu l'esprit ?

— Non. Je t'en prie, Evan, n'insiste pas.

Il secoua la tête.

— Je ne sais que croire. Jamais Bragg ne te permettrait de t'en mêler…

— Ce n'est pas officiel, bien sûr, et il l'ignore, dit-elle d'une traite.

— Je ne sais que croire, répéta-t-il, mais c'est bien le genre d'excentricité dont tu serais capable ! Je sais combien tu es passionnée, Francesca, et j'attendais le moment où tu découvrirais l'amour. Avec beaucoup d'anxiété.

— Je n'ai pas découvert l'amour, murmura-t-elle.

Aussitôt, l'image de Bragg assis à son bureau lui vint à l'esprit. C'était infiniment troublant, et elle la chassa en hâte.

— Quoi que tu aies fait, reprit-il, je te conseille d'arrêter tout de suite. Ce secret au sujet de l'université ne te suffit donc pas ? Comment peux-tu t'occuper d'autre chose ?

— Au revoir, Evan, dit fermement Francesca en guise de réponse. Je dois m'habiller.

Sans attendre son départ, elle se dirigea vers sa salle de bains, et ferma la porte derrière elle. Elle s'appuya une longue minute au battant le temps de se ressaisir.

Les trois cours de la matinée se déroulèrent au mieux. Un autre jour, Francesca se serait rendue ensuite à la bibliothèque pour travailler, mais ce n'était pas un jour comme les autres.

Elle avait une information importante à divulguer à la police.

Alors qu'elle montait les marches du 300, Mulberry Street, elle jeta un coup d'œil par-dessus son épaule. Un homme en pardessus et chapeau melon lui adressa un signe. Elle reconnut Kurland et se détourna vivement, feignant de ne pas l'avoir reconnu.

Un agent qu'elle ne connaissait pas était à la réception. Elle s'en approchait lorsqu'un autre officier sortit d'un bureau.

— Oui, madame ? fit l'agent derrière le comptoir.

— Elle est venue voir le préfet de police, intervint le nouveau venu. Il est là. Vous pouvez monter, mademoiselle Cahill.

Francesca rougit de plaisir. Visiblement, le second officier se souvenait d'elle. Comme elle gravissait l'escalier, n'ayant pas envie d'attendre l'ascenseur, elle entendit l'agent demander :

— Qui est-ce ?

— La fille d'Andrew Cahill, et une amie du préfet de police. Elle est en affaire avec lui.

Francesca sourit. Oui, elle était en affaire avec le préfet de police.

Elle songea soudain au cinquième indice, et son sourire disparut. Si seulement elle se trompait !

Mais c'était tellement évident !

La porte de Bragg était ouverte. En bras de chemise, il regardait par la fenêtre. Il y avait des papiers éparpillés sur sa table, dont plusieurs dossiers ouverts, ainsi qu'un journal.

Elle se rappela la façon dont il tenait Eliza serrée contre lui, puis elle s'imagina dans ses bras, et elle en fut tellement troublée qu'elle s'immobilisa.

Avait-elle perdu la tête ?

— Mademoiselle Cahill ?

Elle sursauta. Leurs regards se croisèrent, et il eut un sourire interrogateur.

— Bonjour, mademoiselle Cahill. Quelle agréable surprise !

Elle ne put répondre à son sourire. Il semblait vraiment heureux de la voir, et cela lui faisait un drôle d'effet. Tandis qu'il lui indiquait l'un des deux vieux fauteuils, elle nota qu'il n'était pas rasé, que les cernes sous ses yeux étaient plus prononcés que la veille, et qu'une mèche de cheveux retombait sur son front. Elle en eut le cœur serré. Il était épuisé, et sous pression, et elle pria pour qu'il ne se reprochât pas de n'avoir pas retrouvé Jonathan. Un tel sentiment de culpabilité serait un fardeau intolérable.

Puis elle se souvint que cet homme avait une liaison avec Eliza Burton, et qu'il ne semblait pas se sentir coupable. Comment était-ce possible ?

— Francesca ?

— J'espère que je ne vous dérange pas, dit-elle.

L'heure était venue de lui raconter la soirée de la veille.

Elle n'était pas idiote ! Elle savait que cela se terminerait par une querelle. Elle espérait seulement que l'affrontement serait bref et qu'elle ne serait pas la perdante.

Il souriait de nouveau.

— C'est un délicieux dérangement, répondit-il.

Peu importait qu'il fût l'amant d'Eliza, se dit-elle, c'était un homme de qualité, un homme bon, et il était tourmenté par l'affaire Burton.

— Avez-vous trouvé quelque chose, Bragg ?

Il se percha sur le coin de bureau. Francesca ne put s'empêcher d'admirer le galbe puissant de sa cuisse.

— Vous me demandez si nous avons trouvé le corps ? Non. Et en attendant, je refuse de croire que l'enfant soit mort.

— La police a passé les cimetières au peigne fin ?

Il se leva, les mains sur les hanches.

— Bien sûr.

— Heinrich a-t-il vu le dernier indice ? Le pyjama, le message ? Avez-vous une idée de qui peut pénétrer aussi aisément dans la maison ?

Il secoua la tête.

— Nous avons affaire à un meurtrier, Francesca. Je ne peux plus partager mes informations avec vous... dans votre intérêt. Et pas seulement, ajouta-t-il après une brève hésitation. Si le petit est encore vivant, il vaut mieux pour lui que cette enquête reste strictement confidentielle.

Elle acquiesça en se demandant qui avait rendu visite aux Burton la veille – la liste des visiteurs contenait sûrement le nom du ravisseur.

Elle se leva pour prendre le journal sur le bureau, et fit tomber un dossier.

Elle n'avait pas eu le temps de lire la presse du matin, et le titre – *Bragg n'a toujours pas retrouvé le petit Burton* – ne l'étonna pas. Elle était simplement surprise qu'il ne fût pas plus agressif. Elle se pencha en même temps que Bragg pour ramasser les papiers tombés à terre. Leurs crânes se heurtèrent, leurs mains s'effleurèrent.

Ils se pétrifièrent tous les deux.

— Laissez, murmura-t-il enfin.

Elle hocha la tête, consciente du courant électrique qui passait entre eux, puis se redressa tandis qu'il rassemblait les papiers. C'est alors que son regard tomba sur l'un d'eux : l'original du premier message. *F pour fourmis.*

— Avez-vous découvert sur quel type de machine on a tapé les notes ? demanda-t-elle.

Il reposa le dossier sur le bureau.

— Francesca.

Elle était allée trop loin.

— Je ne peux pas m'en empêcher, je suis de nature curieuse.

Il sourit.

— Je sais... Une vieille Remington 2.

— Une Remington 2 ? répéta-t-elle, perplexe. Je n'ai jamais entendu parler de ce modèle.

— C'est parce qu'il est sorti peu après votre naissance.

Francesca ouvrit de grands yeux.

— Mais c'est un indice précieux ! Une machine qui a vingt ans... Combien en reste-t-il encore en service ?

Sans répondre, il se mit à compulser quelques papiers, puis il leva soudain les yeux sur elle et demanda tout à trac :

— Pourquoi êtes-vous venue ?

Elle carra les épaules, prête à essuyer la tempête que son récit ne manquerait pas de déclencher.

— J'ai rencontré Gordino, répondit-elle à voix basse. Hier soir.

Elle eut l'impression que les yeux sortaient de la tête de Bragg.

— *Quoi ?*

— Je vous en prie, ne vous mettez pas en colère !

— En colère ? répéta-t-il, le visage rouge, les mâchoires crispées. Où est-il ? ajouta-t-il d'une voix menaçante.

Plus encore que celle de Gordino. Elle se mit à trembler.

— Il était dans une taverne sur la 23e Rue, près de Broadway. Aux environs de minuit.

Bragg la transperçait du regard.

— Asseyez-vous, ordonna-t-il.

Elle obéit sans broncher.

— Et dites-moi, bon Dieu, ce que... ce que vous fichiez dans une taverne la nuit dernière, et pourquoi ce n'était pas moi qui m'y trouvais ?

Francesca sentit les larmes lui monter aux yeux. Or jamais personne, hormis sa mère, n'avait réussi à la faire pleurer.

— Je suis allée voir Maggie Kennedy ! s'écria-t-elle. J'ai retrouvé Joel. Il déteste la police, Bragg. Je voulais vous en parler, parce que j'étais vraiment effrayée, mais je savais que Joel ne coopérerait pas si vous vous en mêliez. Gordino était dans cette taverne, et j'ai essayé de l'acheter, mais il a pris mon argent, et ne m'a rien révélé en échange. Voilà pourquoi je suis rentrée si tard, et seule. En revanche, j'ai appris qu'on disait dans la rue que l'enlèvement était une vengeance contre Burton. Seigneur ! Allez-vous en parler à mes parents ?

— Sûrement, mais après que j'ai... que j'ai décidé ce que *moi* j'allais faire de vous ! explosa-t-il.

Francesca se fit toute petite.

Il se mit à marcher de long en large en la bombardant de questions.

— Où avez-vous trouvé Joel ?

— Chez des voisins, appartement C.

— Et il savait où était Gordino ?

— Il a dit qu'il se cachait, mais que s'il sortait c'était pour aller jouer. Pour ma défense, Bragg, il ne m'a avoué qu'il s'agissait d'une taverne que lorsque nous étions en route.

— Je veux le nom exact de cet endroit, son adresse exacte.

Francesca hésita.

— La rue entière n'est qu'une suite de tavernes, de bars et de maisons…

— De mauvaise réputation. Continuez.

— Je… Il faudrait que je vous montre.

Elle commençait à s'affoler. Elle était tellement nerveuse, la veille ! Saurait-elle reconnaître l'établissement ?

— Je crois que, sur place, je retrouverais…

— Vous croyez ? hurla-t-il.

— J'avais tellement peur ! cria-t-elle à son tour. J'étais terrifiée ! Je ne voulais pas entrer à l'intérieur, mais je n'ai pas eu le choix. Je crois que je me souviendrais si nous y allions, mais peut-être pas dans la journée.

— Je ne vous y emmènerai pas la nuit, gronda-t-il.

Il semblait hors de lui.

— Pourquoi ? demanda-t-elle d'une voix faible.

— Si nous y allons en plein jour, on nous remarquera fatalement, et c'en sera fini de Gordino. Je ne peux pas prendre ce risque. Si je fais chaque taverne de nuit avec mes hommes, tout le monde sera au courant avant que nous soyons sortis de la première, et Gordino disparaîtra aussi sec. Bon sang !

Son visage exprimait la plus vive contrariété.

Francesca commençait à comprendre.

— Il faut que Joel me dise où vous étiez hier soir, décréta-t-il, les poings serrés.

Francesca bondit sur ses pieds, et ils s'affrontèrent du regard.

— Quoi encore ? aboya Bragg.

— Il ne le fera pas. Il ne vous aidera pas, Bragg, j'en suis certaine.

— Oh si, il m'aidera !

— Comment l'y forcerez-vous ? En le rossant, comme l'a fait votre inspecteur ? répliqua-t-elle.

— Mes hommes ne l'ont jamais touché.

— Si ! Il me l'a confié !

Il la fusilla du regard.

— Je regrette de vous le dire, Francesca, mais j'étais présent tout le temps de l'interrogatoire. Une fois de plus, il vous a menti, et vous avez tout gobé.

Elle se sentit rougir.

— Mon Dieu !... Mais je suis sérieuse, Bragg. Il déteste la police. Il vous mentira, il s'enfuira, et vous ne retrouverez jamais Gordino.

Il l'attrapa par les bras.

— J'ai horreur de faire ça, grinça-t-il, mais la vie d'un enfant est en jeu. Il faut que vous retourniez voir Joel, sur-le-champ, et que vous le persuadiez de vous emmener là-bas de nouveau cette nuit.

— Pardon ?

— Vous avez bien entendu. Je vous suivrai, Francesca. Maintenant, rasseyez-vous et écoutez-moi attentivement.

— Je suis désolé, mademoiselle Cahill, Mme Burton ne reçoit pas de visites, dit le majordome.

Francesca lui tendit sa carte, au dos de laquelle elle avait griffonné quelques mots.

— Dites-lui, je vous prie, que si elle a besoin de quoi que ce soit, elle n'hésite pas à m'appeler. A-t-elle le téléphone ?

— Je crains que non.

— Eh bien, j'habite juste à côté, dit Francesca avec un sourire. Au revoir.

Elle était incapable de se rappeler son nom.

Alors qu'elle descendait les marches du porche, elle s'immobilisa soudain, se retourna vers la maison.

Le temps filait. Mais il y avait encore une chance infime pour que Jonathan ne soit pas mort, que le ravisseur joue avec les nerfs de ses parents...

Quelqu'un avait déposé le pyjama sur le lit de Jonathan. Bragg savait à quelle heure, approximativement, cela s'était produit. Il savait aussi qui était venu rendre visite aux Burton pendant ce laps de temps. Mais après tout, qu'est-ce que cela prouvait ? Le fou était peut-être un domestique qui avait accès à la maison à n'importe quelle heure du jour et de la nuit.

Un serviteur, ou une servante, pouvait parfaitement détester son employeur, et s'il était fou, il pouvait aussi se réjouir de le torturer. À vrai dire, Francesca était presque certaine que le monstre était un homme. Une intuition...

Ce soir, Bragg passerait la chercher, et ils se mettraient en quête de Gordino. C'était à la fois terrifiant et passionnant. Mais ce ne serait que vers 23 heures, or il était à peine 18 heures.

Elle remonta vivement les marches, et testa la porte, qui n'était pas fermée à clé. Chez ses parents non plus on ne verrouillait pas dans la journée.

Elle jeta un coup d'œil à l'intérieur : le hall était désert.

Elle s'y glissa, referma la porte aussi doucement que possible, et bondit dans la pièce la plus proche. Là, elle respira un bon coup. Elle était en train de pénétrer chez quelqu'un sans y avoir été invitée !

Elle regarda autour d'elle. Le salon était agréable, avec ses sofas, ses fauteuils et ses draperies de velours. Mais que cherchait-elle, au juste ? Elle aurait aimé fouiller dans les papiers personnels d'Eliza, seulement, elle ignorait où se trouvait son bureau. En haut, ou dans la bibliothèque, au rez-de-chaussée ? La bibliothèque était sûrement à l'arrière de la maison, et c'était le meilleur endroit par où commencer.

Elle aimerait aussi jeter un œil dans la chambre des jumeaux.

Elle n'eut pas à retourner dans le hall, car les pièces communiquaient entre elles, et elle les traversa rapidement. Il y avait une vaste salle de réception, puis un autre petit salon dont les rideaux étaient tirés. Le décor était inspiré de l'Orient – murs rouges, dragons, laque, vases et sculptures. Francesca s'apprêtait à le traverser lorsqu'un mouvement de l'autre côté du piano attira son attention. Elle aperçut un homme à genoux sur le sofa. Comme elle se dissimulait derrière un paravent chinois, elle entendit une femme gémir.

Elle comprit, stupéfaite, pourquoi les rideaux étaient tirés, et ce qui se passait sur le sofa. Un couple était en train de faire l'amour !

Sans doute des serviteurs. Incapable de résister, elle tendit le cou.

L'homme ne portait pas de veste, et la femme, sous lui, était perdue dans les dentelles. Francesca aperçut des bas noirs, un morceau de cuisse très blanche.

Elle se cacha bien vite derrière son paravent lorsque la femme se mit à crier. Les domestiques ne portaient pas de dentelle, ni de bas noirs aux jarretières décorées de roses.

Se pouvait-il que ce fût Eliza ?

Il faisait si sombre. Francesca ne savait plus que penser. L'homme ne pouvait être Bragg. Ce dernier était au quartier général de la police… À moins que…

— Oh, Dieu, Eliza ! grogna l'homme.

Francesca sentit ses jambes se dérober sous elle en reconnaissant sa voix. Elle se retint au piano. Impossible ! Elle se trompait sûrement !

Elle risqua un regard à l'instant où l'homme se redressait, emmenant Eliza avec lui. Il lui taquina les seins du bout de la langue, puis descendit le long de son estomac, de son ventre. Francesca était clouée au sol.

— Seigneur, Neil ! soupira Eliza en retombant sur le sofa tandis que la tête de Montrose plongeait entre ses cuisses.

Elle se mit à gémir de façon incontrôlée.

Francesca ne pouvait s'empêcher de regarder, les genoux tremblants.

Puis Montrose se releva.

Il apparut à Francesca dans toute sa gloire avant de pénétrer Eliza.

— Oh, oui ! cria la jeune femme.

Mortifiée à la pensée de jouer les voyeuses, Francesca se réfugia de nouveau derrière le paravent, trop choquée pour réfléchir de manière cohérente. *Montrose. Montrose et Eliza.*

Eliza cria de nouveau.

Francesca ne voulait pas les épier, en tout cas pas délibérément, mais les cris passionnés d'Eliza la poussèrent à sortir de nouveau de sa cachette.

Montrose la martelait avec une ardeur grandissante.

— Dieu, Eliza... tu me rends fou de jalousie !

Elle s'accrochait à ses épaules.

— Oui, Neil ! Encore !

Il laissa échapper un grognement sauvage, auquel elle répondit par un cri strident qu'il étouffa de la main avant de s'abattre lourdement sur elle.

Ils demeurèrent immobiles, le souffle haletant. Et Francesca en profita pour s'enfuir à toutes jambes.

Cette fois, le cri d'Eliza ne fut pas un cri de passion, mais de peur.

— Neil ! Quelqu'un nous regardait !

12

Francesca courut comme une folle. Lorsqu'elle atteignit sa maison, elle respirait avec difficulté, et son souffle formait des petits nuages de vapeur dans l'air glacial du soir. Elle prit de profondes inspirations qui ressemblaient à des sanglots.

Montrose et Eliza étaient amants.

Le mari de Connie était l'amant d'Eliza.

Pauvre Connie !

Tremblant de tous ses membres, elle s'assit sur la deuxième marche du porche. Elle était bouleversée. Comment Montrose osait-il ?

Connie et lui semblaient tellement bien assortis, tellement heureux !

Francesca ne savait plus que penser ni que faire. Eliza était peut-être une femme sans entrave mais elle était certaine qu'elle n'avait pas une pléiade d'amants. Bragg avait sans doute eu une liaison avec elle, et ils étaient restés amis, ce qui expliquait l'étreinte qu'elle avait surprise quelques jours auparavant.

Elle n'en fut même pas soulagée. Il était trop tôt.

Connie était-elle au courant ? Savait-elle que son mari la trompait ? S'en doutait-elle seulement ?

Pauvre Connie !

Francesca fondit en larmes.

Des souvenirs lui revinrent à l'esprit. Elle revit Montrose attirant Connie à lui, la veille, et sa sœur qui lui souriait avant de se dégager.

Elle se rappelait la première fois où elle avait vu Montrose. Elle avait alors quatorze ans.

— Il est là ! avait annoncé Evan en la tirant par la main. Sa Seigneurie est là, et il courtise notre sœur. Viens voir !

Francesca s'était arrêtée net sur la dernière marche de l'escalier. Grand, large d'épaules, les yeux incroyablement bleus, c'était le plus bel homme qu'il lui eût été donné de voir. Et le plus viril, aussi. Il parlait à sa sœur en souriant, et elle lui souriait aussi. Le couple parfait, béni des dieux.

En les voyant ensemble, Francesca avait senti son cœur bondir dans sa poitrine, comme si elle sautait d'une falaise à pic. Depuis, elle n'avait cessé de l'admirer en secret. Elle avait été heureuse pour sa sœur. Ce qui ne l'avait pas empêchée d'être un peu triste... pour elle-même.

Elle remonta les genoux sous son menton et se balança d'avant en arrière, se souvenant de leur mariage. Connie était resplendissante dans sa robe blanche rebrodée de perles. Et lorsque Montrose avait relevé son voile pour l'embrasser sur la bouche, Francesca avait été sidérée. Jamais elle n'avait vu un homme embrasser une femme de cette façon.

Quelqu'un dans l'assistance avait poussé un cri de joie, et tout le monde avait applaudi avec enthousiasme.

Le couple idéal.

Comment osait-il tromper Connie ? Ne l'aimait-il donc pas ?

Elle se souvenait aussi de ce soir d'été, trois ans auparavant, où il était arrivé, hagard, et avait réveillé toute la maison en hurlant que Connie était en train d'accoucher. Elle revoyait le médecin annoncer que la mère et l'enfant se portaient bien. Elle revoyait aussi son père, les larmes aux yeux, offrant un cigare à Montrose. Les yeux rougis, le teint terreux – il avait veillé toute la nuit –, ce dernier s'était laissé tomber dans un fauteuil. Un instant plus tard, il bondissait sur ses pieds.

— Je vais voir ma femme et ma fille ! avait-il crié avant de sortir de la pièce en trombe.

Les larmes de Francesca redoublèrent.

Elle n'aurait su dire au bout de combien de temps elle se décida enfin à se lever, frissonnante, le cœur lourd, pour entrer dans la maison.

Comment avait-il pu ? Connie savait-elle ? Ces deux questions la taraudaient.

Puis soudain elle se pétrifia. Devait-elle révéler la vérité à sa sœur ?

— Francesca, fit Julia qui sortait de la salle à manger.

Vêtue d'un élégant tailleur vert, elle se dirigea droit sur sa fille d'un pas déterminé que celle-ci ne connaissait que trop bien.

Son expression changea soudain.

— Francesca, tu es malade ? Tu as... tu as pleuré ? s'écria-t-elle, inquiète.

Francesca se détourna pour remettre son manteau, son chapeau et ses gants à un serviteur. Elle s'essuya les yeux d'un revers de manche.

— C'est le froid. Je suis rentrée à pied.

Julia s'approcha, lui releva le menton.

— Tu as pleuré, Francesca, s'entêta-t-elle. Qu'y a-t-il ?

La jeune fille croisa le regard anxieux de sa mère, mais ne put trouver la moindre réponse. Puis elle se demanda si Julia était au courant. Elle savait toujours tout, c'était la reine de la haute société new-yorkaise. Mais si elle avait su, elle n'aurait jamais autorisé Montrose à poursuivre cette liaison. Elle aurait su tirer sur les bonnes ficelles pour le remettre dans le droit chemin, grâce à l'argent, peut-être. La fortune des

Montrose n'existait plus depuis belle lurette. Sa famille, bien que titrée, était presque sans le sou. Or Connie avait reçu une dot conséquente à son mariage... Pourtant, c'était un mariage d'amour, non ?

— Je... je ne me sens pas très bien, balbutia Francesca. Je suis allée rendre visite à Sarah Channing, puis j'ai décidé de me promener un peu au parc. Je suis gelée.

Julia hésita, et Francesca comprit qu'elle soupçonnait quelque mensonge, néanmoins, elle ne chercha pas à en savoir plus.

— Dans ce cas, tu devrais aller t'allonger un peu. Nous avons un petit dîner familial, ce soir. Connie, Montrose, les filles, ainsi que Sarah Channing et sa mère, naturellement.

Le cœur de Francesca manqua un battement. Comment supporterait-elle de regarder Montrose en face ?

— Je ne sais pas si je pourrai y assister, maman. Je me sens fiévreuse.

Julia posa la main sur son front.

— Tu n'as jamais de fièvre, dit-elle, l'air réellement soucieuse. Je me tracasse à ton sujet, ma fille. Cela fait même quelques mois.

Francesca faillit éclater de nouveau en sanglots Si sa mère l'interrogeait au sujet de ses allées et venues, elle serait incapable de lui mentir davantage.

— Ça va aller, murmura-t-elle.

C'était vrai. Ce n'était pas son cœur qui était brisé, mais celui de sa sœur... En tout cas, il le serait si Connie apprenait la trahison de son époux.

— Francesca ?

Elle s'arrêta sur la première marche.

— Nous parlerons de mon argenterie quand tu te sentiras mieux.

Francesca se remit à trembler.

— Merci, maman.

Julia lui sourit, mais il y avait toujours autant d'inquiétude dans son regard. Elle retourna dans le salon.

Francesca s'appuya à la rampe et ferma brièvement les yeux. Elle sentait la migraine poindre et avait l'impression d'être vraiment malade. La grippe, peut-être. Ce serait un cadeau du ciel, si cela la dispensait d'assister au dîner.

Elle allait reprendre son ascension quand elle entendit une exclamation de colère provenant de la bibliothèque. Elle avait reconnu la voix de son frère. Celle, posée, de son père lui répondit.

Evan ne se mettait jamais en colère. Il avait le plus heureux des caractères. En temps normal, Francesca se serait inquiétée de la raison de son éclat. Elle se serait précipitée dans la bibliothèque ou elle aurait peut-être écouté à la porte. Là, elle se contenta de grimper l'escalier le plus vite possible. Elle n'en supporterait pas davantage !

Ce fut seulement dans le sanctuaire de sa chambre qu'elle se rappela les paroles prononcées par Montrose dans le feu de la passion.

Tu me rends fou de jalousie !

Il était jaloux.

— Non, murmura-t-elle en apercevant son reflet dans le miroir.

Elle avait en effet une mine épouvantable.

Non…

Montrose n'était pas fou. Ce n'était pas lui le monstre qui avait enlevé Jonathan et qui, à présent, jouait si cruellement avec Robert Burton parce qu'il était le mari de sa maîtresse et qu'il le détestait.

C'était impossible.

Francesca décida au dernier moment de rejoindre la table familiale pour le dîner. Il fallait qu'elle regarde

Montrose dans les yeux, qu'elle essaie de comprendre. Qu'elle le voie avec sa sœur, qu'elle devine où en était leur relation. Ce qui lui semblait une tâche insurmontable.

Elle était en retard, pourtant, elle ne parvenait pas à se dépêcher. Agrippée à la rampe, elle descendit lentement l'escalier. Elle était épuisée, et éprouvait la même impression que le jour où Gordino l'avait embrassée de force. Cette sensation fit naître en elle une colère bienvenue. Comment Montrose osait-il tromper sa sœur ?

En trahissant Connie, il les trahissait tous.

Tout le monde était déjà dans la salle à manger, et le visage de son père s'illumina quand il la vit.

— Francesca ! Je suis content que tu te sentes assez bien pour dîner avec nous. Ta mère m'expliquait justement que tu étais patraque, cet après-midi.

Il l'attira à lui, cherchant son regard avec sollicitude.

Francesca s'efforça de sourire. Elle savait qu'elle avait toujours aussi mauvaise mine, et que ses yeux étaient rouges.

— Je me sens mieux, dit-elle d'une voix à peine audible.

— Tu devrais remonter te mettre au lit, suggéra Evan, compatissant. Tu as une tête de déterrée.

— Ça va, répéta-t-elle d'un ton plus ferme.

Elle regarda de l'autre côté de la table, où Montrose se tenait en compagnie de sa femme et de ses filles. Elle remarqua à peine Sarah et sa mère.

Connie et Neil la contemplaient tous les deux, l'air inquiet.

Neil ! Quelqu'un nous regardait !

Francesca fixait Montrose, les paroles d'Eliza présentes à l'esprit. Des images qu'elle aurait préféré ne jamais voir roulaient dans sa tête, et elle se sentait malade.

Montrose lui rendit son regard.

Indéchiffrable.

S'était-il redressé d'un bond après le cri d'alarme d'Eliza ? S'était-il lancé à sa poursuite ? L'avait-il vue ?

Savait-il qu'elle était au courant de sa sordide aventure ?

Mais il ne pouvait être le ravisseur monstrueux du petit Jonathan, n'est-ce pas ?

Leurs regards s'accrochèrent.

— Francesca, fit Connie en remettant la petite Lucinda à Mme Partridge après l'avoir embrassée.

Elle contourna la table pour rejoindre sa sœur.

— Tatie ! Je veux être à côté de toi ! criait Charlotte en sautillant sur place.

Francesca n'arrivait pas à quitter Montrose des yeux. Il continuait aussi à la regarder. Adultère, oui, mais dément, non. Impossible.

Beaucoup d'hommes étaient jaloux. Cela n'avait rien d'exceptionnel.

Son cœur battait si fort... Tout le monde devait l'entendre... La tension entre Montrose et elle était presque palpable. La scène semblait figée dans le temps et dans l'espace.

« Cesse de le regarder », s'ordonna-t-elle.

Nul ne pouvait ignorer la façon dont ils se fixaient.

Il ne souriait pas. Et Francesca fut certaine qu'il savait que c'était elle qui les avait épiés.

— Que se passe-t-il, Francesca ? demanda Connie en lui prenant la main.

Comme elle se tournait enfin vers sa sœur, Montrose déclara :

— Je pense qu'Evan a raison. Vous devriez remonter vous coucher.

Francesca lut fugitivement de l'angoisse dans ses yeux bleus, puis elle revint à Connie en tremblant.

Assister à ce dîner avait été une terrible erreur.

D'autant qu'elle avait rendez-vous avec Bragg ensuite. Elle ferait mieux d'aller s'allonger pour reprendre des forces.

Mais elle craignait de se mettre de nouveau à pleurer.

— Veux-tu qu'on te fasse porter ton dîner dans ta chambre ? reprit Connie.

Francesca sentit Montrose s'approcher. Il s'arrêta près de Connie. Sa femme. Il lui effleura la taille.

Un geste intime, peut-être tendre. Non ! Elle eut envie de repousser sa main. Et de cracher la vérité sur sa liaison devant tous les gens présents.

— Je crois que je vais me retirer, dit-elle.

Elle adressa un sourire d'excuse à Sarah et à sa mère.

— Je suis désolée. Je ne me sens pas bien, et j'en oublie les bonnes manières. Bonsoir.

— Ce n'est pas grave ! s'empressa d'assurer Mme Channing. Allez vous reposer. Nous comprenons parfaitement.

Francesca souhaita une bonne soirée à tout le monde, refusant cette fois de regarder Montrose. Lorsqu'elle eut quitté la salle à manger, elle était à bout de souffle, comme si elle venait de courir. Une fois dans sa chambre, elle se jeta sur son lit, en larmes.

Elle venait de se laver le visage quand elle entendit frapper deux coups légers à sa porte. Elle sortit de la salle de bains à l'instant où Connie pénétrait dans sa chambre.

— Laisse-moi t'aider à te déshabiller, proposa sa sœur.

— Pas tout de suite, dit Francesca qui s'approcha du sofa, face à la cheminée, et s'y laissa tomber lourdement.

Connie tira un fauteuil près d'elle, et repoussa tendrement une boucle rebelle de son front.

— Quoi que tu aies fait, il est évident que cela a nui à ta santé…

Francesca esquissa un sourire penaud.

— J'ai juste besoin d'une bonne nuit de sommeil.

— Je l'espère.

Connie avait pris un coussin et le tenait sur ses genoux.

— Quelque chose te tracasse, hormis ton début de grippe ?

— Eh bien, l'affaire Burton me hante, avoua Francesca, consciente de la double signification de sa phrase.

Connie fit la grimace.

— Je souffre pour Eliza. Elle doit être malade de chagrin et d'angoisse.

Elle ne savait rien. Francesca fut certaine qu'elle ignorait qu'Eliza était la maîtresse de Montrose. Machinalement, elle prit la main de sa sœur et la serra très fort.

— Qu'y a-t-il ? s'étonna Connie.

Francesca luttait de toutes ses forces contre une violente envie de pleurer.

— Je suis allée chez Eliza, aujourd'hui.

Elle était en terrain glissant. Devait-elle dire que Montrose s'y trouvait aussi ?

— Comment va-t-elle ?

— Elle était… indisposée et ne m'a pas reçue. L'as-tu vue récemment ?

— Non. Lundi, naturellement, je lui ai exprimé toute ma sollicitude, mais j'ai pensé qu'il valait mieux la laisser seule, vu les circonstances. À sa place, je n'aimerais pas être importunée par mes voisins, même animés des meilleures intentions. Je ne voudrais voir que ma famille.

— Moi aussi, je crois, murmura Francesca. J'imagine que tu aurais envie d'être seule avec Neil, pour attendre les nouvelles.

— Quelle conversation morbide !

Pas de chance, songea Francesca.

— Eliza semble heureuse en ménage, qu'en penses-tu ? reprit-elle.

Connie la regarda, surprise.

— Curieuse question !

— Que répondrais-tu ?

Sa sœur se raidit.

— Je ne vois pas où tu veux en venir, Francesca. Mais, oui, son union paraît solide.

Francesca était déçue, cependant Connie ajouta :

— Cela dit, il ne faut pas se fier aux apparences.

Francesca regarda sa sœur qui rougit légèrement et détourna les yeux.

— Je ne voudrais pas t'ôter tes illusions, mais tu connais le dicton : On ne lave pas son linge sale en public.

— Bien sûr !

Francesca essaya une autre approche.

— Crois-tu que Burton soit un bon père ? Comme Neil ?

— Je n'en ai pas la moindre idée.

— Neil est un merveilleux père ! s'écria Francesca avec emphase.

Et c'était vrai.

Connie esquissa un sourire tout en jouant avec les pompons du coussin.

— C'est un merveilleux père, en effet, dit-elle doucement.

— Il t'admire tant, Connie ! reprit Francesca. L'autre soir, il te taquinait en disant que tu n'étais pas parfaite. Il était évident qu'il pensait exactement le contraire.

Elle détestait manipuler sa sœur, mais elle voulait à tout prix savoir si celle-ci soupçonnait que quelque chose clochait dans son mariage.

Il y eut un bref silence.

— Il était galant, c'est tout, observa Connie d'un ton posé.

Francesca haussa les épaules.

— Il t'admire ! insista-t-elle. Il est très amoureux de toi.

Soit sa sœur acquiescerait – dans ce cas, elle ne se doutait de rien –, soit elle protesterait.

Mais l'expression de Connie changea. Elle se leva.

— Où veux-tu en venir, Francesca ? À quoi riment toutes ces questions ? Y a-t-il quelque chose que tu désires savoir sur Neil ?

Francesca se leva aussi, le cœur battant. Elle ne devait pas aller plus loin, pas maintenant, pas ce soir. Les paroles de Bragg lui revinrent à l'esprit : « Les mots sont faciles à prononcer. Mais ensuite, on ne peut plus ni les changer ni les effacer. »

— Est-ce que Neil t'aime ? ne put-elle s'empêcher de demander.

Connie pâlit, ses yeux s'agrandirent.

— Bien sûr qu'il m'aime !

Francesca avala sa salive. De toute évidence, elle avait dépassé les bornes.

— Qu'y a-t-il ? reprit Connie, rouge de colère, à présent. Que cherches-tu ? Pourquoi te mêles-tu de ma vie privée ?

— Je ne voulais pas être indiscrète, se défendit Francesca.

— Cela ne te regarde en rien, répliqua Connie qui jeta le coussin sur le fauteuil, mais il se trouve que Neil et moi sommes très heureux.

— Je suis désolée, murmura Francesca.

Après lui avoir lancé un coup d'œil furieux, sa sœur se dirigea vers la porte. Sur le seuil, elle se retourna.

— Ne te mêle plus de mes affaires, Francesca, dit-elle, un peu calmée.

— Excuse-moi. Je ne le ferai plus.

Connie hocha la tête et sortit de la chambre.

Mais Francesca avait eu le temps de déceler de l'angoisse dans son regard.

Bragg avait eu l'intention de demander à Andrew Cahill l'autorisation de laisser sa fille participer à son expédition, mais celle-ci l'en avait vivement dissuadé au prétexte qu'il refuserait à coup sûr. Bragg avait cédé à contrecœur.

Les parents de Francesca venaient de se retirer pour la nuit. Elle avait entendu les adieux échangés sur le porche un quart d'heure auparavant. Depuis, la maison était silencieuse. Elle ignorait cependant si Evan avait regagné ses appartements ou pas. C'était le seul qui la tracassait. S'il la surprenait alors qu'elle sortait subrepticement, il insisterait pour savoir où elle allait... et avec qui.

Elle descendit sur la pointe des pieds, traversa la cuisine et sortit par la porte de service qu'elle referma derrière elle sans la verrouiller. Le ciel était criblé d'étoiles, et il faisait affreusement froid. Quelques secondes plus tard, elle atteignait l'avenue. Un fiacre y stationnait et, elle s'en approcha sans hésiter.

La portière s'ouvrit, Bragg lui tendit la main afin de l'aider à monter. Elle s'assit près de lui. Il frappa sur la vitre de séparation, et le cocher – un policier déguisé, sans doute – fit claquer les rênes.

Francesca se tourna vers Bragg.

— Pas de problème ? s'enquit-il.

Il portait une vieille veste et une casquette plus fatiguée encore.

— Non. Tout le monde est allé se coucher il y a une vingtaine de minutes. Cela n'aurait pu mieux se passer.

Francesca remarqua qu'il portait aussi des bottes éculées.

— Parfait.

Il se renfonça dans la banquette, et leurs genoux s'effleurèrent.

Francesca s'écarta vivement. Puis, étrangement, elle songea à Eliza. Elle était soulagée qu'il ne fût pas son amant.

Devait-elle lui parler de Montrose ?

Oui, sûrement. Montrose n'était sans doute pas le fou qu'il recherchait, mais il tombait automatiquement dans la catégorie des suspects.

Et si elle était la seule à être au courant de cette liaison ?

Elle avait pensé à sa conversation avec Connie toute la soirée sans parvenir à la moindre conclusion. Parfois, elle avait l'impression que sa sœur soupçonnait quelque chose, d'autres fois, il lui semblait qu'elle ne savait rien et qu'elle aimait toujours autant son mari. Mais sa réaction de colère ne révélait-elle pas une fissure dans la façade qu'elle offrait au monde ?

Francesca n'avait jamais été aussi bouleversée de toute son existence. La vie d'un enfant était en jeu. Mais peut-être aussi le mariage de sa sœur. Car si Connie ne se doutait de rien, ne devrait-elle pas, elle, Francesca, garder le silence ?

Elle ferma les yeux, intensément consciente de la proximité de Bragg.

En outre, Montrose était peut-être follement jaloux du mari d'Eliza, mais cela ne signifiait pas qu'il était capable d'actes criminels.

Elle sentit Bragg s'agiter et lui lança un coup d'œil. Elle se disait que n'importe quelle femme à sa place serait à la fois inquiète et excitée à la perspective de rencontrer de nouveau Gordino, cette fois avec Bragg. Mais était-elle tout à fait honnête vis-à-vis d'elle-même ?

Elle regarda par la vitre. Ils avaient presque atteint Grand Army Plaza, à l'extrémité sud de Central Park. Le moment était mal choisi pour noter qu'il faisait soudain très chaud dans l'habitacle, et que Bragg, même las et préoccupé, demeurait indéniablement séduisant. Elle devait se concentrer sur la tâche à venir.

— Vous êtes bien silencieuse, ce soir, Francesca, remarqua-t-il.

Leurs regards se croisèrent. Celui de Bragg brillait dans l'obscurité.

— La journée a été longue, répondit-elle doucement, incapable de se détourner.

— En effet.

Il pensait sans doute à la visite qu'elle avait rendue à Joel afin de le persuader de retourner à la taverne. Naturellement, le gamin ne se doutait pas que des douzaines de policiers les suivraient. Francesca n'avait pas eu trop de scrupules à le duper. Cela lui semblait de peu d'importance comparé à ce qu'elle vivait par ailleurs.

— Avec un peu de chance, on pincera Gordino cette nuit. Je lui donnerai du troisième degré, et il nous conduira au cinglé qui essaie de détruire les Burton, déclara Bragg sombrement.

Elle réfléchit un instant.

— Que veut dire « agrafé », Bragg ?

— Emprisonné.

— Et la « pension » ?

Il croisa les bras, amusé.

— C'est ainsi qu'on désigne la prison.

— Je vois.

Pauvre Joel ! Apparemment, il avait fait de la prison.

— Vous pensez à votre petit camarade ? demanda Bragg.

— Oui.

— Revoyons notre plan une dernière fois, dit Bragg qui, comme elle, s'exprimait à voix basse, bien qu'il n'y eût aucune raison.

Francesca acquiesça sans quitter des yeux son visage sculpté par la pénombre.

— Vous entrez, vous repérez Gordino, et vous ressortez aussitôt. Vous levez la main, sans votre gant, comme pour héler un fiacre. Ensuite mes hommes et moi pénétrons dans l'établissement.

Francesca acquiesça de nouveau.

— Et s'il n'est pas là, je ressors aussi, mais je ne fais rien une fois dans la rue.

— C'est ça... Je déteste vous impliquer dans cette affaire ! ajouta-t-il avec une véhémence surprenante.

Elle en fut flattée et ravie.

— Ça ira, murmura-t-elle.

— J'y veillerai.

Il voulait dire qu'il la protégerait contre Gordino et ses semblables, elle le savait. Et c'était infiniment réconfortant !

Il s'était tourné de nouveau vers la vitre, et elle contempla son profil dur, viril. Même pauvrement vêtu, il respirait la puissance, la richesse. Il ne tromperait personne, ainsi déguisé, en tout cas pas longtemps.

Elle songea soudain que s'il était illégitime, il n'était peut-être pas riche du tout.

Bien sûr, ses origines n'avaient pas d'importance. Pas pour elle. Pas après ce qu'ils avaient partagé. Elle frissonna, pourtant elle transpirait. Qu'avaient-ils partagé, au juste ?

Elle se demanda comment Eliza et lui étaient devenus amants.

Quel effet cela lui ferait-il s'il la prenait dans ses bras, s'il l'embrassait ?

Elle se ressaisit. Bon sang, elle était en pleine enquête criminelle ! Ce n'était guère le moment de s'imaginer Bragg en... en quoi exactement ?

D'une certaine manière, ils étaient devenus amis. Mais il y avait plus que de l'amitié entre eux, non ? Bragg avait eu une liaison avec Eliza autrefois, il l'avait aimée, peut-être. Il devait être attiré par les femmes peu banales et plutôt intellectuelles. Francesca se demanda brusquement si elle pourrait être son genre de femme.

Le fiacre s'arrêta.

— Nous sommes arrivés ? s'enquit-elle avec inquiétude.

La nuit allait vraiment commencer.

— Je descends. Nous sommes à cinq pâtés de maisons de chez Kennedy. Je ne veux pas courir le risque qu'il me voie. Il est vif, ce gamin.

La voix était abrupte, pourtant elle lui fit l'impression d'une coulée de miel.

Il ouvrit la portière, mais avant de descendre, il la regarda une dernière fois.

— Tout ira bien, la rassura-t-il. Faites-moi confiance, Francesca.

— Je sais.

Elle avait soudain l'estomac noué, et elle n'était plus sûre de rien.

— Ne vous inquiétez pas, reprit-il. Faites simplement ce que je vous ai demandé. Cette fois, je suis là, Francesca. C'est à moi de m'inquiéter.

Il eut un sourire qui n'atteignit pas ses yeux.

— Très bien.

Elle parvint à lui sourire en retour, se rappelant qu'il avait dit : « Faites-moi confiance. » Comment trois mots tout simples pouvaient-ils dégager une telle sensualité ?

Comme il sautait du fiacre, sa veste s'ouvrit, et elle entrevit un pistolet. Puis la portière claqua, et il disparut dans la nuit, tandis que la voiture s'ébranlait.

Il avait une arme.

Bien sûr ! Par simple précaution !

Pourtant elle n'en avait jamais vu de pareille. Ce n'était pas une petite chose à crosse de nacre, adaptée à une main féminine. Non, c'était un énorme revolver, destiné à tuer.

Juste une précaution.

Le fiacre s'immobilisa de nouveau. Le faux cocher annonça :

— Nous y sommes.

— Attendez, s'il vous plaît.

La portière s'ouvrait déjà, et Joel bondit à l'intérieur.

— Bonsoir, fit-elle.

Mais elle ne cessait de penser au pistolet. Pourquoi Bragg avait-il jugé utile de se munir d'une arme ? Pensait-il avoir à s'en servir ?

— Vous êtes sûre que vous voulez y retourner ? lâcha Joel sans la saluer.

Francesca hocha la tête bien qu'elle fût terrifiée.

— 23e Rue à la hauteur de Broadway, ordonna-t-elle au cocher.

— Je sais pas pourquoi vous vous mêlez de ça, marmonna le gamin.

Il était à genoux sur la banquette et regardait par la vitre arrière pour s'assurer qu'on ne les suivait pas, comme la dernière fois. Il passa ensuite aux vitres latérales, puis s'assit enfin.

Francesca faillit dire : « On ne nous suit pas », mais elle tint sagement sa langue. Son cœur battait à coups redoublés.

— C'est bizarre, mais j'ai un mauvais pressentiment, déclara Joel d'un air sombre.

Francesca aussi, mais elle s'abstint de l'avouer.

13

Mercredi 22 janvier 1902, minuit

Francesca aperçut Gordino à l'instant où elle franchit le seuil de la taverne. Il était exactement au même endroit que la veille, et il jouait aux cartes avec quatre gaillards à la mine patibulaire.

Joel lui lança un coup d'œil, puis il s'avança, s'attendant qu'elle le suive, comme la veille. Francesca lui agrippa l'épaule.

— Il faut que je ressorte, chuchota-t-elle d'une voix tendue.

— Quoi ? s'exclama-t-il.

Sans lui laisser le temps de protester, elle lui attrapa la main et se précipita sur le trottoir en l'entraînant derrière elle. Elle avait déjà enlevé son gant, et elle agita frénétiquement la main.

— Qu'est-ce que vous faites ? s'écria Joel. Ce salaud est à l'intérieur. Je pensais que vous vouliez...

Il s'interrompit.

— Qu'est-ce que vous faites ? répéta-t-il, soupçonneux.

Trop tard. Bragg sortit de l'ombre et courut dans leur direction, suivi par une demi-douzaine d'hommes. Lorsqu'il passa devant eux, Francesca vit qu'il avait son arme au poing.

— Les flics ! hurla Joel.

Francesca le saisit par les bras avant qu'il puisse s'enfuir.

— Tais-toi !

Il tenta de se dégager, tandis que la police pénétrait dans la taverne.

— Je t'en prie, Joel, ça n'a rien à voir avec toi. C'est au sujet du petit garçon qui a été enlevé !

— Vous m'avez menti ! hurla Joel qui était enfin parvenu à se libérer. Vous m'avez menti, bon sang !

— Je ne voulais pas, avoua Francesca.

Une douzaine d'agents en uniformes convergeaient vers la taverne. Apparemment, une bagarre s'était déclenchée à l'intérieur. Des bris de bois mêlés de jurons et de cris lui parvenaient.

— Mademoiselle Cahill.

C'était le conducteur du fiacre, un homme d'âge moyen, aux yeux très bleus, prénommé Peter.

— Je dois vous ramener chez vous, maintenant, mademoiselle.

Elle allait protester quand Gordino sortit en courant, Bragg sur ses talons. Ils avaient dû emprunter une porte dérobée. Cinq autres policiers en civil étaient à leurs trousses, armés de matraques.

— Mademoiselle Cahill, j'ai des ordres.

Francesca ne répondit pas. Paralysée de peur, elle vit Bragg plonger sur Gordino. Tous deux s'affalèrent sur le sol au beau milieu de la rue.

Un attelage qui passait les manqua de peu.

Le cocher les insulta copieusement, tandis que Francesca poussait un cri.

Bragg et Gordino roulaient à terre tels deux gamins qui se bagarrent dans une cour de récréation. Gordino parvint à se relever. Bragg aussi. Il saisit le vaurien à l'épaule, le fit pivoter vers lui et lui décocha un méchant coup de poing en plein visage. Gordino recula en vacillant, mais resta debout.

Bragg se jeta sur lui et ils roulèrent de nouveau à terre.

— Arrêtez-les ! cria Francesca.

Elle releva sa jupe et courut vers eux.

Les policiers avaient formé un cercle autour des deux combattants, mais aucun ne faisait mine d'intervenir.

Gordino envoya un coup dans la mâchoire de Bragg qui faillit tomber à la renverse, mais esquiva le coup suivant, avant de flanquer un coup de pied dans le genou de Gordino. Ce dernier s'effondra.

— Je vous en prie, arrêtez-les ! hurlait Francesca.

Mais personne ne semblait l'entendre.

Bragg bondit sur Gordino et lui porta trois coups à la face, tous plus violents les uns que les autres.

Francesca était terrorisée. Elle tira Peter par la manche.

— Faites quelque chose avant qu'il ne soit trop tard ! Je vous en supplie !

Les bras croisés, le faux cocher ne répondit pas.

Stupéfaite, Francesca regarda autour d'elle. Les policiers paraissaient intéressés par l'issue du combat, et personne, apparemment, n'avait l'intention de l'interrompre. Ils prenaient plaisir au spectacle.

Bragg était à califourchon sur Gordino, prêt à frapper.

— Où est le garçon ? siffla-t-il.

Du sang lui coulait de la bouche.

Gordino ricana.

Le poing de Bragg l'atteignit au nez, et le sang gicla.

— Où est le garçon ? Je te jure que je saurai te faire parler, d'une manière ou d'une autre. Où est-il, et qui est le salaud qui se cache derrière tout ça ? *Qui ?*

— Va te faire voir, répondit Gordino.

Bragg le frappa encore, et encore.

Il était littéralement hors de lui. Totalement incontrôlable.

— Bragg ! Arrêtez, je vous en prie ! cria-t-elle, en pure perte.

— Je te tuerai, tu m'entends ? Où est le garçon ? rugit Bragg, le poing près de l'œil de son adversaire.

— Va te faire voir ! répéta Gordino.

Francesca s'élança, déterminée à intervenir avant que Bragg ne tue son adversaire. Mais quelqu'un la saisit par le bras pour la retenir. C'était Peter.

— Tu veux perdre un œil ? siffla Bragg, soudain très calme.

— Non ! cria Francesca.

Gordino pâlit.

— Tu as une seconde, reprit Bragg.

— Je sais pas ! Je sais pas où est le gamin, et je sais pas qui a tout organisé ! cria Gordino.

Le poing de Bragg retomba. Gordino hurla. Francesca aussi.

Puis Bragg se releva, tenant un Gordino sanguinolent par le col. Il le secouait.

— Où est mon fils ? hurla-t-il.

Francesca crut avoir mal entendu.

— Où est mon fils, espèce de salaud ?

Francesca se tenait sur le trottoir, tremblant comme une feuille. Joel, qui ne s'était pas enfui, finalement, était près d'elle.

Quatre voitures de police s'étaient garées sur Broadway, à l'intersection avec la 23e Rue, et Gordino était dans l'une d'elles, menotté. Il était pratiquement inconscient lorsqu'on l'y avait poussé.

Les clients des tavernes voisines et des maisons closes s'étaient massés dans la rue. Bragg parlait à ses hommes, à quelques mètres seulement de la voiture où on avait enfermé Gordino. L'un de ses yeux virait au violet, et sa lèvre inférieure était gonflée, mais il ne semblait pas s'en soucier. Il y avait du sang sur sa veste et sur sa chemise, principalement celui de Gordino. Ses phalanges étaient à vif.

Francesca espérait qu'on allait emmener le malfrat à l'hôpital, et non directement en prison.

Elle eut soudain un haut-le-cœur et se précipita vers le caniveau où elle restitua son dîner.

Puis elle se mit à pleurer.

Elle aurait voulu ne jamais avoir assisté à pareille scène. Ne jamais avoir vu Bragg rosser Gordino.

— Tenez.

Elle était à genoux dans la neige, et la voix était amicale, inquiète. Elle leva les yeux et accepta le mouchoir en lambeaux, mais propre, que lui tendait Joel. Elle fut incapable de le remercier.

Jonathan Burton était le fils de Bragg.

Elle avait mal pour lui. Oh, oui ! Mais elle n'oublierait jamais ce qu'il avait fait. Quelles que soient les circonstances, une telle brutalité était impardonnable.

Elle avait envie de rentrer chez elle, de trouver l'oubli dans le sommeil.

Mais elle savait qu'elle ne fermerait pas l'œil de la nuit.

Car elle voulait aussi voir Bragg, le réconforter.

Quel effet cela faisait-il d'avoir deux fils et de ne pouvoir les déclarer siens ? Burton était-il au courant ? Quelqu'un savait-il ? Et, Seigneur, aurait-il dû diriger cette enquête alors qu'il était tellement concerné ?

Ses questions, à supposer qu'elle osât les poser, devraient attendre.

Alors qu'elle se relevait, avec l'aide de Joel, elle aperçut Bragg qui se dirigeait vers elle d'un pas déterminé. La voiture où était Gordino s'éloignait déjà. Des policiers ordonnaient aux badauds de se disperser. Francesca se raidit. Elle ne pouvait détacher le regard du visage ravagé de Bragg.

Il s'arrêta devant elle.

— L'un de mes hommes va vous raccompagner, annonça-t-il avant de se détourner.

Elle le saisit par la manche, l'obligeant à lui faire de nouveau face, mais il évita son regard.

— Bragg…

Elle avait tant à lui dire ! Pourtant, elle se contenta de répéter doucement :

— Bragg.

Il tressaillit, et croisa enfin son regard, la surprise se mêlant à l'angoisse dans ses yeux d'ambre claire. Puis il tourna les talons.

— Pas maintenant, Francesca. Pas ce soir.

Sa voix était empreinte d'une lassitude extrême.

— Je suis désolée, souffla-t-elle. Tellement désolée…

Il serra les dents.

— Moi aussi.

Il allait partir, mais il fallait qu'elle sache. Elle se planta devant lui.

— Qu'allez-vous faire ?

— Pas ce soir, répéta-t-il fermement.

Francesca avait les larmes aux yeux.

— Vous avez failli tuer un homme. Ne croyez-vous pas que s'il avait su quelque chose, il vous l'aurait dit ?

— Cela ne vous regarde pas, rétorqua-t-il, glacial. Peter ! Je vous avais demandé de ramener Mlle Cahill chez elle !

Francesca avait le cœur brisé. Quelqu'un la prit par le bras. Peter, devina-t-elle. Elle ne bougea pas.

— Ne lui faites pas de mal, Bragg. Pas davantage. Je vous en supplie.

Il s'assombrit, puis pivota et s'éloigna sans un mot.

Francesca laissa Peter l'entraîner vers le fiacre. Sur le marchepied, elle se retourna, mais Bragg avait disparu.

Francesca rentra chez elle comme elle en était sortie, par la porte de la cuisine. La pièce était plongée dans l'obscurité, et elle eut beau se déplacer avec précaution, elle heurta un pot qui traînait au bord d'une table. Il tomba à terre en faisant un bruit à réveiller les morts.

Elle s'immobilisa, le cœur battant, s'attendant que quelqu'un surgisse. Personne ne vint.

Elle respira, et gagna le hall silencieusement.

Durant tout le trajet du retour, elle n'avait cessé de songer à ce nouveau rebondissement. Elle se demandait qui savait, en dehors d'Eliza...

Burton lui était toujours apparu comme un père très tendre. Il ignorait vraisemblablement la vérité.

Tandis qu'elle se dirigeait vers l'escalier, il lui vint à l'esprit que la cible du ravisseur n'était peut-être pas Burton, mais Bragg lui-même.

Seigneur ! Était-ce possible ? Le dément voulait-il se venger de Bragg ?

Bragg s'était certainement posé la même question. Il avait dû en concevoir un affreux sentiment de culpabilité en même temps qu'il se sentait totalement impuissant. Or, ce n'était pas un homme habitué à l'impuissance. Ce qui expliquerait sa rage incontrôlable.

Elle préférait ne pas se rappeler la sauvagerie avec laquelle il avait frappé Gordino. Ni maintenant, ni jamais. Elle chassa ce souvenir, et se demanda quand la liaison entre Bragg et Eliza s'était achevée. Mais comment savoir ? Cela pouvait être sept ans auparavant, ou seulement quelques jours.

Elle avait eu tort de ne pas parler à Bragg de Montrose et d'Eliza. Cela dit, si Montrose pouvait chercher à nuire à Burton, il n'avait rien contre Bragg. Grands dieux, était-il possible que les choses se compliquent davantage ?

Soudain, elle entendit des voix en provenance de la bibliothèque et s'immobilisa.

Qui d'autre qu'Evan pouvait être debout à cette heure tardive ? Il était presque 2 heures du matin.

Le ton montait.

Elle avait reconnu la voix d'Evan qui semblait furieux. Elle s'approcha de la porte, et entendit son père qui déclarait :

— Je ne changerai pas d'avis. C'est mon dernier mot.

De quoi pouvaient-ils bien discuter ?

— Fort bien, répondit Evan.

La porte s'ouvrait, et Francesca se plaqua au mur.

— Vous devez être fier de vous ! poursuivit son frère d'un ton acerbe. Faire chanter votre propre fils !

— Comment oses-tu me parler de cette manière ? cria Andrew.

— Oh, je suppose que je devrais monter vers l'autel tout joyeux, en feignant d'aimer ma femme, parce que vous en avez décidé ainsi ! rétorqua Evan.

— J'ai pas l'intention de discuter de nouveau des avantages de ce mariage. Ma décision est prise. Tu es un être irresponsable, et Sarah Channing sera parfaite pour toi. Si tu as envie de continuer à mener une vie dissolue, libre à toi. Mais je ne paierai plus une seule de tes dettes de jeu, sans parler des milliers de dollars que tu dois déjà. Bonne nuit, Evan.

Francesca se fit toute petite tandis que la porte s'ouvrait à la volée sur son père qui sortit de la bibliothèque à grands pas rageurs.

Andrew Cahill ne se mettait jamais en colère, c'était l'un des hommes les plus gentils qu'elle connaisse. Les plus tolérants, aussi.

Que se passait-il ? Il n'avait tout de même pas l'intention d'obliger son fils à se marier !

Francesca avait l'impression de se trouver au cœur d'un cauchemar qui ne faisait qu'empirer.

Elle attendit qu'Evan sorte de la bibliothèque, mais il ne bougea pas. Risquant un œil dans la pièce, elle le vit, assis dans un fauteuil, un verre de scotch à la main, l'air sombre. Il était tellement perdu dans ses pensées qu'il ne la vit pas.

Elle s'empressa de gagner sa chambre.

Une fois au lit, elle se promit de dormir jusqu'à midi. Elle était debout à 6 heures.

Elle entendait son frère aller et venir derrière la porte de ses appartements. Elle était levée depuis une heure et demie, et son esprit n'avait fait que passer d'un sujet à l'autre – Bragg et son fils disparu, Connie et Montrose, Evan et Sarah Channing. Elle frappa légèrement.

Le battant s'ouvrit instantanément sur Evan qui écarquilla les yeux en la découvrant sur le seuil. Sa chemise était déboutonnée, et il se retourna pour la fermer, bien que sa sœur l'eût souvent vu en costume de bain.

— Il est 7 h 30, Francesca ! Tu as cours de bonne heure, aujourd'hui ?

— Je n'en sais rien, avoua-t-elle.

L'université était le cadet de ses soucis, pour l'instant.

— Puis-je entrer ? demanda-t-elle.

Il s'effaça devant elle, les sourcils froncés.

— Que se passe-t-il ? Ça ne peut pas attendre le petit-déjeuner ?

Elle ferma la porte et s'appuya au battant. La pièce était vaste, décorée en vert et bleu, avec des pointes de beige clair. C'était une chambre de maître. Lorsque leur père avait fait construire la maison, il avait été décidé que la moitié serait pour Evan et sa future famille. Bien qu'il s'en servît rarement, il disposait d'une entrée personnelle qui donnait sur la Cinquième Avenue.

C'était une idée de Julia.

— Je préfère te parler en privé, dit Francesca.

Evan soupira.

— J'espère que ce n'est pas aussi grave que ton expression le laisse à penser. J'ai passé une nuit épouvantable.

— Moi aussi.

C'était forcément une erreur. Evan avait mal compris, jamais leur père ne s'abaisserait à le faire chanter. Impossible ! Mais s'il y avait du chantage dans l'air, elle soupçonnerait leur mère d'être derrière.

— Je vous ai entendus crier, papa et toi, cette nuit.

Son frère la dévisagea sans répondre.

— Tu n'aimes pas Sarah Channing ?

— Tu en as surpris pas mal, à ce que je vois, observa Evan. Il faudrait vraiment que tu cesses d'écouter aux portes, Francesca.

— Je ne l'ai pas fait exprès.

Elle tendit la main vers lui, mais il l'évita et se mit à arpenter la pièce.

— Tu es mon frère, Evan, je t'aime. Je veux t'aider.

Il se laissa tomber sur un sofa.

— Qu'as-tu entendu, au juste ? demanda-t-il.

— Tu as accusé papa de te faire du chantage. Mais il en est incapable, Evan !

Il se leva.

— Vraiment ? Désolé de te décevoir, Francesca, je sais que tu adores père, mais il me fait bel et bien chanter, il n'y a pas d'autre mot. Si je n'épouse pas Sarah, il ne paiera pas mes dettes, et je n'aurai plus qu'à quitter la ville.

Elle avait du mal à le croire.

— Non. Ou alors, c'est l'œuvre de maman.

Le regard d'Evan s'adoucit.

— Pauvre Francesca…

— Pauvre moi ! s'exclama-t-elle, stupéfaite, en s'approchant pour lui prendre les mains. On annoncera tes fiançailles samedi prochain, or c'est l'union la plus mal assortie qui soit !

Il leva les yeux au ciel.

— Apparemment, père pense le contraire.

— Sais-tu que c'est une artiste ? Qu'elle peint ?

— Je n'en avais pas la moindre idée, avoua-t-il. Quel rapport ?

— Cela montre simplement que vous ne vous connaissez pas, tous les deux.

— Je n'ai pas envie de la connaître, répliqua Evan, maussade.

— Elle est timide, Evan, mais elle est gentille.

— Pardon. Bien sûr qu'elle est gentille. Mais par le Ciel, Francesca, je mourrai d'ennui, avec une épouse pareille ! s'écria-t-il.

Il se remit à arpenter le tapis.

— Papa évoquait des dettes de jeu, reprit Francesca. Nous pourrions peut-être trouver un moyen de les rembourser, non ? Ainsi tu ne serais pas obligé de te fiancer.

— Je ne peux pas les payer.

— Combien dois-tu ?

— Mieux vaut que tu ne le saches pas.

— Evan ! J'essaie seulement de t'aider !

— Cent trente-trois mille dollars, lâcha-t-il.

Francesca se laissa tomber dans un fauteuil.

— *Quoi ?*

Il demeura silencieux.

— Comment as-tu pu perdre une telle somme ? s'exclama-t-elle.

— Je t'en prie, on dirait maman ! Je sais que ça part de bonnes intentions, mais je n'ai pas besoin d'un autre sermon.

— Je ne comprends pas...

Il leva les mains au ciel.

— Tu m'as toujours pris pour une sorte de héros. Mais je ne suis pas un héros, Francesca. J'aime le jeu.

Il ferma les yeux, les rouvrit, et sa sœur y lut quelque chose qui ressemblait à du désespoir.

— C'est une maladie, poursuivit-il. Dès que l'on commence à perdre ou à gagner, on ne peut plus s'arrêter.

— Seigneur, qu'allons-nous faire ?

— Il n'y a rien à faire, répondit-il en s'asseyant en face d'elle, les coudes sur les genoux. J'épouserai Mlle Channing, papa paiera mes dettes, et je toucherai ma fortune que je dilapiderai sans doute au jeu en quelques années.

— Ne dis pas ça ! s'indigna Francesca. Ne le pense même pas ! Tu cesseras de jouer dès que papa aura payé ces dettes, n'est-ce pas ?

— Bien sûr, marmonna-t-il.

Soulagée, Francesca posa une main rassurante sur son épaule.

— Nous allons nous débrouiller pour te sortir de là avant l'annonce officielle des fiançailles. Pauvre Sarah ! Elle doit t'aimer, et elle en aura le cœur brisé.

— Elle n'aura pas le cœur brisé, puisque je l'épouserai en juin... Ne parle à personne de tout ceci, Francesca. Je t'en prie.

— Ne t'inquiète pas je serai muette comme une tombe. Je m'entretiendrai avec papa. Tu sais qu'il m'aime beaucoup...

Elle s'interrompit et rougit. Elle était consciente d'être la préférée de son père, tout en sachant que les parents ne devaient pas avoir de préférences.

— Je suis désolée, se reprit-elle. Ce n'est pas ce que je voulais dire.

— Peu importe. Tu te montres toujours très franche, Francesca, et c'est pour cela que nous t'aimons tous. Tu es tellement rafraîchissante ! Si quelqu'un peut faire céder père, c'est bien toi. Cependant, je doute que tu réussisses.

— Il le faudra bien, Evan, fit-elle en se levant. Autrement, tu passeras le restant de tes jours avec une femme qui ne te convient pas, et il n'en est pas question. Je veux que tu te maries par amour !

Pour la première fois depuis qu'elle était entrée, il sourit en secouant la tête.

— Je suis le seul à savoir combien tu es romantique, petite sœur ! Qui se marie par amour, de nos jours ? Et même depuis toujours ?

Elle songea à Montrose et à Connie, elle songea aux Burton.

— Je ne sais pas, avoua-t-elle sombrement, en proie à un désespoir soudain. Je n'en sais rien du tout.

14

Jeudi 23 janvier 1902, 10 heures

Bragg n'était pas à son bureau, mais Francesca n'avait eu aucun mal à se procurer son adresse. Elle avait pris un fiacre jusqu'à Madison Square, et elle contemplait à présent la maison de brique à la grille de fer forgé, semblable à toutes les autres demeures du quartier. Elle donnait sur le parc avec ses arbres dénudés et ses allées bien déneigées. Il était presque désert, à cette heure de la matinée. Seul un vieil homme barbu semblait dormir sur un banc. En revanche, il régnait une certaine activité dans la rue, principalement des domestiques qui faisaient leurs courses.

C'était donc là qu'il vivait, songea Francesca, les yeux rivés sur le 11, Madison Avenue. Elle était nerveuse, et se demandait pourquoi.

En dépit de tous ses tracas, c'était surtout Bragg qui avait occupé ses pensées, la nuit dernière. Épuisée, elle avait dormi d'un sommeil agité, peuplé d'images de lui. Elle le plaignait de tout son cœur. Et à présent, elle comprenait mieux son attitude depuis le début de l'affaire Burton.

Mais une question la hantait : Robert Burton était-il au courant, pour les jumeaux ?

Cela ne la regardait pas, naturellement, et, bien que logique, la question n'en restait pas moins sordide.

Était-ce Bragg qui faisait l'objet d'une vengeance ? Ou bien était-ce Burton, comme le prétendait Joel Kennedy ?

Elle demeurait plantée là, sur le trottoir, hésitant à le déranger alors qu'elle n'avait rien d'autre à lui offrir que sa sympathie, quand elle crut voir un rideau blanc se soulever à l'une des fenêtres.

Son cœur fit un bond. Quelqu'un l'avait vue. Un serviteur, peut-être, ou Bragg lui-même.

Mais comment aurait-elle pu ne pas y aller ? Si elle savait que jamais elle n'oublierait ce qui s'était passé la nuit précédente, elle pensait cependant moins à sa brutalité vis-à-vis de Gordino, qu'à la lueur d'angoisse qu'elle avait vue dans son regard avant qu'il ne la laisse entre les mains de Peter.

Elle se dirigea vers le porche à pas lents. Elle avait été surprise de ne pas le trouver à son bureau. Il n'était certes pas du genre à se laisser abattre par une nuit, ou plus, sans sommeil.

De plus en plus tendue, elle monta les marches et actionna le heurtoir tout en se répétant ce qu'elle comptait lui dire : « Je suis désolée. Je ne savais pas. En quoi puis-je vous aider ? »

Il la gratifierait d'un sourire un peu las, lui dirait qu'elle avait déjà été fort utile, et il refuserait toute autre assistance.

Elle ne poserait de questions indiscrètes sous aucun prétexte. Pas aujourd'hui.

Et elle ne révélerait pas que Montrose était l'amant d'Eliza. Elle avait décidé que protéger le mariage de sa sœur passait avant tout. Pour l'instant du moins. D'autant qu'elle ne croyait pas un instant que Montrose pût être le ravisseur.

— Bonjour, mademoiselle Cahill.

Elle ouvrit de grands yeux en découvrant Peter, non pas en uniforme, mais en chemise amidonnée et costume gris anthracite. La tenue classique du valet d'un gentleman.

Il jeta un coup d'œil derrière elle, dans la rue.

Elle se retourna. Kurland était assis sur un banc, dans le parc. Il lui adressa un petit signe de la main avant de déplier son journal.

Elle gémit intérieurement, puis la colère la saisit. Ce fouineur de journaliste l'avait sûrement suivie depuis le quartier général de la police.

— Je crains que le préfet de police ne reçoive pas de visites, mademoiselle Cahill, déclara Peter d'une voix ferme.

Avant quelle ait le temps de répondre, il lui ferma la porte au nez.

— Attendez ! cria-t-elle, en vain.

Elle venait de comprendre que Peter n'était pas un policier, mais le majordome de Bragg.

Derrière le battant, elle entendit ce dernier demander :

— Qui était-ce, Peter ?

— Mademoiselle Cahill, monsieur.

Francesca se mordit la lèvre. Elle se demandait vaguement comment Kurland allait interpréter sa visite chez le préfet de police. Oh, et puis, après tout, quelle importance ? Il n'écrivait pas pour la rubrique mondaine, sa réputation n'était donc pas en danger. Il n'était pas choquant en soi qu'une dame vienne frapper à la porte d'un gentleman, mais il était tôt, et elle n'avait pas de chaperon. Sa mère la tuerait, si elle l'apprenait !

La porte se rouvrit, et Peter lui fit signe d'entrer.

Bragg était là, et elle oublia Kurland sur-le-champ. Son estomac se serra d'appréhension, et d'autre chose qu'elle n'aurait su identifier.

Il se tenait à quelques pas, sur le seuil d'une pièce qui devait être un salon. Il portait le même vieux pantalon que la veille au soir, mais il avait changé de chemise car celle-ci, bien que froissée et déboutonnée au cou, n'était pas tachée de sang.

Francesca était consciente de sa présence par toutes les fibres de son corps. Elle se sentait soudain douloureusement vivante, mais n'aurait su expliquer pourquoi cet homme provoquait des réactions aussi extrêmes en elle. D'autant qu'en cet instant, avec son visage où les traces de coups reçus la veille étaient encore visibles, il ressemblait davantage à un bandit qu'à un gentleman. Ses cheveux en bataille et le chaume de barbe qui lui couvrait les joues ajoutaient à son allure négligée.

Elle souffrait pour lui, se doutait qu'il n'avait pas fermé l'œil de la nuit, qu'il ne s'était sans doute pas même couché. Qui, du reste, sachant que son enfant est à la merci d'un monstre, aurait pu dormir ?

— Francesca, murmura-t-il.

Elle frissonna. Il était nonchalamment appuyé au chambranle et ne vint pas à elle. Que signifiait ce ton si doux ?

— Je... j'espère que je ne vous dérange pas.

Elle avait tout oublié du discours qu'elle avait si soigneusement préparé, et sa nervosité allait croissant. Elle jeta un regard à sa gauche, et aperçut un petit salon avec un piano et des meubles victoriens, puis à sa droite, là où s'ouvrait une salle à manger intime. Il devait y avoir deux ou trois chambres à l'étage, supposa-t-elle.

— Comment pourriez-vous me déranger ?

Il souriait à peine et son accent texan était un peu plus prononcé que de coutume. D'une douceur de miel. Presque hypnotisant.

— Il n'est guère courant de se présenter chez un gentleman à cette heure matinale, débita-t-elle d'une traite.

— Il n'y a rien de courant chez vous, Francesca.

Il la fixait sans ciller, et son léger sourire n'avait pas disparu.

— Vous m'apportez un nouvel indice ? hasarda-t-il.

Elle se répéta sa phrase précédente, essayant d'en décrypter le sens. Devait-elle y voir un compliment ?

— Malheureusement non, répondit-elle avec un temps de retard.

— Je suis déçu.

Elle battit des paupières. Quelque chose n'allait pas...

Il se décida enfin à s'approcher d'elle.

Elle ne parvenait pas à quitter son visage des yeux. Elle était à présent si tendue qu'elle respirait avec difficulté. Il sourit davantage, révélant des fossettes, puis soudain il fut près d'elle et tendit les mains.

Elle sentit ses genoux se dérober sous elle, mais il la retint par les épaules, et, l'espace d'un instant, elle se retrouva dans ses bras. Toutes sortes de pensées folles se bousculaient dans sa tête.

— Francesca...

Elle leva les yeux vers lui.

— Oui ? fit-elle d'une voix étranglée.

— J'essaie de prendre votre manteau.

Elle comprit tout à coup qu'il voulait simplement la débarrasser de son vêtement pour le remettre à Peter dont elle avait complètement oublié la présence. Elle sursauta et, rougissante, se hâta de se dévêtir. Alors qu'elle ôtait son chapeau, deux longues épingles à cheveux s'échappèrent de son chignon, et tombèrent sur le sol. Comme tous deux se penchaient pour les ramasser, leurs mains se rencontrèrent.

Elle se redressa d'un bond.

Il récupéra les épingles et les tendit à Peter, qui s'éclipsa aussitôt.

Francesca se sentait aussi mûre qu'une gamine de douze ans...

— Vous avez l'air très fatigué, dit-elle pour tenter de dissimuler son trouble.

— Je le suis, répondit-il.

Cette fois, il ne souriait plus.

Pourquoi la dévisageait-il ainsi ? Qu'est-ce que cela signifiait ?

— Vous voulez entrer ? proposa-t-il en désignant le salon derrière lui.

Elle s'apprêtait à accepter quand elle jeta un coup d'œil à l'intérieur. Oh, non !

Il y avait une bouteille de scotch à moitié vide sur un guéridon, et un fond de liquide ambré dans un verre. Bragg ne semblait pas ivre, mais de toute évidence, il avait bu. À cette heure de la journée ! Visiblement, il tentait de noyer son chagrin dans l'alcool... Et cela expliquait sans doute son ton si doux, son sourire charmeur, son regard trop intense...

Elle n'était guère experte en hommes, surtout s'ils avaient bu.

— Je vous en prie, dit-il avec un grand geste en direction du salon.

Elle décida d'ignorer la bouteille et le verre. Certes, elle ne croyait pas que l'alcool fût une solution lorsqu'on souffrait, mais elle devait reconnaître que Bragg avait toutes les raisons de vouloir oublier. Elle se percha au bord d'un fauteuil. Les mains dans les poches, Bragg la contemplait de nouveau avec insistance.

— Bragg, que puis-je faire ? demanda-t-elle.

Elle se rappela que même si elle le trouvait infiniment séduisant, et héroïque, ils étaient amis, et que lorsqu'il était dans cette disposition d'esprit, elle pouvait s'en débrouiller. Certainement. Le seul problème, c'était elle.

— Pas grand-chose, je le crains.

— Je veux vous aider, dit-elle simplement.

— Je sais.

De nouveau un demi-sourire. La douleur se lisait dans ses yeux d'ambre, et, pour une fois, son expression était limpide.

— Vous êtes l'une des femmes les plus dévouées que je connaisse. Vous l'ai-je déjà dit ?

Il alla vers le guéridon, remplit son verre et avala une longue gorgée d'alcool sans la quitter des yeux. Enfin il se détourna, et elle respira.

Il se servit un autre verre.

Que devait-elle faire ? Il n'essayait même pas de feindre.

— Vous êtes sûr que cela vous fait du bien, Bragg ?

— Quoi ? Oh, ça ! Oui, cela me fait du bien, Francesca. Croyez-moi, cela me fait beaucoup de bien.

Elle se leva. Ces mots prononcés d'une voix traînante résonnaient de manière terriblement sensuelle.

— Avez-vous dormi ? s'enquit-elle avec sollicitude.

Son visage se crispa tandis qu'il croisait son regard.

— Comment le pourrais-je ?

Il but une nouvelle gorgée.

— Comment diable pourrais-je dormir ? répéta-t-il.

— Je suis tellement désolée, fit-elle en se rapprochant spontanément de lui.

— Je sais. Mais ce n'est pas cela qui nous livrera le ravisseur, n'est-ce pas ? Cela ne…

Il s'interrompit brusquement, et son expression se fit si farouche que Francesca en fut alarmée.

— Bragg…

Le verre se brisa dans sa main.

Francesca poussa un cri.

Il lâcha un juron qu'aucun gentleman ne prononcerait en présence d'une dame.

Francesca était clouée sur place.

— Nom de Dieu !

— C'était un accident, souffla-t-elle, les yeux pleins de larmes.

Peter apparut sur le seuil. Sans un mot, il s'accroupit pour réparer les dégâts.

— Ne pleurez pas.

Francesca regardait Peter qui s'activait avec une grande efficacité, et elle sursauta quand la main de Bragg effleura sa joue.

— Ne pleurez pas sur mon sort, reprit-il en cueillant une larme du pouce.

Francesca frémit. Elle se surprit à contempler sa bouche.

— Vous êtes-vous coupé ? demanda-t-elle d'une voix étrangement voilée.

Visiblement, il s'en moquait. Il se détourna abruptement, et alla jusqu'à la fenêtre, la démarche mécanique, les épaules raides. Il écarta légèrement les rideaux, jeta un coup d'œil dehors.

— Kurland, marmonna-t-il. Il commence à me taper sur les nerfs, celui-là.

Peter se redressa, la pelle pleine de débris de verre à la main.

— Je m'en occupe, dit-il.

Bragg acquiesça sans le regarder.

— Merci, Peter.

Le majordome sorti, Bragg se retourna vers Francesca, et elle vit du sang sur sa main.

— Vous risquez une infection, murmura-t-elle d'une voix qu'elle ne reconnut pas.

Il la rejoignit, s'arrêta tout près d'elle. Elle était comme paralysée.

— Vous avez entendu hier soir des choses que vous n'auriez pas dû entendre, Francesca.

Elle était si mal assurée sur ses jambes qu'elle avait l'impression d'osciller vers lui, tel un jeune arbre dans le vent.

— C'était vrai ?

Il crispa les mâchoires.

— Oui. Et je préférerais que vous l'oubliiez.

Elle ne pourrait jamais !

— Je suis navrée, Bragg.

— Je sais.

Il lui caressa doucement la joue du dos de la main, et elle se figea.

— Je ne devrais pas vous toucher, murmura-t-il comme pour lui-même tandis que sa main retombait.

Venait-il de la caresser ? Ou l'avait-elle seulement imaginé ?

— D'autres l'ont entendu, Bragg. Les policiers… C'est un secret difficile à garder.

Francesca tremblait. Non pas parce qu'elle pensait aux policiers, ou à l'affaire, mais parce qu'elle songeait à ce qu'elle ressentirait dans les bras de cet homme…

Elle savait qu'elle n'aurait pas dû s'autoriser de telles pensées.

— Mes hommes ne diront rien, déclara Bragg, la tirant de sa rêverie. J'ai été assez clair : si cette histoire vient sur la place publique, ils seront tous renvoyés.

Elle ferma brièvement les yeux, déterminée à chasser ces pensées déplacées.

— Est-ce juste ?

Il plongea son regard dans le sien, et elle sentit le trouble l'envahir de nouveau.

— Pour l'heure, je pense à un petit garçon. Et à Eliza.

Elle serra ses bras autour d'elle.

— Burton est-il au courant ?

Il sursauta.

— Francesca !

— Excusez-moi.

Elle se détourna, essayant de se ressaisir, sans succès. Elle n'aurait jamais dû venir !

Elle s'assit, prit une profonde inspiration. Elle allait se concentrer sur l'enquête.

— A-t-on trouvé une tombe fraîchement creusée ? demanda-t-elle d'un ton neutre.

Il l'étudiait ouvertement.

— Bien sûr. Huit, pour être précis. Mais chacune l'était en toute confirmité.

Francesca lissa sa jupe.

— Et vous ne pouvez pas procéder à des exhumations.

Dieu sait comment, elle parvenait à conserver une voix froide et professionnelle.

— Non, nous ne pouvons pas, fit-il sans la lâcher des yeux.

Il comprenait, elle le savait. Et si l'enfant avait été enterré avec quelqu'un d'autre ? Ce serait intelligent de la part de l'assassin.

— Dans ce cas, que faire ? demanda-t-elle.

Si seulement il pouvait cesser de la fixer, ne serait-ce qu'un instant !

— Nous avons une poignée d'indices, mais rien qui nous mène au meurtrier, remarqua-t-elle.

Bragg paraissait plus abattu encore, et il se détourna enfin.

Elle sut pourquoi et elle bondit sur ses pieds.

— Oh, ce n'est pas ce que je voulais dire ! Il est peut-être encore vivant, Bragg !

Elle se tenait derrière lui, mais n'osait le toucher. Il pivota pour lui faire face.

— Je ne peux pas continuer à me leurrer. Tout est là pour me détromper. Mais la véritable question demeure : qui ? Qui a fait ça à... mon fils ?

Les deux derniers mots n'étaient qu'un murmure.

— Qui sont vos ennemis ? chuchota-t-elle. Vous en avez certainement.

— J'en ai dressé la liste, et elle est courte. Il y a trois hommes qui pourraient souhaiter me détruire... ainsi que l'un de mes fils.

Il se mit à arpenter le tapis.

— De qui s'agit-il ?

— Il y a d'abord mon demi-frère. Calder Hart. Il m'a toujours détesté, et c'est réciproque.

Il avait le regard dur, mauvais. Elle ne lui avait jamais vu cette expression, pas même avec Gordino. Il y avait là quelque chose d'intraitable, d'impitoyable.

— Je ne le connais pas, articula-t-elle.

— Il vit ici, à New York. Il réussit fort bien dans la marine marchande. Mais il ne connaît pas les Burton, il n'est jamais allé chez eux.

— Or le coupable accède librement à leur demeure. C'est soit un ami proche, soit un serviteur.

— Ou encore un parent. Dans ce cas, je suis obligé de rayer Hart de ma liste.

— Et les deux autres ?

Francesca se demandait ce qui avait pu provoquer une telle haine entre les deux demi-frères.

Il hésita.

— Bragg ? insista-t-elle.

— Gordino.

— Gordino ? s'exclama Francesca, stupéfaite.

— Nous avons un passé commun, Francesca.

— Je ne comprends pas. Vous n'avez jamais été dans la police auparavant, n'est-ce pas ? Alors, comment Gordino et vous pourriez-vous avoir quoi que ce soit en commun ?

Il avait légèrement rougi.

— Disons qu'à un moment de ma vie, je l'ai connu. Et nous étions ennemis.

Il ne cessait de marcher de long en large.

Elle eut un brusque déclic. La mère de Bragg était une prostituée. Bragg était issu d'une classe différente de la sienne… Celle à laquelle appartenait Gordino. Elle n'osait pas poser la question… Mais la vie d'un enfant était en jeu. Elle ignora la petite voix qui lui conseillait de se taire.

— Ma mère m'a raconté ! lâcha-t-elle.

Il se servit un verre de scotch d'une main mal assurée.

— Bragg !

Il lui fit face.

— Vraiment ?

— Elle m'a parlé de votre famille, poursuivit Francesca, les joues brûlantes. Mais cela m'est égal ! ajouta-t-elle, véhémente.

Il la salua avec son verre, puis en avala une gorgée.

— Je vous en prie, cessez de boire, le supplia-t-elle.

— Pourquoi ?

— Parce que le temps passe et que nous avons un crime à résoudre.

Il posa le verre.

— *Nous*. Vous ne cesserez de me surprendre, Francesca. Franchement.

Elle crut déceler une pointe d'ironie dans son intonation et elle se raidit. Il était en proie à un tel chagrin qu'il allait s'en prendre à elle, elle en était sûre.

Mais elle se trompait.

— Si belle, si intelligente, si vibrante, si déterminée… Et si fichtrement gentille et dévouée ! Mais je vous l'ai déjà dit, n'est-ce pas ?

Il leva une fois encore son verre dans sa direction.

Elle ne pouvait le quitter des yeux.

— Comment un homme pourrait-il résister ? conclut-il.

Il ne se moquait pas d'elle.

Il était mortellement sérieux.

— Gordino est plus malin qu'il n'y paraît, reprit-il. Il n'a pas craqué, la nuit dernière. Et la question demeure. Est-ce parce qu'il ne sait pas qui a enlevé mon fils, ou bien parce qu'il me hait tellement qu'il n'a pas voulu avouer, malgré la rossée que je lui ai infligée ?

— Se peut-il qu'il vous déteste à ce point ? murmura-t-elle.

Elle songeait à ce qu'il venait de dire d'elle. Le pensait-il vraiment ? Était-ce possible ?

— Lorsque nous étions jeunes, nous vivions dans le Lower East Side, et nous appartenions à deux bandes différentes.

Francesca n'en croyait pas ses oreilles. Il était si cultivé, si courtois ! Puis elle se rappela la façon dont il s'était jeté sur Gordino, la veille.

— Je croyais que vous veniez du Texas.

— Oh, non ! Je suis né ici. Mais mon père est le fils de Derek Bragg, le fondateur de notre famille. Mon père a fait irruption dans ma vie lorsque j'avais douze ans, et il nous a emmenés, mon demi-frère et moi, dans le Sud. Il s'appelle Rathe Bragg. C'est un homme formidable. Mais la femme qui nous a élevés est plus formidable encore. Grâce n'a jamais fait la moindre différence entre ses propres enfants et nous.

Il détourna les yeux, comme s'il en avait trop dit.

— La rivalité était grande, entre les gangs, reprit-il. Dans une bagarre, le frère de Gordino a été tué. Il m'a jugé responsable, et c'était en partie vrai.

Il ferma un instant les yeux.

— J'avais l'âge de Joel. Dix ans.

— Et il vous déteste toujours ?

— Suffisamment pour être capable de soudoyer un serviteur afin d'avoir accès à la maison pour perpétrer son crime, assura-t-il.

Elle réfléchit un instant.

— Savons-nous où il habite ? S'il possède une vieille Remington, alors, nous saurons que c'est lui.

— Nous avons fouillé son appartement il y a quelques jours, sans trouver le moindre indice le reliant au crime.

Il se laissa tomber abruptement sur le sofa, posa son verre et se massa les tempes. Francesca prit place à côté de lui en veillant à laisser une bonne distance entre eux.

— Et le troisième homme de la liste ?

— Burton, répondit-il sans lever les yeux.

— Burton ? s'écria-t-elle.

Mais, au fond, ce n'était pas absurde.

— Seigneur ! reprit-elle. Il sait que les jumeaux ne sont pas de lui, et il vous a haï en secret pendant toutes ces années ! Vous venez seulement de rentrer à New York, alors il a décidé de frapper !

— Eliza jure qu'il ne sait rien, Francesca. Selon elle, il croit que les enfants sont les siens. Elle jure aussi qu'il les adore. Et à la vérité, je l'ai vu avec les garçons, et je ne pense pas qu'il soit au courant. À mon avis, il les aime autant que je les aime.

Elle fut déçue.

— Quand avez-vous connu Eliza ? ne put-elle s'empêcher de demander.

— J'étais à l'université de Columbia. C'était il y a huit ans, et nous avons eu une liaison.

Il hésita avant de continuer :

— Cela a duré un an. Nous étions jeunes et amoureux. Lorsque nous avons rompu, nous ne savions ni l'un ni l'autre qu'elle était enceinte. Et elle a épousé Burton aussitôt après. En fait, elle s'était fiancée avec lui vers la fin de notre relation.

Il haussa les épaules.

Son regard cependant révélait combien cette rupture l'avait affecté, et Francesca en éprouva un profond désarroi. Il avait aimé cette femme, et il avait été blessé qu'elle en épouse un autre, un homme plus convenable que le bâtard qu'il était. Elle s'éclaircit la voix.

— Alors, c'est Gordino... ou quelqu'un qui en veut à Burton.

— Ou à Eliza.

Elle soutint son regard. Son cœur battait sourdement dans sa poitrine.

— Qu'est-ce qui vous fait croire cela ?

Il eut un rire sans joie.

— Elle a brisé bien des cœurs.

Francesca sut alors qu'elle ne s'était pas trompée à son sujet. Elle s'humecta les lèvres.

— Qu'a-t-elle de particulier pour que les hommes tombent ainsi amoureux d'elle ?

Elle ne pensait pas seulement à Bragg et à Montrose, mais aussi à Wiley, et même à Burton qui semblait l'aduler.

— Je veux dire, il y a quantité de femmes plus belles qu'elle.

— Elle est comme vous, dit-il. Belle, intelligente, authentique. C'est une originale, et les hommes trouvent cela fascinant.

Deux compliments de suite ! Deux immenses compliments...

Brusquement, comme si le sofa était devenu trop exigu pour eux deux, il se leva.

Francesca ne bougea pas.

— Jusqu'à hier, Eliza refusait de coopérer, poursuivit-il, l'air sombre. Mais je possède maintenant la liste des hommes avec qui elle a eu des aventures. Je ne peux vous la communiquer.

Elle eut l'impression que son cœur s'arrêtait de battre. Il avait parlé au passé. Montrose faisait-il partie de cette liste ? Francesca imaginait mal une femme avouant le nom de son amant actuel.

— L'un de ces hommes lui a-t-il rendu visite mardi, avant que l'on trouve le pyjama et le message ?

— Non. Elle a reçu trois visites ce jour-là. Elizabeth Oscar et Georgina Hennessy.

Francesca frissonna. Elle n'aimait pas du tout son expression !

— Souhaitez-vous connaître l'identité de la troisième personne, Francesca ? reprit-il d'une voix trop douce.

Non. Elle ne le souhaitait pas.

— Je ne l'ai pas appris de la bouche d'Eliza. J'ai péché l'information auprès d'un domestique...

Il savait ! Il était diablement trop intelligent, et il savait tout sur Montrose et Eliza.

Bragg lui prit la main et l'obligea à se lever. Leurs regards s'aimantèrent. Il ne lui avait pas lâché la main, et elle ne fit rien pour se dégager.

— C'était votre beau-frère, avoua-t-il.

— Je vous en supplie, n'en parlez à personne, s'entendit-elle demander.

Spontanément, sa main se posa sur la poitrine de Bragg.

Elle tressaillit, troublée de sentir ses muscles durs, de percevoir le battement régulier de son cœur.

Sa grande main chaude recouvrit la sienne, et elle se trouva incapable de faire le moindre geste.

— Pourquoi ne suis-je pas surpris que vous soyez déjà au courant ?

— Je vous en prie, Bragg…

Elle vacilla, ses cuisses frôlèrent les siennes. Elle devint femme en un instant, tandis que leurs regards se caressaient, et ils en furent tous deux conscients. Elle se sentait à la fois fragile et immensément forte.

— Il ne faut pas que cela se sache, Bragg. Connie ignore tout, elle en mourrait !

Il demeura silencieux durant un interminable moment, et Francesca sentait son cœur s'emballer sous sa main.

— Il va falloir que je parle à Montrose, murmura-t-il finalement.

— Mais…

— Savez-vous que sa première femme est morte dans des circonstances suspectes ?

— Quoi ?

— Il était criblé de dettes, et il a épousé une riche héritière.

— Attendez un peu ! s'exclama Francesca. Il avait hérité de ces dettes.

— Je sais. Ce que je veux simplement dire, c'est qu'il a remboursé une grande partie de ses dettes, et que juste après, une roue s'est détachée de l'attelage qui était censé les ramener tous les deux sur ses terres. Mais il se trouve qu'il avait décidé au dernier moment de rester à Londres, si bien que sa femme est partie seule. Il y a eu une brève enquête, et les autorités ont conclu à un accident.

— Eh bien, vous avez votre réponse, souffla Francesca, au bord du désespoir.

Elle essaya de se dégager, mais il la retint fermement. Elle leva les yeux vers lui, vit que son regard s'était assombri.

— Je suis désolé, Francesca, murmura-t-il, et sa compassion était sincère.

— Non, vous ne l'êtes pas, fit-elle en cessant de le repousser.

Il l'attira contre lui.

Francesca n'en fut pas surprise. Il lui semblait qu'elle n'avait plus aucun contrôle sur son propre corps, et elle se laissa aller volontiers contre lui.

Ce fut lui qui se raidit légèrement sous l'effet de la surprise.

Francesca éprouva du désir pour la première fois de sa vie. Bragg était grand et solide. Auprès de lui elle se sentait en sécurité, elle avait le sentiment qu'il pouvait la protéger de tous les maux de la terre. Ses bras autour d'elle, la joue sur son épaule, il lui semblait que rien de fâcheux ne pouvait lui arriver, jamais. Il était mystérieux, excitant. Qui avait-elle cru leurrer en prétendant qu'ils n'étaient qu'amis ? Elle s'était entichée de lui au premier regard.

S'il ne l'embrassait pas sur-le-champ, elle allait s'évanouir !

Il la lâcha.

— Montrose est un idiot, mais c'est l'effet qu'Eliza a sur les hommes.

Francesca avait les jambes en coton. Elle était tellement déçue qu'il l'ait libérée qu'elle entendait à peine ce qu'il disait. Elle posa la main sur sa joue râpeuse.

— Vous êtes très gentil aussi, Bragg. Le saviez-vous ?

Sa mâchoire se crispa visiblement.

— Je ne crois pas que l'on m'ait jamais dit une chose pareille !

Il fit mine de s'écarter, mais elle protesta doucement :

— Non, Bragg.

Elle lui caressa la joue du pouce, et leurs regards se rivèrent l'un à l'autre. Celui de Bragg fiévreux, et avide. Puis soudain, il l'attira de nouveau dans ses bras, lui releva le menton et couvrit sa bouche de la sienne.

Francesca noua les bras à son cou, et entrouvrit les lèvres.

Sa main au creux de ses reins la plaqua contre lui, tandis que de l'autre il lui prenait la nuque. Sa bouche était tiède, ferme, leurs langues se mêlèrent.

La vision de Bragg s'agenouillant devant elle et l'embrassant là où Montrose avait embrassé Eliza traversa l'esprit de Francesca.

Il resserra son étreinte. Leurs deux corps s'épousaient si étroitement qu'elle ne pouvait ignorer la force du désir de Bragg. Seigneur ! C'était donc ainsi, un homme ! Elle plongea les doigts dans son épaisse chevelure, et lui rendit son baiser avec ferveur, s'efforçant de chasser cette image de lui agenouillé devant elle.

Il s'arracha à ses lèvres pour déposer une pluie de baisers sur son visage, son cou. L'une de ses mains glissa vers sa poitrine, descendit le long de sa hanche, puis plus bas encore… Elle gémit, oscilla contre lui.

Il la recueillit dans ses bras et la porta sur le sofa. Tandis qu'il l'y allongeait, elle se dit que c'était mal, très mal.

Mais Bragg, c'était bien.

Il s'étendit sur elle, et elle l'enlaça, chercha sa bouche, la goûta de la langue. Il laissa échapper un feulement, une sorte de cri guttural. Très sensuel. Infiniment viril.

Il la souleva légèrement, l'embrassa au creux du cou.

— Bragg, souffla-t-elle.

Elle prit son visage entre ses mains. Son regard brûlant rencontra le sien, et il captura de nouveau ses lèvres avec passion. Elle sentait son érection contre son ventre, et son corps ondulait sous le sien, échappant à tout contrôle.

Dans sa tête, elle le déshabillait. Il serait plus mince que Montrose. Plus musclé, aussi. Son sexe serait impressionnant, comme celui de Montrose, et il la pénétrerait comme Montrose avait pénétré Eliza, comme il essayait presque de le faire maintenant, malgré la barrière des vêtements. Elle poussa un cri en se pressant davantage contre lui.

— Bragg… gémit-elle en glissant les mains sous sa chemise.

Il la tenait aux fesses, à présent, et il haletait comme s'il venait de courir un marathon. Puis il se dressa au-dessus d'elle.

Jamais Francesca n'avait vu une telle expression sur le visage d'un homme.

Bragg se consumait de désir pour elle. Il la voulait, il la voulait d'une manière sauvage, primitive, vieille comme le monde. Il la voulait comme Montrose avait voulu Eliza, comme elle le voulait elle-même.

Francesca aurait aimé que le temps s'arrête, qu'il relève sa jupe et qu'il la caresse, pour que cesse cette torture que lui infligeait son corps.

Mais il se contenta de l'embrasser longuement, avec frénésie.

C'est alors qu'on frappa un coup léger à la porte.

Submergée par la passion, Francesca l'entendit à peine. On frappa de nouveau, de façon plus insistante. Bragg s'immobilisa. Heureusement que la porte était fermée ! songea Francesca, l'esprit embrumé.

Bragg bondit sur ses pieds.

Elle ouvrit les yeux. Il était là, ébouriffé, la chemise ouverte sortie du pantalon, le visage empourpré par le désir. Puis elle regarda au-delà de lui : la porte n'était pas fermée, et Peter se tenait sur le seuil.

Baissant abruptement les yeux, elle découvrit que ses jupes étaient remontées jusqu'aux genoux. Elle se redressa comme si la foudre l'avait frappée. Sa chevelure se répandit sur ses épaules.

Si Peter fut surpris de la trouver sur le sofa de son maître, il n'en manifesta rien.

— Monsieur le préfet de police, dit-il, je crois que vous devriez venir sans attendre.

Rouge de confusion, Francesca rabattit sa jupe sur ses jambes.

Le dos tourné, Bragg rentrait sa chemise dans sa ceinture.

— Qu'y a-t-il ? demanda-t-il sèchement.

— Les inspecteurs Murphy et Benson, monsieur. Il y a eu un cinquième message.

15

Francesca se précipita derrière Bragg qui était déjà dans le hall. Deux inspecteurs, qu'elle reconnut, se tenaient dans l'entrée. Bragg s'empara du message, et blêmit.

Elle se garda de poser des questions.

— Où diable l'a-t-on trouvé ? Et quand ? martela Bragg, l'air sinistre.

Francesca lut par-dessus son épaule :

E pour éternité.

Elle réprima un cri en agrippant le bras de Bragg.

— Mme Burton l'a découvert ce matin, sous son oreiller quand elle s'est réveillée, répondit celui qui avait les moustaches en guidon de bicyclette.

— Sous son oreiller ? répéta Bragg, pâle comme un linge. L'oreiller sur lequel elle avait dormi toute la nuit ?

Les deux détectives acquiescèrent gravement.

E pour éternité. La mort. Oh, Dieu, non !

— Bragg, je pense que cela signifie que Jonathan est encore vivant ! s'écria Francesca.

Elle sentit les regards perplexes des deux inspecteurs peser sur elle.

Bragg lui lança un coup d'œil, et ordonna :

— Peter, montrez la salle de bains à Mlle Cahill, je vous prie.

Les deux inspecteurs la contemplaient d'un air presque coquin, et elle en comprit instantanément la raison. Ses cheveux flottaient en désordre sur ses épaules, trahissant ce qui venait de se passer. Elle se sentit rougir.

Pourtant, elle ne bougea pas. Et si elle se trompait ? C'était une perspective intolérable.

— Bragg ! S'il vous plaît !

Il s'éloigna, afin qu'ils puissent s'entretenir en privé, mais avant qu'elle pût ouvrir la bouche, il déclara :

— Je sais ce que vous pensez. Vous pensez qu'il est vivant parce que ceci est une menace de mort. Mais ce message n'est peut-être qu'une autre torture.

Il s'exprimait d'un ton posé, et elle se douta de l'effort que cela devait représenter. En revanche, il n'y avait rien de calme dans son regard. La colère le disputait à la peur et à l'angoisse.

— Il est encore vivant, insista-t-elle, têtue. J'en ai l'intuition, Bragg.

Il la fixa un instant, puis il poursuivit, comme s'ils discutaient d'une expérience scientifique :

— Ce qui m'intéresse, c'est l'endroit où la note a été trouvée. Et comment. Je vais vous déposer en ville en allant chez les Burton, ajouta-t-il. Mais je vous suggère de mettre un peu d'ordre dans votre tenue auparavant.

Elle acquiesça à contrecœur. Elle aurait voulu parler de l'affaire, mais Peter l'attendait, et elle se détourna lentement.

— Francesca.

Bragg avait prononcé son prénom d'une voix douce, presque inaudible. Elle tourna la tête et leurs regards se croisèrent.

Bragg parut hésiter, et en un éclair elle revit la scène qui venait de se dérouler. Sa tension grimpa d'un cran, mais cela n'avait rien à voir avec l'enlèvement.

— Nous parlerons plus tard de ce qui s'est passé, dit-il en s'empourprant légèrement.

Elle avait soudain le cœur en fête, elle se sentait à la fois exaltée et terrifiée. Elle sourit, mais il ne le vit pas, car il avait déjà tourné les talons.

Le visage imperturbable, Peter la conduisit à la salle de bains.

Elle s'examina dans le miroir, et sursauta. C'était pire que tout ce qu'elle avait imaginé ! Elle ressemblait à une prostituée ! Sa chevelure d'or sombre était emmêlée, ses lèvres gonflées de baisers, et elle avait le teint animé comme jamais cela ne lui était arrivé. Sa réputation était sans doute définitivement ruinée, songea-t-elle en se rappelant la façon dont les inspecteurs l'avaient regardée. Eh bien, tant pis !

Cela ne faisait qu'un ennui de plus à ajouter à une liste déjà longue.

Qu'est-ce que Bragg comptait lui dire lorsqu'ils auraient l'occasion de parler en privé ? Elle sourit. Allait-il lui avouer ouvertement son affection ? Elle avait le cœur qui s'affolait à cette idée.

Puis elle se rembrunit tandis qu'elle tentait de discipliner sa chevelure. Le message avait été découvert sous l'oreiller d'Eliza. Donc, c'était elle la cible du ravisseur. Pas Bragg, ni Burton… Quelqu'un voulait détruire Eliza, la rendre folle.

Le criminel était vraiment très sûr de lui !

Suffisamment pour pénétrer dans la chambre d'Eliza.

Peut-être que celle-ci se trompait. Peut-être que Burton était au courant, pour les jumeaux, et la détestait suffisamment pour se servir d'un innocent petit garçon dans le but de lui faire perdre l'esprit.

Montrose aussi avait accès à cette chambre.

Montrose dont la première épouse était morte dans des circonstances troublantes…

Mais c'était un accident, non ?

Certes, mais elle se mit à trembler, le souffle court.

Eliza affirmait que Burton ne savait rien, qu'il aimait les enfants comme un père.

Et puis, il pouvait tout aussi bien s'agir d'un domestique. Un domestique qui détestait sa maîtresse, ou qui travaillait sous les ordres de Gordino.

Elle continuait à douter que Gordino fût assez malin pour avoir monté toute cette affaire.

On frappa à la porte.

— Un moment, je vous prie, fit-elle, bouleversée.

Elle releva ses cheveux en chignon. Par chance, elle avait déniché quelques épingles de secours dans son sac, et elle parvint tant bien que mal à fixer le tout.

Non, ce n'était pas Montrose !

Bragg l'attendait dans la voiture de police. À peine fut-elle à l'intérieur qu'il se tourna vers elle.

— Vous pourriez vous rendre utile, Francesca. J'aimerais que vous veniez avec moi chez les Burton. Vous êtes une femme, et Eliza aura sans doute besoin de vous.

Francesca avait une visite autrement plus importante à faire, mais cela attendrait.

— Bragg ! Enfin ! s'écria Burton dès qu'ils pénétrèrent dans la maison.

Ce dernier était encore plus négligé que Bragg un peu plus tôt. Son costume était froissé, sa cravate dénouée pendait sur son torse, et il semblait ne pas avoir dormi de la nuit, lui non plus. Il était hâve, pas rasé et d'une pâleur extrême.

— Je suis venu dès que j'ai su, dit calmement Bragg. J'aimerais vous parler en privé, Burton.

— En privé ! Pour quoi faire ? Il y a un fou en liberté, et il détient mon fils ! Pourquoi n'êtes-vous pas en train de le chercher ? C'est votre travail, non ?

Il gesticulait sans paraître conscient de la présence de Francesca.

Bragg lui toucha le bras, mais il le repoussa brutalement.

— Nous sommes tous bouleversés, dit Bragg. Mais perdre son sang-froid ne nous sera d'aucune aide, et ce n'est pas ainsi que nous retrouverons l'enfant.

— L'enfant ? Ce n'est pas « l'enfant », Jonathan est mon fils, et il a un nom !

Les larmes montèrent aux yeux de Burton qui tremblait de tous ses membres.

— Je sais. Je suis désolé. Je dois néanmoins vous poser quelques questions. Votre femme est-elle là-haut ?

— Oui, et vous imaginez dans quel état ! Je vous jure que je tuerai ce monstre de mes propres mains, dès que nous l'aurons trouvé !

Burton fixait Bragg, et ses yeux jetaient des éclairs.

— Peut-être n'êtes-vous pas à la hauteur, Bragg ! cracha-t-il. Êtes-vous capable de retrouver mon fils, oui ou non ? Êtes-vous capable de diriger la police ? Je doute fort que vous conserviez votre poste si vous ne résolvez pas rapidement cette affaire !

— Le temps dira si je suis compétent ou non, répliqua Bragg d'une voix neutre en s'emparant fermement du bras de Burton. Étant chargé de cette enquête, je m'attends à une totale coopération de votre part.

Tout en l'entraînant à travers le hall sans tenir compte de sa résistance, il jeta un coup d'œil à Francesca pardessus son épaule.

— Demandez qu'on vous conduise auprès d'Eliza, et restez auprès d'elle jusqu'à ce que j'arrive.

Francesca hocha la tête. La colère de Burton était légitime, et cependant elle lui en voulait. Bragg portait un fardeau suffisamment lourd sans qu'il soit besoin d'y ajouter des menaces et des accusations d'incompétence.

Les deux hommes disparurent dans le salon. Burton s'était remis à crier. La rage et le désespoir avaient eu raison de lui au point qu'il en perdait toute dignité. Il n'était pas possible qu'il soit à l'origine de l'enlèvement et des ignobles messages. Ou alors, c'était un comédien hors pair ! Et Francesca aurait mis sa main au feu qu'il ne jouait pas la comédie.

Elle se dirigeait vers l'escalier, et sentit son cœur se serrer en entendant Burton éclater en sanglots.

— Je veux qu'on me rende mon fils !

Elle imaginait Bragg essayant en vain de le réconforter.

Elle n'avait jamais été aussi bouleversée...

Ce n'était pas Burton.

La liste des suspects se réduisait. Mais cela ne pouvait être Montrose non plus. Son mobile n'était pas assez solide.

Ou alors il était fou à lier, et ils s'étaient trompés sur son compte depuis le début.

Avait-il tué sa première femme ?

On introduisit Francesca dans un petit salon simple mais agréable, le temps d'aller avertir Eliza de sa présence.

Il y avait dans la pièce un petit bureau sur lequel se trouvait une machine à écrire.

Même de loin, elle semblait vieille et démodée.

Le cœur battant, Francesca ferma la porte du boudoir et s'approcha de la machine pour l'étudier de plus près.

Elle n'aurait su dire de quelle époque elle datait, mais c'était indubitablement une Remington d'un modèle ancien. Et elle était à caractères interchangeables.

Le message avait-il été tapé sur cette machine ? Où se trouvait le numéro du modèle ?

Elle examina frénétiquement l'engin sous toutes les coutures. Elle le souleva, mais il y avait tellement de poussière qu'elle aurait dû le nettoyer pour pouvoir déchiffrer quoi que ce soit. Croyant entendre des pas dans le couloir, elle lâcha la machine et s'en éloigna d'un bond.

Elle tendit l'oreille.

Rien.

Elle alla à la porte, l'ouvrit. Personne. Elle était si tendue que son imagination lui jouait des tours, apparemment.

Elle revint à la machine après avoir refermé la porte, et décida de se mettre en quête de papier. Elle taperait la phrase du premier message, *F comme fourmis,* afin de le comparer ensuite à l'original.

Elle ouvrit quelques tiroirs à toute allure, le cœur battant. Elle se sentait dans la peau d'un cambrioleur, et ce n'était guère plaisant !

Des bruits de pas très nets se firent entendre alors qu'elle venait de découvrir une liasse de feuilles.

La porte s'ouvrit.

Francesca se redressa d'un bond, un sourire plaqué sur le visage.

Un valet de pied se tenait sur le seuil.

— Je crains que Mme Burton ne reçoive pas de visites aujourd'hui, déclara-t-il. Une autre fois, a-t-elle dit.

Francesca continua à sourire malgré le regard inquisiteur du domestique qui se demandait visiblement ce qu'elle fabriquait plantée près du bureau. Du genou, elle repoussa discrètement le tiroir, s'efforçant de ne pas bouger le reste du corps.

— Quel beau bureau ancien ! observa-t-elle. Chippendale, je pense.

— Mme Burton y rédige sa correspondance, répondit le jeune homme. Je crois qu'il est géorgien.

Elle transpirait. Comment se faisait-il qu'un valet connaisse un tel détail ?

— Je vous demande pardon, mademoiselle, ajouta-t-il tandis qu'elle se dirigeait vers la porte.

— Je vous en prie, vous avez raison de me corriger. Comment vous appelez-vous ?

La plupart des domestiques ne conversaient pas avec les invités, sans parler de les contredire.

— MacDougal.

Il la raccompagna au rez-de-chaussée. Il était plutôt séduisant, avec son épaisse chevelure brune et ses yeux noisette. Certaines femmes le trouvaient certainement fort beau. Il avait le nez droit, les traits fins. Il devait avoir quelques années de plus que Francesca et affichait un léger accent écossais.

Il n'avait rien du domestique moyen, songea-t-elle. Et elle se demanda si Eliza le trouvait attirant, elle aussi.

Elle ne pouvait s'empêcher de lui jeter des regards de côté, et le jeune homme s'empourpra légèrement.

Elle dépassait les bornes, non, en imaginant qu'Eliza pouvait avoir une aventure avec un de ses employés ?

— Quelque chose ne va pas, mademoiselle Cahill ? risqua-t-il alors qu'ils descendaient l'escalier.

Non, décidément, ce n'était pas un banal serviteur ! Et s'il trouvait sa maîtresse séduisante... comme la plupart des hommes ? S'il était tombé amoureux d'elle ? Et qu'il ait été rejeté... ou se soit cru rejeté ?

Elle sourit.

— Je connais les Burton depuis deux ans, mais je ne me rappelle pas vous avoir déjà vu, remarqua-t-elle. Vous êtes à leur service depuis longtemps ?

— Environ un an, répondit-il avec un sourire. Et je me souviens de vous voir vue de temps à autre.

Il était très hardi, et il avait bonne mémoire.

— C'est une terrible tragédie qu'ils sont en train de vivre, fit Francesca alors qu'ils arrivaient dans le hall.

Son visage se fit grave.

— Oui. Jonathan est un merveilleux petit garçon. Celui qui a fait ça mérite la mort.

Il s'était exprimé au présent. Connaissait-il quelque chose que les autres ignoraient ? Tout le monde croyait l'enfant mort, Francesca en était persuadée.

— Pauvre Eliza, murmura-t-elle.

— C'est affreux ce que cette histoire a fait d'elle, acquiesça-il. C'est une grande dame, elle ne mérite pas ça.

Francesca avait du mal à le cerner. Une chose était certaine, cependant : il était audacieux, et guère déférent envers ses supérieurs.

À la porte d'entrée, elle attendit qu'on lui apportât son manteau, son chapeau et ses gants.

— Dois-je prévenir le préfet de police que vous partez ?

Francesca regarda la porte fermée, au bout du hall.

Son cœur fit un bond tandis qu'elle songeait à cet entretien que Bragg lui avait promis. Et s'il ne se déclarait pas ? S'il affirmait que leur baiser était une erreur ?

Elle soupira.

— Je crois qu'il vaut mieux ne pas le déranger, répondit-elle.

Un autre serviteur lui apporta ses affaires, et l'angoisse la saisit de nouveau à l'idée de ce qu'elle s'apprêtait à faire. Était-ce vraiment indispensable ?

Il n'y avait qu'une réponse possible.

La première chose qu'elle fit en arrivant chez sa sœur fut de demander où celle-ci se trouvait. Il lui fut répondu qu'elle était sortie pour déjeuner. Mais Montrose était dans la bibliothèque avec son secrétaire.

C'était bien ce quelle espérait.

N'étant pas une visiteuse ordinaire, on la laissa se rendre seule dans la bibliothèque. La porte était ouverte. Perché sur le bord de son bureau, Montrose dictait une lettre à son secrétaire, un petit homme chauve à lunettes. Il l'aperçut, et s'arrêta au beau milieu d'une phrase.

Francesca tremblait comme une feuille. Viendrait-elle à bout de cette épreuve ?

Montrose se leva.

— Francesca ! Quelle bonne surprise ! Vous venez juste de manquer Connie, dit-il en souriant.

Un sourire forcé. Ou était-ce son imagination ?

Elle avait le cœur à l'envers.

— Bonjour, dit-elle, avant d'ajouter après avoir pris une profonde inspiration : En vérité, c'est vous que je suis venue voir. Puis-je vous dire un mot ?

Il la balaya du regard sans cesser de sourire, et elle se rappela qu'elle n'avait pas tout à fait rectifié sa tenue. Trop tard pour s'en soucier, de toute façon. Et puis, qui était-il, pour se permettre de la critiquer ?

— Bien. James, si vous voulez bien nous excuser.

Le secrétaire se retira, et Francesca pénétra dans la pièce en se demandant si c'était la tanière du lion ou si elle se trompait du tout au tout. Elle pria pour qu'il s'agisse de la deuxième proposition.

Montrose lui désigna un fauteuil, mais il ne fit pas mine de fermer la porte. Il semblait tellement innocent !

Francesca croisa étroitement les bras, mais cela ne ralentit en rien les battements de son cœur. Elle avait beau s'y efforcer, elle ne parvenait pas à se détendre. Le fait qu'elle eût succombé au charme de Montrose la première fois qu'elle l'avait vu ne l'aidait pas à se calmer. Elle avait du mal à rassembler ses idées. Au nom du Ciel, par où allait-elle commencer ?

Il fronça les sourcils.

— Est-ce que ça va, Francesca ? Si je puis me permettre, pourquoi êtes-vous si pâle et décoiffée ?

— Je vais bien, répondit-elle d'une voix un peu enrouée. Aussi bien que possible, compte tenu des circonstances.

Il ne s'était pas assis, et il s'approcha d'elle. Elle avait du mal à penser. Elle se rappela qu'il s'agissait de Neil, un bel homme à l'élégance sans faille, qui la regardait à présent avec sollicitude. Un homme qui la faisait trembler, alors qu'il n'en avait pas le droit. Un homme qui était un merveilleux père – mais pas du tout un merveilleux mari, contrairement à ce que tout le monde croyait.

— Est-ce que quelqu'un vous a... fait du mal ? demanda-t-il carrément.

Elle supposa qu'il se référait à un éventuel soupirant.

— Non, non. Il y a eu un cinquième message, Neil.

Voilà. C'était fait. Elle l'avait dit.

Sur le moment, il se contenta de la dévisager sans comprendre. Puis il risqua :

— Vous parlez de l'affaire Burton ?

— *E pour éternité*, murmura-t-elle.

Il ouvrit de grands yeux et se mit à arpenter le tapis. Puis il se tourna vers elle, l'air anxieux.

— Seigneur, pourvu que l'enfant soit encore en vie !

Il était impossible de dire s'il était coupable ou non. Il se comportait comme le Montrose qu'elle connaissait depuis des années. Non, se souvint-elle, même s'il n'avait rien à voir avec l'enlèvement de Jonathan, il n'était plus le Montrose qu'elle avait toujours connu. C'était un menteur, un mari infidèle. Il n'était pas du tout ce qu'il paraissait être. Pas du tout ! Du reste, les circonstances de la mort de sa première épouse avaient été assez douteuses pour que l'on entreprenne une enquête. Et de cela, personne dans sa famille n'était au courant, elle en était certaine.

— La police a dressé une liste de suspects qui rétrécit de jour en jour, déclara-t-elle. Apparemment, quelqu'un essaie de détruire Robert Burton.

Sa voix sonnait si calme, si posée à ses propres oreilles ! Elle n'en revenait pas.

— Tout le monde a des ennemis, j'imagine. Mais se servir d'un enfant innocent est impardonnable, répliqua-t-il d'un ton dur.

— En effet.

Cette conversation ne menait nulle part. Francesca prit son courage à deux mains et se jeta à l'eau :

— Je vous ai vus, Eliza et vous.

Il jouait avec un presse-papier, et sa main s'immobilisa.

Son corps entier s'immobilisa.

Francesca était pétrifiée, elle aussi.

Enfin, lentement, très lentement, il leva les yeux.

— Je me demandais quand vous vous décideriez à aborder le sujet.

Il n'avait pas nié. Comment l'aurait-il pu, d'ailleurs ? Il l'avait vue aussi, il savait qu'elle était au courant. Francesca ne parvenait plus à aligner deux pensées cohérentes. *E pour éternité*... Sa femme était morte dans des circonstances peu claires.

Il passa devant elle pour aller fermer la porte, puis il revint calmement s'asseoir à son bureau sans la quitter des yeux.

La table de travail était massive, le fauteuil ressemblait à un trône, elle se sentait toute petite, soudain.

— Comment avez-vous pu ? articula-t-elle d'une voix sourde. Comment ?

Il eut un demi-sourire, mais son ton était brusque lorsqu'il lâcha :

— Vous ne pouvez pas comprendre. Vous êtes encore presque une enfant.

— Je ne suis plus une enfant ! protesta-t-elle.

Il croisait les mains, le visage fermé.

— Vous l'aimez ? cria Francesca, les larmes aux yeux.

Il sursauta.

Francesca se rendit compte que sa question était ambiguë. De qui parlait-elle ?

— Aimez-vous Eliza Burton ? reprit-elle durement.

Bon sang, elle n'allait tout de même pas se mettre à pleurer !

— Non. Pas comme vous l'entendez.

— Non ? Alors, pourquoi ?

Il la contempla longuement.

— Je vous le répète, vous ne comprendriez pas, Francesca.

— Et ma sœur, l'aimez-vous ? murmura-t-elle.

Il hésita, puis se leva.

— Je n'ai pas à me justifier, ni devant vous ni devant personne.

Il avait refusé de répondre. Francesca eut l'impression de se noyer. Il n'aimait pas Connie.

— J'imagine qu'un jour vous devrez quand même donner une explication. À ma sœur, à coup sûr, et peut-être aussi à vos filles, rétorqua-t-elle d'une voix vibrante. Comment pouvez-vous faire ça à votre famille, Neil ? Comment ?

— Je ne suis pas le premier à commettre ce genre d'écart, répondit-il d'un ton neutre. Que voulez-vous, Francesca ? Des excuses ? Une explication ? J'aime autant vous prévenir que vous n'obtiendrez ni l'une ni les autres de moi.

Ses yeux bleus étaient chargés de colère, à présent.

— Je veux que vous me disiez que vous êtes désolé, que vous avez été stupide, que vous aimez ma sœur... que vous l'avez toujours aimée et que vous l'aimerez toujours ! cria-t-elle tandis que les larmes ruisselaient sur ses joues. Je veux que vous me disiez que c'est fini, que cela ne se reproduira plus.

Il se leva et, contournant vivement son bureau, l'attrapa par le poignet.

— Ne parlez pas si fort. Je dirai seulement que je suis désolé que vous ayez vu ce que vous avez vu... Que vous n'aviez aucun droit de voir, du reste. Un jour, cette manie d'espionner tout le monde vous causera de sérieux ennuis, Francesca.

Elle se dégagea.

— Vous me menacez ?

Oui, c'était bien une menace, et elle avait peur.

Parce que si Montrose était dément, il était capable de lui faire du mal.

Il ouvrit de grands yeux.

— Vous êtes folle ? Vous êtes ma sœur ! Vous êtes devenue ma petite sœur le jour où j'ai épousé Connie. Jamais je ne vous ferais de mal.

— Pourtant vous en faites à votre femme, rétorqua Francesca, amère.

Il se raidit.

— Quelles sont vos intentions, Francesca ? demanda-t-il sèchement.

— Je n'en sais rien.

— Vous ne soufflerez mot de cette histoire à personne. C'est compris ?

Elle pinça les lèvres.

— À personne, et surtout pas à Connie, poursuivit-il. En fait, vous feriez sacrément mieux de ne pas vous mêler de mes affaires, ni de mon mariage.

Ses paroles l'atteignirent en plein cœur.

— Je ne sais pas encore ce que je dois faire. Mais quand j'aurai décidé de ce qui est bien, j'agirai.

Il semblait incrédule.

— Tenez-vous à l'écart de ma vie ! tonna-t-il.

— J'aime ma sœur, riposta-t-elle. Ce qui, apparemment, n'est pas votre cas.

Elle se demanda si elle était folle de lui tenir tête, alors qu'il était capable de violence, et de brutalité.

Il se dirigea vers la porte à grandes enjambées et l'ouvrit à la volée.

— Bonne journée, Francesca.

Elle ne bougea pas. Elle était en nage, soudain.

— Où étiez-vous la nuit dernière, Neil ?

Il sursauta.

— Pardon ?

— Vous avez parfaitement entendu. Le dernier message a été glissé sous l'oreiller d'Eliza. Elle l'a découvert ce matin.

C'était un pari. En réalité, elle ne savait pas quand le message avait été déposé.

— Et... Ma parole, êtes-vous en train de m'accuser ?

— Avez-vous vu Eliza hier soir ? Ou ce matin ? Quand l'avez-vous vue pour la dernière fois ?

Il se tendit visiblement.

— Vous le savez très bien, siffla-t-il. Je n'arrive pas à y croire. Vous me considérez comme un monstre, juste parce que...

— Quelqu'un déteste Burton. Farouchement. Et Eliza vous rend fou de jalousie.

Francesca guettait sa réaction.

— Quoi ?

— C'est exactement ce que vous avez dit. « Dieu, Eliza, tu me rends fou de jalousie ! »

Le regard bleu était féroce.

Un bref instant, Francesca éprouva une intense satisfaction.

Enfin, il secoua la tête.

— Incroyable ! fit-il. Vous êtes encore presque une enfant, je le répète. Lorsqu'un homme parle dans le feu de la passion, Francesca, cela ne veut rien dire, parfois. Et même presque toujours.

Elle ne le croyait pas.

— Je suis sûre que vous haïssez Burton, répliqua-t-elle d'une voix tremblante. Parce que, comme tous ses autres amants, vous êtes tombé désespérément amoureux d'Eliza, malgré vous.

Elle avait l'impression de marcher sur un fil qui menaçait de se rompre à tout moment.

Le visage de Neil se crispa.

— Je ne l'aime pas. Et je ne déteste pas Burton. En fait, si vous voulez tout savoir, je le plains, le malheureux. Car je ne serai pas le dernier à chauffer le lit de sa femme, de même que je n'étais pas le premier, loin de là.

— La personne responsable de la disparition de Jonathan est très proche des Burton.

Montrose demeura silencieux un long moment, comme s'il se demandait s'il devait parler ou non.

Francesca rassembla ce qui lui restait de courage. Les paroles de Bragg lui revinrent brièvement à l'esprit : « Les mots sont faciles à prononcer. Mais ensuite, on ne peut plus ni les changer ni les effacer. »

— Il y a eu une enquête à la mort de votre première femme, lâcha-t-elle.

Il ferma les yeux, le visage livide, et laissa échapper un juron.

Francesca fit un pas en arrière, prête à fuir.

— Peut-être feriez-vous mieux de chercher du côté des Burton, si vous voulez trouver votre criminel, Francesca, dit-il enfin.

Elle tressaillit. Désignait-il de nouveau Robert Burton ? C'était comme si Bragg et elle tournaient en rond, indéfiniment.

— Eliza déteste son mari, au point de vouloir se venger de lui, ajouta Montrose.

16

Jeudi 23 janvier 1902, 13 heures

Francesca ferma la porte de sa chambre et s'appuya au battant. Elle avait l'esprit en ébullition.

Eliza détestait Burton.

Était-ce possible ? En était-elle arrivée à souhaiter nuire à son mari au point d'avoir imaginé ce plan machiavélique qui consistait à enlever son propre enfant et à jouer cruellement avec Burton en envoyant une série de messages qui semblaient tous mener à la conclusion que Jonathan était mort ?

Francesca s'assit, la tête entre les mains. Elle n'imaginait pas qu'Eliza pût être aussi perverse, aussi impitoyable, aussi folle. Une femme qu'elle avait tant admirée, bien que de loin !

À vrai dire même à présent, alors qu'elle savait qu'Eliza ne se laissait pas étouffer par les scrupules quand il s'agissait de tromper son mari, elle avait du mal à porter un jugement sur elle. Ce qui n'avait aucun sens !

Francesca croyait au bien et au mal. Et à coup sûr l'adultère était mal.

Elle ferma les yeux, posa la tête contre le dossier de son fauteuil, et tenta de se mettre dans la peau d'Eliza Burton.

C'était une femme intelligente, à la joie de vivre contagieuse. Elle irradiait littéralement, et dès qu'elle entrait dans une pièce, tous les regards masculins convergeaient vers elle. Elle était de toute évidence fort jeune lorsqu'elle avait épousé Burton. Les jumeaux avaient six ans, elle devait en avoir vingt-six ou vingt-sept. Les deux petits semblaient avoir hérité de leur mère l'énergie et de l'enthousiasme.

Francesca songea à Burton, qui était avocat associé dans sa propre société. Elle se rappela toutes ces fois où elle avait vu le couple ensemble. Il ne faisait aucun doute que Burton était amoureux de sa sémillante épouse.

Francesca se redressa. Eliza avait une grâce, une assurance qui fascinaient Burton. Il raffolait de sa femme.

Il en raffolait, ou il rampait devant elle ?

Francesca essaya de les analyser sans bienveillance, et décida que Burton n'avait ni le charisme ni l'intelligence de sa femme. En fait, elle affichait ses opinions, et il ne faisait que les soutenir. Eliza était la plus forte des deux, ce qui était inhabituel dans un couple. Francesca se demanda pourquoi elle ne s'en était pas aperçue plus tôt.

Combien d'amants avait eus Eliza ?

À moins que ce ne soit inhérent à son tempérament, elle avait peut-être eu des aventures parce que Burton n'avait jamais su gagner son amour, ni même son respect. Soudain, Francesca avait l'impression de comprendre un peu mieux la jeune femme. Elle possédait une forte personnalité, et ses amants, en tout cas Bragg et Montrose, étaient des hommes exceptionnels. Elle était tout naturellement attirée par des individus hors du commun. Burton n'était pas à la hauteur, et contrairement à la plupart des femmes, Eliza avait eu le courage d'aller chercher ailleurs ce qui lui manquait chez elle.

Cela signifiait-il pour autant que sa haine de Burton était telle qu'elle était capable de le torturer au point de le rendre fou de douleur ?

C'était une théorie un peu tirée par les cheveux. Cela dit, personne n'avait plus facilement accès à la demeure que la maîtresse de maison elle-même.

Francesca était complètement déconcertée.

On frappa doucement à sa porte, et Connie passa la tête dans l'entrebâillement.

— Bonjour ! lança-t-elle en souriant. J'ai eu envie de m'arrêter en passant. Je sors d'un merveilleux déjeuner au *Sherry's*.

Francesca parvint tant bien que mal à sourire.

— Bonjour.

— Francesca, que se passe-t-il ? Tu es toute pâle. Tu es encore malade ?

— Sans doute un reste de grippe, ou quelque chose comme ça.

Francesca avait les tempes douloureuses. Elle n'était pas en état d'affronter sa sœur.

Celle-ci s'approcha et posa une main légère sur son front.

— Tu ne sembles pas avoir de fièvre.

Connie était radieuse, comme toujours, en soie crème ornée de dentelle, des rubis aux oreilles.

— Avec qui as-tu déjeuné ? s'enquit Francesca.

Connie sourit.

— Sarah Channing et sa mère.

Oh, non ! Pas ça !

— Alors, quel est ton verdict ?

— Je n'ai pas trouvé Mme Channing très fine. En revanche, Sarah est beaucoup plus intelligente qu'on ne le soupçonnerait de prime abord. Mais elle est tellement réservée ! ajouta-t-elle en se dirigeant vers la fenêtre. Quelle magnifique journée !

Francesca se leva.

— Tu ne trouves pas qu'ils sont mal assortis, Evan et elle ?

— Je n'en sais rien. Ils semblent à l'opposé l'un de l'autre, mais les contraires s'attirent, paraît-il. En outre, il paraît amoureux.

— Non, il ne l'est pas, Connie. C'est papa qui exige qu'il se marie, mais je soupçonne maman d'être derrière cette... cette tragédie.

Sa sœur la regarda d'un air surpris.

— J'imagine mal papa ou maman obliger Evan à se marier contre son gré ! assura-t-elle. À moins que son amour du jeu ne l'ait entraîné dans une situation catastrophique ! Dis-moi que ce n'est pas ça.

— Comment se fait-il que je sois la dernière à apprendre qu'Evan est un joueur impénitent ?

Connie lui adressa une petite grimace.

— C'est l'avantage d'être mariée, ma chérie. Neil fréquente les mêmes établissements que notre frère, et il m'a relaté ses exploits. Je dois dire que nous nous sommes tous deux beaucoup inquiétés à son sujet.

— J'ignorais tout jusqu'à hier soir, se plaignit Francesca.

Connie haussa les épaules.

— Peut-être ferais-tu bien de trouver un mari ? suggéra-t-elle en riant.

— Très drôle ! riposta Francesca, qui ne put s'empêcher de se remémorer les baisers de Bragg.

Connie s'était de nouveau tournée vers la fenêtre, et elle poussa une exclamation.

— La voiture de Neil ! Il rend sans doute visite aux Burton.

Francesca crut qu'elle allait s'évanouir.

— Quoi ?

Comment osait-il retourner là-bas, juste après leur entretien ?

— Je crois que je vais aller le rejoindre, déclara Connie en se dirigeant vers la porte.

— Non ! Attends ! s'écria Francesca.

Sa sœur s'immobilisa et lui jeta un regard étonné.

— Qu'y a-t-il ?

Francesca se creusait pour trouver une réponse. Une succession d'horribles scènes lui traversa l'esprit. La pire étant que Connie surprenne Eliza et Neil comme elle-même les avait surpris la veille.

— Francesca ? Pourquoi me dévisages-tu ainsi ?

La jeune fille s'efforça de sourire.

— J'ai besoin de ton aide !

— À quel sujet ?

Francesca cherchait désespérément une idée.

Sa sœur fronça les sourcils, et une lueur d'inquiétude s'alluma dans ses yeux bleus.

— Y a-t-il une raison pour que tu essaies de me retenir ?

Elle tourna la tête vers la fenêtre.

« Elle sait, songea Francesca. Ou du moins, elle a des soupçons. »

— J'ai vraiment besoin de ton aide, affirma-t-elle en prenant la main de sa sœur pour l'obliger à s'asseoir.

Connie ne fit pas mine de résister.

— De quoi s'agit-il ?

— Il faut que j'aille au quartier général de la police, et j'ai besoin que tu m'accompagnes, inventa Francesca.

— Quoi ?

Francesca s'assit à son tour.

— Tu ne le croiras pas, mais j'aide dans l'enquête sur la disparition de Jonathan Burton.

— Quoi ? répéta Connie.

Elle avait l'air tellement sidéré que c'en était comique.

— J'ai trouvé certains des indices, expliqua Francesca gravement. En fait, ce matin encore, il y a eu un nouveau message.

Connie se pencha en avant.

— Que disait-il ?

— Je ne peux t'en faire part. Bragg m'étranglerait. Le temps file, Connie. Si Jonathan est encore en vie, il faut que cette affaire se règle au plus vite.

— La police le croit-elle mort ?

— On n'en sait rien. Il est possible que le responsable de ce drame souhaite seulement tourmenter Eliza, ou Burton.

« Ou Bragg », ajouta Francesca en silence.

— C'est affreux ! Mais, Francesca, comment t'es-tu retrouvée impliquée, et en quoi puis-je t'aider ?

— Ce serait trop long à raconter. Mais il se peut que les messages aient été tapés chez les Burton.

Connie laissa échapper un faible cri.

— Ils ont une vieille machine à écrire à caractères interchangeables. Les messages ont été tapés sur une Remington 2, une machine très ancienne. Il faut que nous allions à la police, Connie. Je suis certaine que Bragg n'y est pas. En fait, il est sans doute encore chez les Burton. Tu monteras la garde pendant que j'entrerai dans son bureau afin de dérober l'un des messages originaux. Je les ai vus dans un dossier sur sa table, l'autre jour.

Francesca s'appuya au dossier de son siège, contente d'elle. À présent elle savait où elle allait.

— Quoi ? s'écria Connie, effarée.

— Si j'arrive à me procurer un message original, je m'introduirai ensuite chez les Burton, et je taperai quelques mots avec leur machine afin d'effectuer une comparaison.

Connie la fixa, bouche bée.

— Tu as l'intention de cambrioler le bureau d'un préfet de police ? articula-t-elle enfin d'une voix suraiguë.

— Eh bien...

— Et tu veux commettre ce crime dans les locaux mêmes de la police ? continuait Connie.

— Tu dramatises, dit Francesca.

Sa sœur bondit sur ses pieds.

— Sûrement pas ! Le vol est le vol, Francesca ! Tu as perdu la tête, ou quoi ? Se glisser dans le bureau de Bragg pour voler un indice utile dans une enquête criminelle... Il est hors de question que je t'aide à commettre un pareil forfait !

— Mais la vie d'un enfant est en jeu, Connie !

— Francesca ! Pourquoi ne pas dire simplement à Bragg que tu as trouvé cette machine chez les Burton ? Je suis certaine que cette découverte l'intéressera, et qu'il comparera les notes lui-même.

Elle avait raison, bien sûr.

— Pourquoi n'y ai-je pas pensé ? marmonna Francesca.

— Je vais te dire pourquoi. Tu t'es laissé emporter par cette nouvelle image de toi en détective génial ! Et cela te plaît infiniment !

Francesca esquissa un sourire misérable.

— Je veux retrouver Jonathan... vivant.

— Je n'en doute pas, soupira Connie en se levant. En attendant, je vais chez les Burton. Tu m'accompagnes ?

Le cœur de Francesca manqua un battement. Sa sœur était déjà dans le couloir, et elle se précipita à sa suite.

Tout le monde se tenait au salon.

Francesca embrassa la scène du regard. Eliza était assise sur un sofa seule. Montrose, dans un fauteuil, lui faisait face. Burton était debout entre le canapé et son épouse, les mains dans les poches, aussi échevelé que quelques heures auparavant. Bragg était près de lui, apparemment sur le départ.

Francesca s'aperçut que Burton tremblait imperceptiblement. Son cœur alla vers Bragg qui semblait éreinté. Elle le savait déjà bien sûr, mais elle était plus que jamais consciente de l'énormité de sa tâche, et des responsabilités qui étaient les siennes. Elle revint à Eliza et à Montrose.

La jeune femme était assise bien droite, les mains croisées sur les genoux. Très pâle, le visage sillonné de larmes, elle était aussi immobile qu'une statue.

Montrose, qui avait bondi sur ses pieds en voyant Francesca et son épouse entrer, s'approcha de celle-ci pour déposer un baiser sur sa joue. Comme il s'étonnait de sa présence, elle répondit :

— J'ai vu votre voiture par la fenêtre de la chambre de Francesca.

— J'ai eu l'idée de m'arrêter en passant, afin de voir si je pouvais me rendre utile, expliqua-t-il. Bonjour, Francesca.

Elle répondit d'un bref signe de tête. Elle ne pouvait se résoudre à le regarder dans les yeux, pas ici, pas maintenant, avec Eliza – sa maîtresse – à quelques mètres seulement.

Cette dernière se leva abruptement.

— Je suis désolée, je vais monter me reposer dans ma chambre.

Sur ces mots, elle quitta la pièce dans un bruissement de soie.

Son départ précipité était-il dû à la présence de Connie, ou bien était-elle simplement accablée de chagrin ? Si elle était responsable de l'enlèvement, alors c'était une remarquable comédienne, car Francesca n'avait lu que détresse au fond de ses yeux.

Burton se détourna pour aller contempler le jardin enneigé par la fenêtre. Francesca croisa le regard de Bragg qui vint à elle. D'un accord tacite, ils se dirigèrent vers l'extrémité de la pièce, à l'écart des oreilles indiscrètes.

— Que se passe-t-il ? s'enquit Bragg à voix basse.

— Je suis passée un peu plus tôt, et j'ai découvert une vieille machine à écrire dans le boudoir d'Eliza, répondit Francesca à voix tout aussi basse. Sur son bureau.

Son valet m'a appris qu'elle s'en servait souvent. Nous avons peut-être trouvé notre Remington 2, Bragg.

Elle jeta un coup d'œil à sa sœur et à Montrose.

Il lui parlait, et Connie semblait nerveuse. Non, anxieuse.

— Il est possible qu'il s'agisse de notre machine, en effet, mais je ne vais pas m'en occuper maintenant. Car même si c'est bien elle, cela ne nous avancera guère.

Il marqua un temps avant de reprendre :

— Francesca ? Il faut qu'ils résolvent eux-mêmes leurs problèmes.

Elle leva les yeux vers lui.

— Vous avez sans doute raison, murmura-t-elle. Mais je ne veux pas qu'elle souffre.

— Il n'y a que trop d'exemples, dans la vie, où l'on n'a pas prise sur les événements. C'est l'un de ces exemples, Francesca, dit-il avec compassion.

Elle le scruta un instant. En dépit de tous ses tracas, il avait pris le temps de lui accorder attention et sollicitude.

— Merci, Bragg, souffla-t-elle.

Il eut un faible sourire.

— C'est tout ?

Elle hésita.

— Non.

Elle se retourna et vit que Connie et Montrose les regardaient. Elle leur adressa un vague sourire avant d'agripper la main de Bragg pour l'attirer dans le hall.

— J'ai parlé à Neil, reprit-elle.

Il tressaillit, puis la foudroya du regard.

— Vous n'auriez pas dû !

— Je n'avais pas le choix.

— Si, vous l'aviez, rétorqua-t-il, durement. Nous avons affaire à un être imprévisible et dangereux, Francesca. Je ne veux pas qu'il vous fasse du mal.

Cette dernière déclaration l'enchanta.

— Il m'a affirmé qu'Eliza détestait Burton au point d'avoir envie de se venger de lui. Ce sont ses propres paroles.

Bragg ne cilla pas.

— Vous ne semblez pas surpris, remarqua-t-elle.

— Je ne le suis pas.

— Vous saviez ! Vous connaissiez ses sentiments !

Il jugea inutile de répondre.

Francesca, bouleversée, se rendit compte qu'elle était jalouse. Bien que leur liaison ait eu lieu des années auparavant, Eliza et Bragg étaient encore suffisamment proches pour qu'il soit au courant de ses sentiments.

— Est-elle sur votre liste de suspects ? s'emporta-t-elle.

— Pas vraiment, répondit-il calmement.

— Pas vraiment ? répéta Francesca, à la fois incrédule et furieuse. Et pourquoi ?

— Écoutez, Francesca, soupira-t-il, je la connais très bien. Nous sommes restés amis pendant toutes ces années. On peut lui reprocher pas mal de choses, mais certainement pas d'être folle. Beaucoup de gens détestent leur époux, et fort peu agissent.

Elle croisa les bras sur sa poitrine.

— Je pense que vous voulez la protéger.

— Peut-être. Mais vous est-il venu à l'esprit que Montrose mentait pour *se* protéger ?

Le cœur de Francesca manqua un battement.

— Oui, avoua-t-elle.

Il hocha la tête.

— J'ai un autre suspect, ajouta-t-elle.

Elle détestait l'entendre défendre ainsi Eliza. Et détestait plus encore l'idée que Montrose eût menti afin de faire diversion.

Il sourit.

— Laissez-moi deviner. MacDougal ?

Elle écarquilla les yeux, stupéfaite, puis s'écria :

— Combien de temps comptiez-vous garder celui-là secret ?

— Vous semblez oublier qu'il s'agit d'une enquête policière, Francesca. Je ne suis pas censé partager mes informations avec vous.

Elle soupira, contrariée et frustrée.

— Vous avez raison. Connie a raison. Je me suis laissé emporter.

Elle s'était en effet prise pour un détective génial.

— J'ai interrogé tout le personnel dimanche, vous vous souvenez ? reprit Bragg. J'ai tout de suite remarqué que MacDougal sortait du lot.

— A-t-il un casier judiciaire ? A-t-il déjà été condamné ? A-t-il fait de la prison ?

— La réponse à toutes ces questions est non. Mais il y a deux ans, il a été brusquement renvoyé de chez son employeur qui refuse d'en donner la raison. En creusant un peu, j'ai fini par déterrer quelque ragot selon lequel il aurait eu une aventure avec la meilleure amie de la maîtresse de maison.

— But ! s'écria Francesca, tout excitée.

— Seriez-vous une adepte du football ? s'étonna Bragg en esquissant un sourire.

— Je n'ai assisté qu'à deux ou trois matchs de l'équipe de l'université de Columbia, avec mon frère. Cela m'a bien plu, d'ailleurs... Qu'allez-vous faire ? poursuivit-elle.

Si seulement MacDougal était le fou criminel, quel soulagement !

— Nous le surveillons depuis dimanche. Le problème, c'est qu'il se comporte avec la plus absolue innocence depuis l'enlèvement. S'il est dans le coup, il a un partenaire.

— Gordino ?

— Possible.

Francesca serra les poings.

— Nous tournons en rond, Bragg !

— En effet, admit-il, une lueur d'angoisse dans le regard.

Elle lui effleura la main.

— Arrêtez MacDougal. Infligez-lui ce troisième degré dont vous parliez.

— Je ferai peut-être davantage qu'arrêter MacDougal, dit-il tandis que son regard s'égarait derrière Francesca.

Elle lança un coup d'œil par-dessus son épaule, et découvrit que Montrose était sa cible.

— Non !

— Excusez-moi, murmura Bragg.

Elle lui saisit le bras avant qu'il puisse s'éloigner.

— Pas maintenant. Pas ici. Faites votre devoir, mais pas devant ma sœur, le supplia-t-elle.

— Alors persuadez-la de partir avec vous.

Son ton était sans réplique, et Francesca devina qu'il n'était pas prêt au compromis. Effrayée, elle acquiesça et rejoignit Connie et son mari.

Sa sœur la regardait bizarrement.

— Voilà qui est intéressant, Francesca, commenta-t-elle tandis que son regard passait de Bragg à sa sœur.

Au bord de la panique, Francesca ne comprit pas l'allusion.

— Connie, tu ne voudrais pas venir à la maison avec moi, juste un instant ? J'ai oublié de te montrer quelque chose.

— Entendu, fit Connie avant de se tourner vers son époux. Je vous verrai à la maison ?

Il hocha la tête et l'embrassa sur la joue.

— Prenez votre temps, dit-il, jovial. Amusez-vous bien, toutes les deux.

Les deux sœurs récupérèrent leurs manteaux et se dirigèrent vers la porte. Alors qu'elles étaient sur le perron, Francesca risqua un dernier regard en arrière. Bragg s'entretenait avec Montrose, et tous deux semblaient sur le point de se sauter à la gorge.

La porte se referma sur elles.

Quelques secondes plus tard, elle se rouvrait, et Bragg dévalait les marches.

— Excusez-nous un instant, lady Montrose, dit-il à Connie avant d'attirer Francesca à l'écart.

— Qu'y a-t-il ?

— J'ai oublié de vous dire quelque chose. Je ne pense pas que vous couriez un grand danger, mais je veux néanmoins que vous soyez prudente.

— Prudente ? Pour quelle raison ?

Elle s'attendait au pire.

— Gordino s'est évadé de prison ce matin, lâcha-t-il d'un air sinistre.

17

Jeudi 23 janvier 1902, 17 heures

— En fait, dit Francesca dès qu'elles furent dans la maison, je voulais te demander quelque chose.

Elle cherchait à gagner du temps et essayait de trouver une excuse pour avoir éloigné Connie de son mari.

Sa sœur haussa les sourcils.

— Qu'y a-t-il, Francesca ? Tu te comportes si curieusement que j'en arrive à penser que tu me caches quelque chose.

Francesca évitait son regard.

— C'est toi qui débordes d'imagination, à présent, Connie.

Tout en se débarrassant de son manteau, elle s'interrogeait sur ce qui se passait chez les Burton. Bragg comptait-il soumettre Neil à un interrogatoire en bonne et due forme ? L'emmener au quartier général de la police ? Elle frémit en songeant à Kurland et aux autres journalistes. Elle imaginait déjà les gros titres dans la presse : *Lord Montrose suspect dans l'affaire de l'enlèvement du petit Burton*. Elle pria pour que Bragg lui épargne cela. Il pouvait sûrement lui parler chez les Burton.

Si seulement Neil était un mari fidèle ! songea-t-elle, en plein désarroi.

— Alors ? De quoi s'agit-il ? s'impatienta Connie. Aurais-tu remarqué quelque chose d'étrange entre Neil et le préfet de police ?

Francesca faillit s'étrangler. Par chance, elle n'eut pas à répondre, car leur mère, vêtue d'un tailleur bleu ciel, pénétrait dans le hall.

— Bonjour, les filles, fit-elle en souriant. Que faites-vous de beau ?

— Nous sommes allées rendre visite aux Burton, maman, répondit Connie.

Julia se rembrunit.

— J'en suis malade pour cette pauvre Eliza. Des nouvelles ?

— Pas vraiment, dit Francesca.

Julia soupira.

— Je viens de rentrer, moi aussi. Je vais faire une petite sieste avant le dîner. Nous allons à l'opéra, ce soir.

C'était la deuxième fois de la semaine.

Elles attendirent que Julia se soit retirée pour gagner un petit salon. C'est alors que Francesca eut une idée brillante.

— Connie, j'ai l'intention d'aller dire à papa ce que je pense d'une union entre Sarah Channing et Evan. Veux-tu m'accompagner ? M'apporter ton soutien ?

Connie cligna des yeux.

— Si tu espères que je me déclare ouvertement opposée à ce mariage, Francesca, la réponse est non.

— Mais comment pourrais-tu être pour ?

— Je ne suis pas pour non plus. Je considère simplement que c'est une affaire entre Evan et papa... Et que nous n'avons pas à nous en mêler.

— Comment peux-tu dire une chose pareille ? s'indigna Francesca.

La vision de Montrose et d'Eliza durant leur étreinte torride sur le sofa du salon chinois s'imposa soudain à son esprit. Peut-être que Connie était au courant, finalement, mais prétendait ne pas l'être et préférait fermer les yeux. Pourtant, comment feindre d'ignorer l'infidélité d'un époux ? Certes, Connie avait généralement tendance à porter des œillères.

— C'est notre frère, lui rappela-t-elle. Nous devons absolument nous en mêler, autrement dit donner notre opinion sur ce mariage.

— J'aime Evan autant que toi, mais je ne suis pas d'accord. Du reste, papa a souvent raison. Et Evan est incontrôlable... une épouse telle que Sarah Channing serait la meilleure chose qui puisse lui arriver.

— Ou la pire, rétorqua Francesca. Tu ne veux pas y réfléchir sérieusement ? Une fois qu'on aura annoncé les fiançailles officiellement, samedi, il sera épouvantablement délicat de les rompre. Je souhaiterais que papa en retarde l'annonce, au lieu de se précipiter comme il le fait.

— J'y songerai, promit Connie qui se dirigea vers la fenêtre. Je me demande de quoi Bragg voulait discuter avec Neil, ajouta-t-elle, songeuse.

— Rien d'important, j'en suis sûre, répliqua Francesca un peu trop rapidement.

Sa sœur lui jeta un coup d'œil. Elle ne souriait pas.

— Je ferais peut-être mieux de retourner chez les Burton. J'ai un mauvais pressentiment.

— Je t'en prie, viens parler à papa avec moi, insista Francesca en lui prenant le bras. J'ai vraiment besoin de ton soutien.

— D'accord, soupira Connie.

Comme elles s'apprêtaient à quitter la pièce, elle lança un ultime regard vers la fenêtre.

— J'aimerais savoir... commença-t-elle, puis elle s'interrompit et secoua la tête.

Le cœur de Francesca s'affola. Une chose était évidente : Connie aimait son mari, et elle devait à tout prix l'empêcher de découvrir la vérité, lui épargner cette souffrance.

Francesca ne savait pas si elle était suffisamment forte pour supporter un tel fardeau.

— Alors, quel grave problème vous amène, toutes les deux ? demanda Cahill d'un ton affectueux.

Il était assis à son bureau, dans la bibliothèque, et compulsait des papiers qu'il avait rapportés de son bureau en ville.

Francesca ferma soigneusement la porte derrière elles.

— Avez-vous passé une bonne journée, papa ? s'enquit-elle aimablement.

Il y avait toujours quelque chose de réconfortant à trouver son père dans la bibliothèque, un bon feu ronflant dans l'âtre. Même son cigare sentait délicieusement bon.

— Aussi bonne que possible, je suppose, répondit-il, compte tenu de la tragédie qui se déroule à côté. Je suis bouleversé qu'on n'ait pas encore retrouvé l'enfant et le fou dangereux responsable de son enlèvement.

— Nous le sommes tous, dit doucement Connie en s'installant dans un grand fauteuil de cuir.

— Ce n'est pas une affaire banale, observa Francesca, volant au secours de Bragg qui déployait tant d'effort pour résoudre cette affaire.

— Apparemment pas. Le criminel est de toute évidence un sadique. J'ai vu Bragg hier au *Fifth Avenue Hotel*, et nous avons échangé quelques mots. Il semble prendre cette affaire très à cœur. Comme s'il en faisait une histoire personnelle.

Francesca se raidit. Son père était un homme intelligent et perspicace. Rien ne lui échappait.

— À quoi pensez-vous, papa ? hasarda-t-elle en se perchant sur un coin du bureau, à la fois curieuse et mal à l'aise.

— Je crains que Bragg ne perde son poste s'il ne parvient pas à mettre la main sur ce dément, et à retrouver le petit… vivant.

Francesca était atterrée. Bien sûr, elle voulait que justice soit faite, elle voulait que Jonathan Burton rentre chez lui… Mais, Seigneur, ce serait tellement injuste que Bragg paye un pareil prix au cas où l'affaire ne se terminerait pas au mieux ! Il faisait son possible. C'était un homme déterminé, intègre, et elle était convaincue qu'il ferait le meilleur des préfets de police depuis Roosevelt.

— Qu'est-ce qui vous fait croire cela ? demanda-t-elle, inquiète. Vous avez parlé au maire ?

— Je ne me serais jamais permis de l'interroger à ce sujet. Mais tu as lu les journaux, comme moi. La presse est impitoyable, ces derniers temps. Elle accuse Bragg d'incompétence, et elle affirme qu'il est en train de perdre pied.

— C'est affreux, murmura Francesca.

Elle s'était tellement impliquée dans l'enquête qu'elle n'avait pas ouvert un journal, elle qui en lisait d'ordinaire un ou deux par jour.

— Et injuste, ajouta-t-elle.

— La presse n'a pas la réputation d'être juste, observa son père.

Francesca se rendit soudain compte que sa sœur l'étudiait avec une attention particulière, et elle se rappela la façon dont elle les avait regardés, Bragg et elle, chez les Burton. Le rouge lui monta aux joues. Il était rare que sa sœur la mette mal à l'aise, mais c'était le cas en ce moment. Elle réprima néanmoins un sourire en songeant à sa réaction si elle apprenait ce qui s'était passé entre eux. Elle s'évanouirait !

— Alors, de quoi vouliez-vous me parler ? reprit Cahill. Au fait, tu as toujours mauvaise mine, Francesca. Tu ne vas pas mieux ?

— Je suis fatiguée, papa, c'est tout. Ce drame m'empêche de dormir.

Cahill se leva, contourna son bureau.

— Tu as le cœur trop tendre, ma chérie. Tu as raison de te montrer compatissante, mais cela ne sert à rien de te rendre malade.

Francesca grimaça un sourire.

— Je sais.

Elle respira un bon coup avant d'attaquer :

— Je crois, papa, que Sarah Channing et Evan sont horriblement mal assortis.

Cahill haussa les sourcils, puis regagna son fauteuil.

— Vraiment ?

Francesca hocha la tête et débita à toute allure :

— Elle n'est pas son type. Pas du tout. Vous savez qu'il est attiré par les belles femmes pleines de vie. Elle est si douce, alors qu'Evan a besoin d'une femme flamboyante. Vous ne pouvez qu'être d'accord avec moi, papa. Sarah est timide, réservée. Il la rendra malheureuse, et elle ne fera pas non plus son bonheur. J'en suis absolument persuadée !

Cahill sourit.

— Et tu es, je suppose une femme d'expérience en ce qui concerne les relations intimes entre un homme et une femme ?

Francesca rougit.

— Papa…

— Francesca, coupa-t-il, il se trouve que je ne suis pas du tout de ton avis. Je sais que tu adores ton frère, et qu'à tes yeux, il ne peut rien faire de mal. Mais il est hautement irresponsable. Il est temps qu'il cesse de mener cette vie dissolue, ma chérie, et qu'il assume ses responsabilités de fils et d'héritier. Je pense que Sarah est exactement le genre de femme dont il a besoin ; une femme raisonnable et non pas flamboyante, une femme qui saura le remettre dans le droit chemin. La dernière chose qui convienne à ton frère serait une femme inconséquente qui l'encouragerait dans sa frivolité. Evan et Sarah deviendront les meilleurs amis du monde, je le sais. Et c'est cela qui fait le succès d'un mariage, ma chérie. Pas le feu, ni la passion.

Francesca n'en revenait pas.

— Mais vous croyez en l'amour, papa ?

— Bien sûr. Cependant je suis plus rationaliste que romantique, Francesca. Et je pensais que tu l'étais aussi.

Francesca le dévisageait en silence. Elle s'était crue réaliste, en effet, or elle s'apercevait qu'elle était beaucoup plus romantique qu'elle ne l'avait imaginé. Elle songea à Bragg, et son cœur bondit dans sa poitrine.

— Mais Evan n'aime pas Sarah Channing, objecta-t-elle. Alors comment pouvez-vous ne serait-ce que suggérer qu'il l'épouse… sans parler de précipiter ainsi ce mariage ?

Cahill soupira.

— Il finira par l'aimer, avec le temps.

— Et si ce n'est pas le cas ? Parce que, franchement, je n'imagine pas que cela puisse se produire. Il risque même de la détester. Avez-vous envisagé cette possibilité ?

— À vrai dire, non. Mais ma décision est irrévocable, Francesca. Sarah est une jeune femme admirable. Elle est solide, sincère, parfaite pour ton frère. Tu ne me feras pas changer d'avis, ma chérie, quoi que tu en penses.

Francesca se leva, complètement désarçonnée.

— Y a-t-il une raison valable pour que vous annonciez leurs fiançailles après-demain ? Cela ne peut-il attendre ?

— Je ne vois pas de raison de perdre du temps.

— Je vous en prie, papa, repoussez cette annonce. Accordez au moins à Sarah et à Evan le temps d'apprendre à se connaître, supplia-t-elle dans un sourire, persuadée d'avoir le dernier mot.

Il secoua la tête.

— Crois-tu vraiment que si nous retardons l'événement tu pourras empêcher ce mariage ?

— Evan est bouleversé ! s'écria-t-elle. Il n'éprouve pas la moindre affection pour elle.

— Ça suffit, Francesca, déclara son père d'un ton sévère. Nous annoncerons les fiançailles samedi soir. La discussion est close.

Francesca était déconcertée. Son père était toujours si bon, si large d'esprit. Mais pas dans le cas présent, apparemment…

— C'est une façon de le punir à cause de ses dettes de jeu ?

— Non, ma chérie. J'essaie de lui forger le caractère, c'est tout.

— Il a un merveilleux caractère ! protesta-t-elle.

Cahill se leva, le teint animé.

— C'en est assez, Francesca ! Cela ne sert à rien de ressasser le sujet indéfiniment.

— Nous ne ressassons rien, papa, s'entêta-t-elle. Nous discutons de la vie de mon frère… de votre fils.

Connie intervint :

— Francesca, papa va finir par se mettre en colère. Il ne changera pas d'avis, et je dois t'avouer que j'aime bien Sarah. Papa a sans doute raison. Elle aura un effet calmant, si l'on peut dire, sur Evan.

Francesca n'imaginait rien de pire que d'être forcé de se marier pour rechercher un « effet calmant ». Elle se tourna de nouveau vers son père.

— Détrompez-moi sur une chose, fit-elle.

— Et de quoi s'agit-il ?

— Dites-moi que vous ne vous servez pas de ses dettes de jeu pour l'obliger à se marier. Dites-le-moi, papa.

Cahill la dévisagea longuement avant de répondre :

— J'ai le droit de dépenser mon argent à ma convenance. J'ai travaillé dur toute ma vie, Francesca. Je ne suis pas né avec une cuiller en argent dans la bouche. Ma mère travaillait au moulin, mon père à la ferme, et nous avions à peine de quoi manger quand j'étais petit. J'ai découpé des bœufs de mes propres mains, j'ai trimé dur pour pouvoir vous offrir la vie dont vous jouissez aujourd'hui. Pour quelle raison devrais-je rembourser les dettes extravagantes de ton frère ? J'en ai assez de le voir dilapider ce que j'ai eu tant de mal à gagner !

Francesca était interloquée. Elle connaissait certes tout du passé de son père, mais jamais elle ne l'avait vu aussi furieux.

— Mais vous ne vous servez pas de ses dettes pour l'obliger à se marier ? insista-t-elle.

— Je ne suis pas le premier père à refuser de payer les dettes de son fils, déclara-t-il en guise de réponse. À présent, si vous voulez bien m'excuser.

S'efforçant visiblement de dominer sa colère, Andrew Cahill quitta la pièce. Il ne claqua pas la porte derrière lui, pourtant le bruit qu'elle fit en se refermant avait quelque chose de définitif. Francesca sentit les larmes lui monter aux yeux.

Connie respira à fond.

— Eh bien, nous pouvons être certaines qu'Evan épousera Sarah Channing, commenta-t-elle.

Francesca tremblait de tous ses membres.

— Papa refuse d'entendre raison. Je ne l'ai jamais vu ainsi ! Et, pire que tout, il fait du chantage à notre frère !

Connie la rejoignit et lui entoura les épaules du bras.

— Ce n'est pas aussi terrible que tu le crois, Francesca. C'est vraiment pour le bien d'Evan.

Francesca avait l'impression de s'effondrer, sur tous les plans – mentalement, physiquement, émotionnellement.

— Mais il n'a même pas voulu considérer mon point de vue !

— Sans doute parce qu'il croit vraiment à ce mariage, dit Connie. Allons, relève la tête ! Il pourrait arriver pire à Evan, Francesca !

Francesca n'était pas de cet avis.

Sa sœur l'embrassa.

— Il faut que je rentre à la maison. Si je ne te revois pas avant, à samedi, pour le dîner de fiançailles.

Francesca se pétrifia. Connie rentrait chez elle. Montrose y serait-il, ou l'avait-on emmené au quartier général de la police ? Seigneur, elle ne pouvait s'inquiéter pour sa sœur en cet instant. Elle en était tout bonnement incapable.

— Très bien, murmura-t-elle.

Après le départ de Connie, elle alla à la fenêtre. Le ciel s'obscurcissait rapidement, et elle se rendit compte qu'elle était à bout de fatigue.

Et puis, Bragg et elle n'avaient pas eu l'occasion de se retrouver en tête à tête pour parler de ce qui s'était passé chez lui...

Son regard tomba sur un journal. Elle s'apprêtait à détourner les yeux, car elle ne voulait pas savoir ce que disait la presse au sujet de Bragg, lorsqu'un gros titre retint son attention. Elle s'empara du quotidien d'un geste vif. Il s'agissait de la dernière édition du *Sun*. À la Une était écrit : *E pour éternité.*

Elle retint un cri. Tout s'éclairait, soudain.

C'était le ravisseur lui-même qui fournissait l'information aux journaux.

En chemise, les cheveux défaits, Francesca se laissa tomber sur son lit. Peut-être allait-elle imiter sa mère et faire une sieste.

Mais en dépit de son épuisement, son esprit refusait de lâcher prise. Les images se succédaient dans sa tête, entraînant dans leur sillage un flot de pensées diverses. Bragg et Montrose, Montrose et Eliza, Eliza et Burton, Evan et Sarah, sa sœur et Montrose, l'expression redoutable de son père.

Et puis le petit Jonathan Burton. Elle ne le voyait plus comme un gamin espiègle, au regard malicieux et au nez criblé de taches de rousseur. Non. Elle l'imaginait pâle, terrorisé, les traits tirés.

Si Eliza jouait un abominable tour à son mari, cela signifiait que l'enfant était quelque part, en sécurité, vivant.

Francesca se demanda si on pouvait être poursuivi pour l'enlèvement de son propre fils.

Mais cette théorie était tellement inconcevable. Même si Eliza détestait Burton, elle n'était ni folle ni perverse. Montrose avait parfaitement pu mentir.

Dans ce cas, ce serait lui le fou, cruel et sadique...

Francesca réfléchit. L'un des suspects correspondait parfaitement à ce portrait : Gordino, qui haïssait Bragg et s'était échappé de prison le matin même.

Elle se dirigea vers la fenêtre, regarda machinalement la demeure des Burton. Bien sûr, c'était Gordino le coupable. Comment pouvaient-ils en douter un instant ?

Refusant de s'embarrasser de tout sentiment de culpabilité, elle alla chercher ses jumelles de théâtre et revint à la fenêtre.

Dans la maison voisine, le rez-de-chaussée était allumé, mais il n'y avait pas âme qui vive. Elle passa au premier étage, dans les appartements d'Eliza, où elle se trouvait à peine quelques heures plus tôt. Elle regrettait toujours de ne pas avoir eu l'occasion de taper quelques mots sur la vieille machine à écrire...

Le boudoir était éteint. La chambre, en revanche, était éclairée.

Elle sursauta en découvrant Burton et Eliza, de toute évidence en train de se disputer. Ils se tenaient au milieu de la pièce, devant le lit, face à face. Burton gesticulait, tandis qu'Eliza demeurait raide, tendue.

Au temps pour le mariage idyllique ! songea Francesca. Elle allait poser ses jumelles – car, après tout, cela ne la regardait pas – quand Eliza se détourna.

Vif comme l'éclair, Burton l'attrapa brutalement par le bras pour l'obliger à lui faire face.

Elle lutta pour se dégager.

Francesca savait qu'elle aurait dû cesser de les épier. La bagarre devenait si violente que c'en était insupportable.

Mais elle demeura figée sur place, incapable du moindre mouvement. Eliza parvint à se libérer et dit quelques mots à Burton.

Vif comme l'éclair, il la frappa au visage.

Francesca étouffa un cri tandis qu'Eliza s'effondrait sur le sol. Burton la releva, mais elle tenta de se débattre. Sous le regard incrédule de Francesca, Burton la saisit alors par les cheveux et lui tira brutalement la tête en arrière. Eliza s'immobilisa.

Il lui dit quelque chose, puis il la souleva dans ses bras et la jeta sur le lit. Elle tenta de se sauver de l'autre côté, mais Burton la ramena au milieu du matelas et l'enfourcha tout en couvrant sa bouche de la main.

Tétanisée, Francesca le vit se pencher en avant et déchirer son corsage.

Elle jeta les jumelles non sans continuer de fixer, horrifiée, la silhouette sombre de la maison.

Seigneur !

Son cœur battait follement, à présent. Elle tremblait de manière incontrôlable en se demandant que faire, comment mettre un terme à ce drame. Burton s'apprêtait à violer son épouse…

Devait-elle se ruer là-bas et demander à parler à l'un d'eux ? On lui opposerait une fin de non-recevoir. Elle comprit qu'elle n'avait aucune possibilité de faire cesser la violence qu'exerçait Burton sur son épouse.

Eliza déteste son mari au point de vouloir se venger de lui.

Francesca tournait en rond dans sa chambre, complètement dépassée par les événements.

Eliza déteste son mari au point de vouloir se venger de lui.

Il y avait de quoi !

Francesca en était malade.

Eliza avait peut-être de bonnes raisons d'enlever son propre fils afin de détruire son époux.

Oh, oui, elle avait de bonnes raisons !

Et rien de ce qu'elle-même pouvait dire ou faire n'y changerait rien.

Elle avait manqué les cours deux jours de suite. Le doyen la convoquerait sûrement dès son arrivée !

Le lendemain, donc, Francesca sortit de chez elle, ses livres de classe cachés sous un journal, dans son sac à main. Elle avait à peine refermé la porte qu'elle aperçut une petite silhouette à demi dissimulée derrière un gros chêne dans l'allée. Enveloppé dans son vieux pardessus, la casquette rabattue sur les yeux, Joel Kennedy l'attendait visiblement. Malgré la distance, leurs regards se croisèrent, et Francesca eut un mauvais pressentiment. Si le petit la cherchait, c'est qu'il s'était passé quelque chose…

Elle avait presque peur d'entendre ce qu'il avait à lui dire.

Il était 9 heures, et sa mère dormait encore. Son père était déjà parti à son bureau. Quant à Evan, Dieu seul savait où il se trouvait. Francesca ignorait même s'il avait passé la nuit à la maison.

Elle se hâta de descendre les marches, frissonnant dans le froid matinal. Joel sortit de sa cachette.

— Joel ! Quelle surprise !

Il accorda son pas à celui de la jeune fille, tandis qu'ils se dirigeaient vers la grille.

— Bonjour, dit Francesca.

— Bonjour, répondit-il sans sourire. Faut que je vous parle, mademoiselle Cahill.

Francesca s'immobilisa. À cet instant, elle se moquait d'être vue par Evan, ou d'être surprise par sa mère en train de parler à ce gamin.

— Qu'y a-t-il ? Il est arrivé quelque chose ?

Elle s'agrippait à son sac. Pourvu qu'il s'agisse d'une bonne nouvelle ! Elle en avait grand besoin.

Le garçon enfonça les mains dans ses poches.

— Je sais pas pourquoi je suis venu, mais je suis là. Je vous ai menti, mademoiselle Cahill.

— Au sujet de l'argenterie ?

Mais Francesca devinait que cela n'avait aucun rapport avec le vol. Oh, non !

Il secoua la tête.

— Au sujet de Gordino.

Elle eut l'impression d'avoir reçu un coup au plexus.

— Et... ?

— C'est pas lui qui m'a donné le message à remettre au flic.

Joel la regardait sans ciller.

Elle frissonna, mais cette fois, ce n'était pas de froid.

— Je ne comprends pas, Joel. Ce n'était pas Gordino ? Tu es sûr ?

— Évidemment que j'en suis sûr ! cria-t-il.

— Mais pourquoi m'avoir menti sur une chose pareille ?

— Pourquoi pas ?

Il haussa les épaules.

— Vous m'avez donné une bonne raison de dire la vérité aux flics, quand tout ce qu'ils ont fait, c'est de me jeter en prison ? Comme s'ils n'avaient rien de mieux à faire.

Francesca n'y comprenait plus rien.

— En plus, il a dit qu'il me paierait seulement si je la fermais, ajouta Joel.

— Il ? Celui qui t'a remis le message ?

— Et puis, je déteste Gordino. C'est un fils de garce. J'espérais que ce flic que vous aimez bien le tuerait.

Francesca était affolée.

— Pourquoi le détesterais-tu au point de l'accuser d'un crime qu'il n'a pas commis ?

Il se contentait de la fixer d'un air retors.

— Joel ?

— Il en a après ma mère, ce salaud. Et elle a une trouille bleue de lui.

— Après ta mère ? répéta Francesca, horrifiée.

— Vous savez ! cria l'enfant. Il veut la mettre dans son lit, et ça fait des semaines qu'il la menace. Elle pleure dès qu'il s'approche d'elle.

— Oh, Joel...

Elle tendit la main vers lui, mais il l'esquiva.

— Il faut absolument que cela cesse, décréta-t-elle.

Des larmes brillaient dans les yeux du gamin.

— Si votre ami flic l'avait enfermé comme il faut, il aurait été obligé d'arrêter, non ?

— En effet, murmura Francesca.

Elle pensait à Maggie Kennedy qui trimait si dur afin de nourrir ses enfants et qui devait en plus se défendre contre les avances de ce sale type de Gordino !

— C'est pour ça que j'ai voulu vous dire la vérité.

Francesca comprenait enfin.

— Qui est-ce ? Qui t'a donné le message, Joel ? *Qui ?*

— Un type sympathique, en fait. Un certain Mack quelque chose. Le valet d'un gentleman, à mon avis.

— C'est tout ce que tu peux m'en dire ?

Soudain, la lumière se fit.

Mack. MacDougal.

— C'était un Écossais. Et le genre qui plaît aux femmes, si je me trompe pas.

Tout excitée, Francesca lui saisit la main.

— Je crois savoir de qui il s'agit, Joel ! Tu peux venir avec moi ? Tout de suite ? J'ai besoin de toi pour l'identifier.

Tant pis pour l'université ! Elle sécherait les cours une fois de plus, et après s'être assurée que MacDougal était bien l'homme qu'ils recherchaient, elle irait trouver Bragg.

— Pourquoi pas ? dit Joel.

— C'est très important ! s'écria Francesca.

Elle entraîna le gamin dans l'allée, tout en réfléchissant à toute allure.

— Quand et où ce Mack t'a-t-il abordé ?

Il haussa les épaules.

— Ce matin-là, je crois. Dans la rue. Pas loin de l'endroit où je devais attendre le flic.

Francesca s'arrêta devant la demeure des Burton, sur la Cinquième Avenue. À présent, comment procéder ?

— C'est là qu'il travaille ? demanda Joel.

Francesca acquiesça, son excitation un peu calmée à l'idée d'affronter MacDougal.

— Nous ne pouvons pas nous contenter de frapper et de demander à lui parler, expliqua-t-elle. Cela lui mettrait la puce à l'oreille. Non, il faut que je trouve le moyen d'entrer discrètement afin que je puisse te le montrer.

Joel eut un petit rire.

— Suivez-moi.

Ils contournèrent la maison en rasant les murs. Elle comprit vite où il voulait en venir. Après avoir essayé trois fenêtres, il en trouva une qui avait été laissée entrouverte. Il l'ouvrit et lui fit signe de le suivre à l'intérieur.

Francesca le vit grimper sur le rebord avec agilité et disparaître dans une pièce sombre. Son cœur battait à tout rompre. Elle n'avait pas le choix ! Elle releva sa jupe, passa une jambe par-dessus la balustrade, trouva plus difficile d'y passer l'autre, y parvint enfin, aidée par Joel.

Le bruit qu'elle fit en sautant à terre lui parut assourdissant, et elle s'accroupit près du gamin, s'attendant à voir la porte s'ouvrir à la volée. Mais il ne se passa rien.

Ses yeux s'habituaient à la pénombre. Ils étaient dans un petit salon où elle n'avait jamais mis les pieds.

Il devait être contigu à la bibliothèque, devina-t-elle.

— Et maintenant ? murmura-t-elle.

— On va chercher votre ami MacDougal.

Bien que ce ne fût pas une perspective très réjouissante, Francesca hocha la tête. Seul point positif : l'heure matinale. Eliza était sûrement encore dans ses appartements. Burton prenait son petit déjeuner, ou bien, avec un peu de chance, il était déjà sorti.

Us traversèrent la pièce sur la pointe des pieds, entrebâillèrent la porte. Le hall était désert, la porte juste en face d'eux fermée. Un couloir s'enfonçait dans les profondeurs de la maison.

Il n'y avait pas un bruit, et personne en vue.

— Les cuisines doivent être par là, chuchota Francesca. Allons-y.

Ils s'avancèrent en silence jusqu'à ce que leur parviennent des bruits de voix et de vaisselle.

— Je vais jeter un coup d'œil. S'il est là, je reviens, et tu fais la même chose. Alors tu pourras me dire si ton Mack est MacDougal ou non.

— D'accord ! fit Joel en souriant.

Il semblait s'amuser énormément.

Elle tourna à l'angle du couloir et se plaqua contre le mur de la cuisine, le cœur tambourinant dans sa poitrine. Elle l'entendait parler. Elle était sûre que c'était lui, avec ce léger accent écossais.

Mais elle devait en être absolument certaine. Elle poussa à peine la porte de la cuisine, jeta un coup d'œil à l'intérieur.

Elle vit cinq serviteurs, dont le cuisinier, un homme corpulent coiffé d'une toque blanche. Mais pas de MacDougal.

Elle hésita, entrouvrit la porte un peu plus. Et l'aperçut, murmurant à l'oreille d'une jolie femme de chambre qui pouffait.

Francesca tirait doucement la porte quand il regarda droit dans sa direction.

Elle se pétrifia.

Lui aussi.

Elle ferma alors vivement la porte et rejoignit Joel en courant, s'attendant à entendre des cris.

Mais personne ne cria. Pourtant il l'avait vue, elle en était certaine.

— Alors ? murmura Joel.

— Je crois qu'il m'a vue, avoua-t-elle en lui attrapant la main pour l'entraîner hors de la maison. Nous ferions mieux de filer.

— S'il vous a vue, pourquoi est-ce qu'il a rien dit ? Pourquoi il nous poursuit pas ?

En effet, tout était calme.

— Peut-être que je me trompe ! Je ne sais plus ! Que fait-on ? Il faut bien que tu le voies, non ?

Us arrivaient dans le grand hall. Joel ne répondit pas. Francesca s'immobilisa net.

MacDougal se tenait devant eux, le sourire aux lèvres.

— Je ne savais pas que les Burton recevaient d'aussi bonne heure, remarqua-t-il.

Puis il sortit de sa poche un revolver qu'il pointa dans leur direction.

18

Vendredi 24 janvier, 9 heures et demie

Le souffle coupé, les jambes flageolantes, Francesca ne parvenait pas à détacher les yeux du sombre canon de larme. C'était un cauchemar, elle allait se réveiller !

— Tournez-vous ! aboya MacDougal. Vous aussi, mademoiselle Cahill. Son regard était tout sauf amical.

— Qu'allez-vous faire ? risqua-t-elle. Vous ne…

En deux pas il fut près d'eux et posa le canon de son pistolet contre la tempe de Joel.

— S'il disparaît, personne ne s'en apercevra, dit-il.

— Non ! souffla-t-elle.

Des gouttes de sueur perlaient au front de l'enfant.

— Va te faire voir, salaud ! cracha-t-il. MacDougal lui répondit en pressant davantage le canon de son arme contre sa tempe.

— Avancez dans le couloir, mademoiselle Cahill. Francesca répugnait à obéir. Elle comptait sur l'arrivée impromptue d'un domestique.

— Tout de suite ! ordonna MacDougal.

Elle n'avait d'autre choix que d'obtempérer. Le malfrat était sur ses talons avec Joel, l'obligeant à forcer l'allure.

— Où nous emmenez-vous ? demanda-t-elle, affolée.

— La ferme ! Arrêtez-vous ici.

Francesca s'immobilisa devant une lourde porte qui menait vraisemblablement aux caves. Tenant Joel par le bras, MacDougal ouvrit la porte. Il poussa ensuite le gamin dans l'escalier. Francesca l'entendit chuter, et un cri lui échappa. Aussitôt, le pistolet s'enfonça dans ses côtes.

— Après vous.

Elle trébucha.

— Je n'y vois rien.

— Désolé.

S'appuyant au mur de ciment, elle atteignit tant bien que mal le bas des marches.

— Joel ?

— Je suis là !

Il était tout près, leurs bras se frôlèrent.

La lumière jaillit soudain d'une ampoule nue accrochée aux poutres.

MacDougal se tenait au pied de l'escalier, le revolver dirigé sur eux.

— Et maintenant ? lança-t-elle. Vous n'êtes pas fou au point de nous tuer tous les deux ?

— Je ne suis pas fou du tout, rétorqua-t-il. C'est vraiment dommage pour vous que vous ayez fait la connaissance de Joel.

— Ce qui l'est plus encore, c'est que vous soyez un criminel, rétorqua-t-elle. Jonathan est-il vivant ? Que lui avez-vous fait ? Où est-il ?

Il hésita.

— À vrai dire, j'ignore s'il est encore en vie.

Francesca écarquilla les yeux.

— Qui vous emploie ? lâcha-t-elle, tentant le tout pour le tout.

Il sourit.

— Je ne suis pas idiot à ce point, mademoiselle Cahill. Petit, apporte-moi cette corde, ajouta-t-il en désignant ladite corde.

Le pouls de Francesca s'emballa. Ils n'avaient aucun espoir de s'évader s'ils étaient ligotés !

— Va te faire voir ! répéta Joel.

MacDougal fit quelques pas, l'air menaçant. Il leva le bras, et Francesca comprit qu'il allait frapper Joel.

— Non ! cria-t-elle, craignant un coup de crosse fatal.

Trop tard. Le gamin s'effondra à terre, inanimé.

— Mon Dieu ! s'écria Francesca en se ruant vers, lui.

Elle s'agenouilla et le prit dans ses bras.

— Vous l'avez tué ? Vous avez perdu l'esprit ?

Joel était complètement inerte. Elle se pencha sur lui dans l'espoir de sentir son souffle sur sa joue. Rien.

MacDougal l'agrippa par le bras pour la relever, puis il l'obligea à s'asseoir sur un petit tabouret, non loin d'un établi couvert d'outils.

Sans réfléchir, Francesca lui envoya un coup de pied dans le tibia et essaya de s'emparer du pistolet.

Tandis qu'il poussait un cri de douleur, elle parvint à attraper l'arme et tenta de la lui arracher. Dans la bagarre, le coup partit.

Elle cria à son tour, et se boucha les oreilles tant le bruit dans cet espace clos était assourdissant.

— Vous auriez pu nous tuer ! s'exclama MacDougal, furieux.

Sans lâcher son arme, il se saisit de la corde et, quelques secondes plus tard, elle avait les mains liées dans le dos.

— Vous ne vous en sortirez pas comme ça ! s'écrit Francesca. Bragg est à vos trousses, vous savez. Vous êtes sur sa liste des suspects.

— Bouclez-la.

Il posa l'arme sur le sol et entreprit de lui attacher les chevilles.

Elle fixa le pistolet, tout près de son pied, l'esprit en ébullition. S'apercevrait-on de sa disparition ? Et dans combien de temps ? Si seulement Bragg en arrivait à la conclusion que MacDougal était impliqué ! Mais elle n'était pas certaine qu'il en fût là. Et Joel ?

Le petit n'avait toujours pas bougé, et elle en eut le cœur à l'envers. Il était d'une pâleur mortelle, son crâne saignait.

— Vous... vous l'avez tué ? balbutia-t-elle.

— Je n'en sais rien.

Il lui attacha solidement les chevilles aux pieds du tabouret, puis il ramassa son arme qu'il glissa sous sa veste, et il se redressa.

— Vous pouvez crier autant qu'il vous plaira, personne ne vous entendra.

— Je vous en prie, supplia-t-elle. Vous n'êtes pas obligé de faire ça. Je vois bien que vous n'êtes pas un méchant homme, MacDougal...

— Fermez-la !

Elle obéit, au bord de la panique. Il se pencha sur Joel, chercha son pouls. Puis il lui attacha les mains.

— Il est vivant ? hasarda-t-elle, pleine d'espoir.

— Je crois.

Lorsqu'il se releva, son expression avait changé.

— Je suis désolé que vous soyez mêlée à tout cela, mademoiselle Cahill. Une jolie femme comme vous... Oui, vraiment désolé.

Il se dirigea vers l'escalier.

— Attendez ! cria-t-elle.

Il s'arrêta.

— Si vous ne savez pas ce qui est arrivé à Jonathan, vous n'êtes que complice, poursuivit-elle très vite. Je suis sûre que vous ne subirez pas le même sort que celui pour qui vous travaillez ! Mais si vous nous tuez, alors vous deviendrez un meurtrier, MacDougal. Et vous finirez sur la chaise électrique.

— Bien essayé, mademoiselle Cahill. Mais je suis allé trop loin, à présent.

Il montait déjà l'escalier.

— Revenez, je vous en prie !

En guise de réponse, il éteignit la seule lumière, les plongeant dans le noir. Puis elle entendit la clé tourner dans la serrure.

Julia trouva son mari dans la bibliothèque, son refuge favori.

Confortablement installé sur le sofa, devant la cheminée il consultait un dossier qu'il avait rapporté de son bureau en ville.

— Bonsoir, mon chéri. Avez-vous passé une bonne journée ? s'enquit-elle dans un sourire.

Il leva les yeux en lui retournant son sourire.

— Plutôt bonne, oui. J'ai décidé de faire construire une nouvelle aile au *Lenox Hospital.*

— Merveilleux ! approuva Julia. Avez-vous vu Francesca ? ajouta-t-elle. Je l'ai cherchée tout l'après-midi, mais personne ne l'a aperçue depuis ce matin. Sauriez-vous par hasard où elle est allée ?

— Je n'en ai pas la moindre idée.

Andrew se redressa, ferma son dossier. Il avait troqué sa veste de costume pour un veston d'intérieur aux revers de satin.

— Avez-vous demandé à Evan ? reprit-il.

Julia fronça les sourcils.

— Il n'est pas là non plus. Il est sorti de bonne heure ce matin, et on ne l'a pas revu depuis.

— Il n'est pas venu travailler, soupira Cahill en se levant. S'il espère m'impressionner par cette manifestation juvénile de rébellion, il se trompe.

— Il est vrai que vous précipitez les fiançailles, objecta sa femme.

— Je croyais que c'était une affaire entendue, répliqua Andrew, la mine sévère. Je ne changerai pas d'avis, Julia.

Elle vint à lui et lui pressa le bras.

— Je sais que votre décision est sans appel. Et j'aime beaucoup Sarah, même si je pense qu'Evan aurait pu trouver mieux. Je suggère seulement que vous repoussiez un peu l'annonce des fiançailles, afin de lui laisser le temps de s'habituer à cette idée.

— Il n'en est pas question !

Julia se garda d'insister.

— Où peut bien être Francesca ? reprit-elle.

Cahill tira sa montre gousset.

— Hum ! Il est presque 5 heures. Connaissant notre fille, elle peut se trouver n'importe où, et cela ne me plaît guère.

Ils échangèrent un regard soucieux, puis Julia se dirigea vers le téléphone. Quelques minutes plus tard, elle avait Connie en ligne.

— Sais-tu où est ta sœur, ma chérie ?

— Je crains que non, maman. Quelque chose ne va pas ? Vous semblez inquiète.

— Un peu, je l'avoue. D'après Mme Ryan, elle est partie ce matin à 9 heures, et elle n'est pas rentrée depuis. Où pourrait-elle être, à ton avis ?

Il y eut un bref silence.

— Je ne sais pas, maman. Désolée de ne vous être d'aucun secours.

— Très bien.

Julia dit au revoir à Connie, non sans lui avoir rappelé qu'elle aimerait voir les filles le lendemain au déjeuner, et elle raccrocha.

Au 698, Madison Avenue, Connie fixait sans le voir le feu qui brûlait dans l'âtre. Elle ne trouvait pas surprenant que Francesca disparaisse quelques heures sans dire à quiconque où elle se rendait, mais qu'elle se fût absentée toute la journée était inhabituel. Où était-elle donc ?

Elle se comportait étrangement depuis quelques jours. Connie connaissait bien sa sœur. Il se passait quelque chose. Francesca avait des secrets.

Et elle n'aimait pas du tout cela.

Francesca avait la fâcheuse manie de se mêler de ce qui ne la regardait pas. Elle avait aussi celle de s'impliquer dans des causes certes nobles mais difficiles à défendre. Et il lui arrivait plus souvent qu'à son tour de se retrouver plongée jusqu'au cou dans des histoires qui ne tournaient pas forcément comme elle l'aurait souhaité.

« Je participe à l'enquête sur la disparition de Jonathan Burton », lui avait-elle avoué.

Connie se crispa, et une bouffée d'angoisse la submergea.

D'autres paroles lui revinrent à l'esprit.

« Je sais que tu ne le croiras pas, Connie, mais j'ai trouvé plusieurs des messages. »

En proie à un mauvais pressentiment, elle tenta toutefois de se convaincre qu'elle se faisait des idées, que l'absence de Francesca n'avait rien à voir avec l'affaire Burton.

Et pourtant, si sa sœur avait disparu, elle aussi ?

Elle lui avait confié qu'ils avaient trouvé un autre message, mais n'avait pas voulu lui en révéler le contenu, craignant la réaction de Bragg.

Le cœur serre, Connie alla s'asseoir au bureau de Neil. Aussitôt, l'odeur virile et légèrement épicée de l'eau de toilette de son mari lui effleura les narines, si vivace qu'elle eut l'impression qu'il était présent. Elle caressa le sous-main de cuir usé, et en éprouva un véritable réconfort. Ce bureau était tellement rattaché à Neil... Elle aurait aimé qu'il fut là, tout de suite.

Mais il était rarement à la maison ces derniers temps.

Refusant d'y penser, elle décrocha le téléphone pour joindre le préfet de police.

Francesca n'avait aucune idée du temps qui s'était écoulé depuis que MacDougal les avait enfermés dans cette cave obscure, qu'éclairait à peine un petit soupirail. Elle était désespérée. Joel était mort, de toute évidence, mais elle ne pouvait crier. Pas encore, pas maintenant. Il fallait qu'elle trouve un moyen de s'échapper. Chaque fois qu'elle regardait le petit corps inanimé, elle éprouvait une vague de colère et d'angoisse qu'elle s'efforçait d'étouffer afin de garder un minimum de sang-froid indispensable pour réfléchir posément.

Toute évasion lui semblait impossible. Non seulement elle était attachée mais, pire encore, elle gisait sur le flanc. Quelques heures plus tôt, elle avait essayé de sautiller jusqu'à l'établi et elle avait basculé.

Ses poignets étaient à vif tant elle avait lutté pour se libérer. Des larmes de peur et de frustration mêlées lui emplirent les yeux. Il fallait à tout prix qu'elle sorte d'ici ! Peut-être que Jonathan n'était pas mort, et elle-même n'avait aucune envie de mourir. Elle n'avait que vingt ans, au nom du Ciel !

Bragg ne lui avait-il pas suffisamment répété de rester à l'écart de l'enquête ? Son père et Evan ne lui avaient-ils pas dit exactement la même chose ? Naturellement, elle n'avait rien écouté.

Au moins, MacDougal était sur la liste des suspects de Bragg.

Elle tenta de se ressaisir. Même si elle ignorait depuis combien d'heures exactement Joel et elle se trouvaient ici, cela faisait un bout de temps. On avait certainement remarqué sa disparition !

Pour la énième fois, elle se demanda qui employait MacDougal ?

Eliza ?

Eliza ne couvrirait jamais un crime, elle en était certaine.

Mais qu'avait-on l'intention de faire d'elle ?

Un petit bruit lui fit soudain tendre l'oreille.

Elle imagina une armée de rats envahissant la cave. Le cauchemar absolu !

De nouveau le petit bruit…

Un gémissement ?

— Joel ? souffla-t-elle, n'osant espérer. Joel ! répéta-t-elle plus fort.

Cette fois, elle en fut sûre, c'était bien un gémissement.

— Tu es vivant ! Dieu merci, tu es vivant ! s'exclama-t-elle en proie à une joie et à un soulagement indicibles.

Elle essaya une fois de plus de se redresser. Sans succès. Elle ne se risqua pas à s'agiter outre mesure, car un irrépressible besoin naturel s'était tout à coup fait sentir.

— Mademoiselle Cahill ?… Aïe ! Bon sang ! Je saigne.

Francesca, dont les yeux s'étaient accoutumés à la pénombre, vit Joel s'asseoir, se tâter le crâne avec précaution. Il était extrêmement pâle.

— Ça va ?

— Je suis un peu étourdi, répondit-il en secouant la tête comme pour s'éclaircir les idées.

— Sois prudent ! le prévint-elle. MacDougal t'a frappé à la tête avec son arme, et tu as perdu beaucoup de sang, Joel. Je t'ai cru mort !

Sur ces mots, elle éclata en sanglots. Les larmes roulaient sur ses joues sans qu'elle pût les arrêter.

— Hé, vous pleurez à cause de moi ? demanda le gamin, surpris.

— Oui, avoua-t-elle, avant d'ajouter : Et en plus, j'ai envie d'aller aux toilettes…

Il se mit à rire.

Elle l'imita, ce qui eut pour effet d'endiguer ses larmes.

— Il faut que nous sortions d'ici, reprit-elle, de nouveau sérieuse. Il risque de revenir et de nous tuer tous les deux.

— Moi, peut-être, fit Joel en s'agenouillant, mais pas vous. Ce serait beaucoup trop d'ennuis !

Francesca était soudain moins désespérée. Joel était vivant ! À eux deux, ils trouveraient bien le moyen de se sortir d'affaire. En outre, il avait raison. Si elle disparaissait, ça coûterait très, très cher à MacDougal. Et ce dernier ne l'ignorait certainement pas.

D'un autre côté, le monstre était fou...

Les mains de Joel étaient liées devant lui, mais ses chevilles étaient libres. Francesca le regarda se lever, vaciller.

— Mon Dieu, tu as perdu tellement de sang...

— J'ai connu pire.

Il se dirigea vers l'établi d'un pas mal assuré et s'empara d'une scie.

— Regardez ça !

Elle se raidit quand il s'agenouilla près d'elle.

— Fais attention, je t'en prie ! s'écria-t-elle alors qu'il glissait l'outil sous ses liens.

— Vous inquiétez pas, je vais pas vous couper les mains.

Brusquement, ses poignets furent libérés. Elle roula sur elle-même et parvint à s'asseoir, les chevilles toujours attachées au tabouret. Mais ces liens-là cédèrent aussi en un rien de temps. Ensuite, ce fut au tour de Francesca de scier la corde qui attachait les poignets de Joel.

— Que fait-on, à présent ?

— On sort d'ici, riposta Joel en lui prenant la scie des mains.

— La porte est fermée à clé.

— Ah oui ? fit-il avec un petit rire.

Il alla à l'établi, choisit un long outil pointu.

— Suivez-moi, madame.

Francesca grimpa l'escalier derrière lui. Il lui remit la scie – qu'il comptait sans doute utiliser comme arme, devina-t-elle –, et elle le vit insérer l'outil dans la serrure qui ne résista pas longtemps. Il ouvrit la porte.

— Allons-y, chuchota-t-il.

La scie à la main, le cœur battant, Francesca lui emboîta le pas. Ils tournèrent à l'angle du couloir sans voir ni entendre quiconque, mais alors qu'ils approchaient de la bibliothèque, des voix leur parvinrent. Ils reconnurent celle, caractéristique, de MacDougal.

Joel accéléra l'allure. De toute évidence, il avait l'intention de passer devant la porte de la bibliothèque, qui était entrouverte, et de filer vers la sortie. Francesca le retint par le bras et lui murmura à l'oreille :

— Attends.

Il secoua vigoureusement la tête.

Ignorant sa protestation, elle s'approcha de la bibliothèque à pas de loup. Elle était persuadée que la personne avec laquelle MacDougal discutait était l'homme qui avait enlevé, et peut-être éliminé, Jonathan Burton.

— Ne vous inquiétez pas, disait MacDougal, ils sont tous deux solidement attachés. Nous avons largement le temps de prendre une décision à leur sujet.

— Largement le temps !

Francesca sursauta. C'était la voix de Robert Burton !

— Francesca Cahill est à nos trousses, MacDougal, et cela par votre faute ! Je ne peux pas me débarrasser d'elle comme d'un chaton indésirable !

— Elle n'est pas au courant pour vous, monsieur. Je n'ai rien dit.

— Eh bien, voilà qui est intelligent, pour une fois. Bon sang, qu'est-ce que je vais faire d'elle ?

Il y eut un silence, puis :

— Donc, vous pensez que le gamin est mort ?

— Je le crois.

— Eh bien, voilà au moins un problème de réglé.

Francesca toucha la main de Joel, leurs regards se croisèrent et elle souffla :

— Allons-y.

Burton ! C'était Burton, pas Eliza. Burton qui détestait sa femme, ou qui détestait Bragg. Burton qui savait que les jumeaux n'étaient pas ses enfants. Seigneur, cela signifiait-il que Jonathan était mort ?

Et que ferait Burton s'il les pinçait en cet instant ?

Cette idée était positivement terrifiante.

Ils se hâtèrent de passer devant la porte de la bibliothèque.

— Bon Dieu ! cria Burton. C'est elle ! C'est Francesca Cahill !

Joel et Francesca s'élancèrent dans le couloir, Burton et MacDougal sur les talons. Un coup de feu retentit, et la jeune fille entendit la balle siffler près de son oreille. Oh, non, elle ne voulait pas mourir !

— Pas ici, MacDougal ! hurla Burton, tout près – bien trop près.

Francesca et Joel déboulaient dans le grand hall quand Eliza sortit d'un salon. Le visage blême, elle se déplaçait comme une vieille dame. Elle s'immobilisa en les voyant, les yeux arrondis de stupeur.

Presque aussitôt, une main saisit Francesca par le col. Elle se sentit plaquée contre une puissante poitrine masculine, sentit le canon d'un pistolet contre son flanc.

— Mademoiselle Cahill ? s'écria Eliza, l'air hagard. Robert ? Que se passe-t-il ?

— Rien du tout, ma chère. Ce n'est qu'un énorme malentendu.

Burton passa devant Francesca, souriant, et le pistolet disparut, bien que MacDougal n'eût pas desserré son étreinte.

Celui-ci lui chuchota à l'oreille :

— Pas un mot. Pas un geste.

Eliza, les pupilles dilatées, fixait son mari.

— Un malentendu ? Pourquoi mademoiselle Cahill a-t-elle une scie ? Au fait, le préfet de police la cherchait...

— Ce n'est pas un malentendu, cria Francesca. C'est Burton qui a enlevé votre fils !

Et elle frappa MacDougal avec la scie de toutes ses forces. C'est alors que deux événements se produisirent simultanément.

Bragg sortit du salon derrière Eliza, et Joel flanqua un coup de pied au creux des genoux de Burton, l'envoyant à terre. MacDougal laissa échapper un hurlement de douleur.

Une fraction de seconde, Francesca croisa le regard déconcerté de Bragg. Puis, plus rapide que l'éclair, celui-ci sortit une arme. Quasiment en même temps, elle sentit le pistolet de l'Écossais s'enfoncer durement dans son dos.

Le coup partit.

L'espace d'un instant, Francesca crut qu'elle allait mourir.

Puis MacDougal la lâcha, projeté en arrière par la balle qui l'avait atteint. Francesca bondit hors de sa portée tandis qu'il titubait jusqu'au mur, le genou en sang, puis glissait le long de la paroi.

Burton, de son côté, s'était relevé et s'élançait déjà vers la porte. En quelques enjambées Bragg le rattrapa, lui sauta sur le dos. Les deux hommes roulèrent à terre. Bragg se retrouva à califourchon sur son adversaire, et pressa le canon de son arme entre ses deux yeux. Burton s'immobilisa instantanément.

Francesca en fut étourdie de soulagement.

— C'est une erreur, croassa Burton.

Le sourire de Bragg était glacial, impitoyable, lorsqu'il répliqua :

— Je ne crois pas.

Sans déplacer son arme, sans même tourner la tête, il ajouta :

— Francesca, récupérez le pistolet de MacDougal.

La jeune fille obtempéra volontiers.

— Vous allez bien ? reprit Bragg sans quitter Burton des yeux.

— Oui, murmura-t-elle. Nous allons bien, ajouta-t-elle d'une voix plus assurée.

— Mais... je ne comprends pas, balbutia Eliza. Rick, que faites-vous ? Laissez Robert se relever, s'il vous plaît.

Bragg ne répondit pas. Il pressa plus durement le canon de son arme contre le front de Burton.

— Où est l'enfant ?

Burton lui cracha au visage.

Bragg glissa son pistolet dans sa ceinture, remit brutalement Burton sur pieds et lui envoya un coup de poing en pleine figure.

Francesca dut se retenir pour ne pas se ruer vers lui, afin de l'empêcher de se laisser de nouveau submerger par une bouffée de violence incontrôlée. Mais MacDougal, qui avait cessé de geindre, la fixait si intensément qu'elle pointa son arme sur lui de crainte qu'il n'ait une sale idée derrière la tête. Le pistolet tremblait terriblement dans sa main, et elle dut faire un effort pour raffermir sa prise.

Des domestiques arrivaient en courant.

— Mais enfin, que faites-vous, Rick ? insista Eliza. Vous ne pensez tout de même pas...

— Personne ne bouge ! ordonna Bragg. Votre mari a fait enfermer Francesca et ce jeune garçon, Eliza, parce qu'ils étaient sur le point de découvrir la vérité.

Bragg tenait fermement Burton par le devant de sa chemise, à présent, mais c'était Eliza qu'il regardait.

— Burton est le dément qui a enlevé Jonathan, lâcha-t-il.

— Non, souffla Eliza tandis que les larmes ruisselaient sur ses joues. Non, je ne peux pas le croire. C'est impossible. Il est peut-être...

Elle s'interrompit.

— Je n'ai jamais fait une chose pareille, ma chérie ! s'écria son mari. Jamais. Croyez-vous que j'aurais pu faire du mal à notre enfant ?

Eliza secoua la tête.

— Je ne sais plus que penser...

Le regard de Francesca croisa brièvement celui de Bragg. *Burton n'était pas au courant.* Il ignorait que les enfants n'étaient pas les siens. Il y avait de l'espoir.

— Bragg.

Il comprit et tourna de nouveau les yeux vers Burton. Le visage tout proche du sien, il articula d'une voix si sourde qu'on avait peine à l'entendre :

— Vous ne savez pas ? Vous ne savez pas pourquoi je vous tuerai de mes propres mains s'il est arrivé quelque chose à Jonathan ?

Burton le fixa sans ciller.

— Fichez-moi la paix !

Bragg eut un sourire mauvais.

— Il est à moi. J'ai été l'amant de votre femme il y a sept ans, et je suis le père des jumeaux, Burton. *Je veux mon fils !*

Burton devint blanc comme un linge.

— Vous mentez ! cria-t-il. Je sais que vous avez couché avec elle, comme tant d'autres, mais les garçons sont de moi !

Bragg le plaqua violemment contre le mur. Burton tourna la tête vers sa femme.

— Il ment, n'est-ce pas ?

Eliza, encore plus pâle que son mari, regardait les deux hommes en sanglotant.

— Non.

Incrédule, Burton demeura un instant sans voix, puis il hurla :

— Espèce de garce ! Sale catin ! Dire que je vous ai vue prendre amant sur amant durant toutes ces années... et que j'étais sur le point de vous briser, non ? De vous détruire ! Enfin je me vengeais, après tant d'années d'infidélité ! Et les jumeaux ne sont même pas de moi ? Vous me refusez jusqu'à mes héritiers ? Sale garce ! C'est vous qui devriez finir derrière les barreaux !

Il criait et tremblait de la tête aux pieds, littéralement hors de lui, mais Eliza n'eut pas un tressaillement.

— Je vous hais, déclara-t-elle, le menton levé, sans cesser de pleurer. Je vous ai toujours haï. C'est Bragg que j'aimais quand j'ai été forcée de vous épouser, et je suis heureuse que les jumeaux soient de lui. Où est mon fils ? Où est Jonathan ?

Avec un rugissement, Burton repoussa Bragg et se précipita sur elle.

— Jamais, vous m'entendez ! Vous ne le reverrez jamais, garce !

Bragg le rattrapa avant qu'il n'ait atteint Eliza, il lui fit faire volte-face et, froidement, délibérément, il lui tira une balle dans le genou.

Francesca eut l'impression que son cœur s'arrêtait de battre. Burton s'écroula à terre en hurlant de douleur.

— Vous voilà infirme à vie, lâcha Bragg sans émotion. Et je vous donne trois secondes pour me dire où se trouve mon fils, sinon je vous tire dans l'autre genou, et vous finirez votre vie dans un fauteuil roulant.

— Allez au diable ! siffla Burton, les yeux noyés de larmes.

— Un, compta Bragg.

Francesca retint son souffle.

— Deux…

— Laissez-moi ! intervint soudain Eliza. Laissez-moi le faire !

— Trois…

Bragg arma le pistolet.

— Attendez ! Il est au 208, Quatrième Avenue ! J'ai loué un appartement là-bas !

Burton était décomposé.

— Il me faut un médecin, je vous en supplie, gémit-il.

Bragg ne lui adressa pas un regard. Il s'approcha de Francesca, lui ôta des mains le pistolet qu'elle tenait toujours, et le remit à un domestique avant de demander à un autre d'appeler la police.

— Que personne ne bouge avant l'arrivée de la police, ordonna-t-il. Au moindre geste, tirez.

— Je viens avec vous ! s'écria Eliza, oscillant entre incrédulité et désespoir.

Bragg hocha la tête en signe d'acquiescement. Il demanda à une servante d'aller chercher le manteau de la jeune femme.

— Vous n'avez plus besoin de cette scie, Francesca, dit-il.

Elle jeta un coup d'œil à la scie ensanglantée qu'elle laissa tomber à terre, le cœur au bord dcs lèvres. Elle tremblait encore comme une feuille.

Bragg aida Eliza à enfiler son manteau, puis il lui entoura les épaules du bras et ils se hâtèrent vers la porte. Sans hésiter, Francesca courut à leur suite.

Eliza était en pleurs quand ils s'arrêtèrent sur le porche de la maison dans laquelle Burton avait loué un appartement. Le bâtiment était sale et décrépi. Francesca passa le bras sur les épaules d'Eliza tandis que Bragg tambourinait à la porte. Plusieurs agents de police et deux inspecteurs se tenaient à peu de distance. Non loin, un train passa en vrombissant, faisant trembler le trottoir.

La porte ne s'ouvrit pas.

Bragg frappa de nouveau.

— Police ! Ouvrez ! cria-t-il.

— Pourquoi est-ce que personne ne répond ? demanda Eliza d'une voix anxieuse.

— Ne vous inquiétez pas, murmura Francesca, rassurante, en la serrant contre elle.

Elle s'attendait que Bragg ordonne à ses hommes d'enfoncer la porte, quand il recula, puis se jeta de toutes ses forces contre le battant, à plusieurs reprises, tel un bélier humain. Francesca redoutait qu'il ne se blesse, lorsque la porte céda enfin.

Bragg s'élança à l'intérieur, suivi de ses hommes.

Eliza se dégagea et se rua derrière eux, Francesca sur les talons.

Une mince jeune femme vêtue de la robe noire et du tablier blanc des domestiques se tenait dans le hall, aussi immobile qu'une statue.

Bragg la saisit par le bras.

— Où est l'enfant ?

Elle reprit vie. Les larmes aux yeux, elle murmura :

— Je savais que ce n'était pas normal, qu'il y avait une escroquerie là-dessous.

Bragg la secoua sans ménagement.

— Où est-il ?

— Où est mon fils ? supplia Eliza en s'approchant de la jeune femme.

Celle-ci recula.

— En haut. La première pièce. Ne me faites pas de mal.

Bragg grimpa l'escalier quatre à quatre, suivi d'Eliza. Francesca les imita, ainsi que les policiers.

Elle s'arrêta, à bout de souffle, sur le seuil d'une chambre sombre, meublée d'une étroite couchette, d'une commode et d'un fauteuil à bascule. Jonathan était sur le lit, en position fœtale, et il dormait profondément. Il serrait un vieil ours en peluche contre son cœur. Il portait une chemise et un pantalon, et sa respiration était irrégulière.

— Jonathan !

Eliza passa devant Bragg tandis que le petit se redressait en clignant des yeux.

— Jonathan ! C'est maman ! sanglota-t-elle en prenant l'enfant dans ses bras.

Les larmes roulaient aussi sur les joues de Francesca.

Bien réveillé, à présent, Jonathan s'accrochait de toutes ses forces au cou de sa mère.

— Maman ! Maman, où étiez-vous ? Je veux rentrer à la maison !

Eliza le berçait doucement.

— Je suis désolée, mon chéri, tellement désolée ! Est-ce que tu vas bien ?

Elle le tint un instant à bout de bras et lui sourit à travers ses larmes.

Il secoua la tête en pleurant.

— Pourquoi papa m'a amené ici ? Je veux rentrer chez nous ! J'ai froid, j'ai faim, et vous m'avez manqué, James aussi. Je vous en prie, emmenez-moi à la maison ! Je déteste cet endroit.

Eliza l'étreignit de nouveau.

— Je vais te ramener à la maison, murmura-t-elle dans ses cheveux. Je t'emmène et je ne te quitterai plus jamais des yeux !

Jonathan se calma un peu.

— Je veux rentrer à la maison, répéta-t-il d'une petite voix brisée.

Francesca contemplait la scène, bouleversée. Comment un homme pouvait-il torturer ainsi son propre enfant ? Elle songea soudain à celui qui se trouvait près d'elle, et leva les yeux vers lui.

Il tentait d'afficher une expression impassible, en vain. Une larme roula sur son beau visage aux traits ciselés.

Elle en eut le cœur à l'envers. Elle lui prit la main d'un geste spontané. Étonné, il tourna la tête vers elle, et leurs regards s'aimantèrent. Sans réfléchir, Francesca lui serra davantage la main.

— Ça va aller, Bragg, murmura-t-elle d'une voix enrouée. Il a peur, c'est tout.

— Je tuerai Burton !

Une lueur meurtrière s'alluma dans ses yeux qui s'étaient dangereusement assombris.

— Votre fils est vivant ! lui rappela-t-elle. Il a retrouvé sa mère. Et vous. Remercions-en le Ciel !

Bragg la dévisagea longuement avant de revenir à Eliza et à Jonathan. Le petit ne pleurait plus, mais il était toujours dans les bras de sa mère qui lui caressait les cheveux avec une tendresse infinie.

Puis celle-ci leva les yeux vers Bragg. Ils échangèrent un regard intense, et Francesca se sentit soudain mal à l'aise. Elle était de trop. Il existait entre eux un lien unique qu'elle ne pourrait jamais partager.

Doucement, elle lâcha la main de Bragg.

Surpris, il la regarda de nouveau. Il avait une expression si douce, si vulnérable… Francesca comprit alors qu'elle était follement, désespérément amoureuse de cet homme.

Elle eut l'impression que son cœur chutait dans l'espace, et c'était à la fois étourdissant, prodigieux, horrible, terrifiant…

Après une légère hésitation, Bragg se détourna et s'approcha du lit. Eliza lui adressa un sourire tremblant, se poussa légèrement pour lui laisser de la place.

Sous les yeux de Francesca, qui était incapable de regarder ailleurs, il s'assit et entoura Eliza et son fils des bras.

La mère, le père et l'enfant.

Francesca ferma les yeux. Ce tableau la hanterait longtemps, devinait-elle…

Ils s'étaient aimés, jadis, mais le destin s'était mis en travers de leur chemin. Tout aurait pu se terminer différemment.

— Jonathan ? murmura Eliza. Tu te souviens de M. Bragg ? C'est un de nos amis à ton… père et à moi.

Jonathan Burton leva les yeux vers Bragg.

— Vous êtes le policier.

— C'est ça, répondit Bragg d'une voix rauque.

Il passa la main dans l'épaisse chevelure de l'enfant.

— Ça va ? reprit-il.

Jonathan eut une petite grimace.

— Je veux rentrer à la maison. Tout de suite.

— Tu vas rentrer, fiston, assura Bragg, les yeux embués. Je vais t'emmener chez toi maintenant. En fait, je vais te raccompagner dans la voiture de police. Ça te dirait ?

Jonathan l'étudiait, comme s'il se demandait s'il pouvait lui faire confiance, puis il acquiesça dans un sourire.

— Une *vraie* voiture de police ?

— Une vraie voiture de police, confirma Bragg.

Il était temps de s'éclipser, décida Francesca, encore sous le choc de ce tout nouveau sentiment qu'elle éprouvait pour Bragg.

Sur la pointe des pieds, elle se dirigea vers la porte. Elle s'exhorta à ne pas pleurer. L'affaire était résolue, et avait trouvé une conclusion heureuse. Mais tout au fond, ces larmes qu'elle ne voulait pas verser l'étouffaient.

Une voix au léger accent texan la fit s'arrêter sur le seuil.

— Merci, Francesca.

Un flot de larmes brûlantes lui vinrent aux yeux. Elle hocha la tête sans se retourner, puis sortit.

19

Samedi 25 janvier 1902, 21 heures

Où était donc Evan ? Il était en retard à sa soirée, et si Julia s'efforçait de dissimuler son mécontentement, Andrew, lui, était ouvertement furieux.

Francesca se tenait près du mur, dans la pièce de réception, et une partie des deux cent quatorze invités était déjà passée devant elle pour se rendre à la salle de bal.

Elle n'avait pas encore récupéré après les événements de la semaine. Bragg n'avait pas hésité à raconter à ses parents qu'elle avait pris part à l'enquête à sa façon, et avait été enlevée par Burton et MacDougal. Ceux-ci étaient tellement en colère contre elle qu'ils lui avaient d'ores et déjà annoncé qu'elle risquait de lourdes sanctions.

Son pouls s'emballa soudain à l'idée de revoir Bragg ce soir. Certes, il y avait à peine vingt-quatre heures qu'elle l'avait quitté, mais ce serait la toute première fois depuis leur rencontre qu'ils se côtoieraient dans des circonstances normales.

La presse l'avait hissé au rang de héros. Un journaliste avait même écrit qu'il pourrait bien être le prochain Theodore Roosevelt.

Mais où diable était Evan ? Comment osait-il être en retard ? Elle éprouva un sombre pressentiment...

Ses parents se tenaient sur le seuil de la pièce de réception, en compagnie de Sarah et de sa mère. Si Mme Channing semblait déconcertée par l'absence de son futur gendre, Sarah, elle, était sereine. Elle souriait aux invités, polie, un peu lointaine. C'était sa personnalité, Francesca le savait. Dans sa robe bleu pâle à volants, elle était jolie, à sa manière fragile et douce.

Connie s'arrêta près de sa sœur.

— Où peut-il bien être ? Il devrait au moins se trouver dans ses appartements, en train de s'habiller.

Elles échangèrent un sourire inquiet.

Connie était époustouflante dans une robe de taffetas bouton-d'or qui laissait ses épaules découvertes. Un collier de diamant jaune ornait son cou.

— J'ai peur, Connie, murmura Francesca. Je n'aime pas ça du tout.

Sa sœur acquiesça.

— Moi non plus. Mais il va bien finir par arriver, non ?

— Certainement !

Leur frère était certes un peu fantasque, voire irresponsable comme le prétendait leur père, mais pas au point de ne pas se montrer à sa soirée de fiançailles ! D'un autre côté, il ne s'était jamais trouvé piégé de cette façon.

Francesca se demanda ce qu'elle ferait à sa place. La réponse lui vint aussitôt. Sous aucun prétexte elle ne céderait. Elle se garderait pour le véritable amour, ou du moins ce qui lui apparaîtrait comme tel.

Elle était vraiment devenue romantique ! À moins que ce ne soit la conséquence des événements de la semaine passée...

Elle se surprit à sourire en songeant à Bragg, puis elle se tança. Pas question de s'emballer. Après tout, ils n'avaient partagé qu'un baiser torride. Ce n'était pas son soupirant. Pas encore.

Elle sourit de nouveau.

— Enfin, Jonathan Burton est chez lui avec sa mère et son frère, soupira Connie. C'est déjà ça !

Bragg choisit cet instant pour faire son entrée. Il serra la main d'Andrew Cahill, échangea quelques mots avec Julia, Sarah et sa mère. Le cœur de Francesca battait à tout rompre, elle avait les joues en feu. C'était de loin l'homme le plus séduisant de l'assistance. Il possédait un tel charisme, une telle présence que toutes les têtes se tournaient spontanément vers lui. Mais il n'en semblait pas conscient.

— Et Burton est derrière les barreaux, en attendant un examen psychiatrique, murmura Francesca, incapable de quitter Bragg des yeux.

— C'est tout de même inimaginable qu'il ait pu faire une chose pareille, et à sa propre femme, en plus, observa Connie.

Elle se tut soudain et examina sa sœur plus attentivement, avant de suivre la direction de son regard. Elle réprima un sourire.

— Il voulait la détruire mentalement, expliqua Francesca, qui semblait fascinée par Bragg. Il voulait lui briser le cœur comme elle lui a brisé le sien. C'était une vengeance pure et simple. J'étais là, je l'ai entendu l'avouer.

— Il est très bel homme, n'est-ce pas ? Surtout en tenue de soirée…

Francesca comprit aussitôt de qui sa sœur voulait parler, et elle s'empourpra davantage.

— Oui, en effet, admit-elle d'un ton aussi léger que possible.

— Allons, Francesca, dis-moi tout. Il se passe quelque chose entre vous ?

— De quoi parles-tu ?

Francesca battit des cils, et se trouva tout aussitôt ridicule.

Sa sœur pouffa.

— Je vois ! s'écria-t-elle joyeusement. Tu as enfin déniché un homme digne d'intérêt...

La tête légèrement inclinée de côté, Bragg sourit à Francesca, de l'autre côté de la pièce. Son cœur bondit dans sa poitrine.

Puis son exaltation retomba d'un coup. Bragg n'était pas un parti souhaitable. Du moins dans l'esprit de sa mère.

— Nous avons travaillé ensemble, Connie, c'est tout. Nous sommes des amis... en quelque sorte.

— Très bien, fit Connie d'un ton grave.

De toute évidence, elle n'en croyait pas un mot. Francesca gémit intérieurement. Elle n'avait certes pas besoin que sa sœur se mêle de ses affaires, car elle était incapable de garder un secret. Or Francesca redoutait la réaction de sa mère si celle-ci apprenait qu'elle rencontrait Bragg pour des raisons qui n'avaient rien à voir avec le travail.

— Écoute, il ne me courtise pas. Ce n'est pas un soupirant, et tu sais du reste que je n'en cherche pas.

— L'amour peut changer tout cela en un éclair. Il te courtisera, déclara Connie. Et très bientôt, j'en suis certaine, ajouta-t-elle.

Francesca contempla Bragg, qui serrait la main aux hommes d'un groupe dans lequel se trouvait le maire. Elle dut admettre qu'elle espérait de toutes ses forces que Connie ait raison. Elle adorerait aller patiner avec lui à Central Park par une soirée étoilée, ou assister en sa compagnie à une comédie musicale à Broadway. En fait, ce qu'elle adorerait par-dessus tout, ce serait de se retrouver dans ses bras.

Elle en eut le souffle coupé rien que d'y songer.

— Oh, voici Neil ! s'exclama Connie d'une étrange voix haut perchée.

Francesca l'avait vu aussi, tel qu'en lui-même, superbe dans son smoking noir. Elle s'était demandé pourquoi Connie était arrivée seule, et avait supposé que c'était pour aider leur mère à résoudre des problèmes de dernière minute. Mais elle n'y croyait pas vraiment… Elle oublia Bragg et toute idée de romance.

— Pourquoi ne vas-tu pas le rejoindre ? suggéra-t-elle.

Elle détestait presque Montrose. Jamais elle ne lui pardonnerait de tromper sa sœur. Jamais.

— C'est ce que je vais faire, dit Connie en pressant la main de Francesca. Je ne l'ai pratiquement pas vu de la journée.

Francesca parvint à sourire. Elle savait où Montrose avait passé l'après-midi : il était chez Eliza.

Quel homme impossible !

Comme Connie se dirigeait vers son mari, Evan apparut sur le seuil.

Le soulagement de Francesca fut de courte durée. Il était ivre.

— Evan, comment as-tu pu ? demanda Francesca à voix basse.

Son frère était là depuis une demi-heure environ.

Il posa le bras sur ses épaules.

— Je t'en prie, Francesca. Je suis là, non ?

Il affichait un sourire de biais charmant.

Il avait bu, mais pas au point de tituber. Francesca se demanda si tout le monde s'en rendait compte, ou si ce n'était évident que pour ceux qui le connaissaient bien.

Ils se tenaient à présent dans la salle de bal, un peu à l'écart de la foule. Quelques couples valsaient, tandis que des serviteurs en veste blanche passaient avec des plateaux chargés de coupes de champagne. De toute façon, dans quelques heures, l'état d'ébriété d'Evan n'aurait plus rien d'exceptionnel.

— Où étais-tu ? insista-t-elle.

— Toujours curieuse, Francesca. Tu n'aimerais pas ma réponse, alors accepte un petit mensonge. À mon club.

L'image de la superbe rousse avec laquelle elle l'avait vu l'été précédent lui traversa fugitivement l'esprit.

— Tu ne veux tout de même pas dire... ?

— Chut ! coupa-t-il en la serrant brièvement contre lui. Je suis là, toujours fidèle au poste. Et le fils dévoué que je suis va aller inviter sa bien-aimée à danser.

Francesca le regarda s'éloigner, le cœur serré. Comment la soirée pourrait-elle se terminer agréablement ? Son mauvais pressentiment ne l'avait pas quittée, et cela ne lui plaisait pas du tout.

Pourtant, après la semaine, et son lot de drames, qui venait de s'écouler, cela aurait dû être une splendide célébration... Elle soupira.

Elle vit Evan s'arrêter près de Sarah qui écoutait un groupe de jeunes femmes discuter avec animation. Elle se tourna vers lui, il se pencha sur sa main qu'il baisa galamment. Il se comportait en parfait gentleman. Il sourit à la jeune fille qui lui rendit son sourire. Un instant plus tard, ils étaient sur la piste de danse.

Francesca s'aperçut qu'elle avait croisé les doigts dans son dos, et elle se détendit. Evan avait beau être furieux contre leur père, il était foncièrement gentil, et jamais il ne s'en prendrait à Sarah. S'ils se mariaient – non, quand ils seraient mariés –, il se montrerait un époux attentionné, elle en était certaine.

Par-delà les danseurs, son regard croisa celui de Montrose. Elle se raidit.

Il lui tourna ostensiblement le dos. L'affront était évident.

Le cœur battant, elle fixa ses larges épaules, tandis qu'il s'entretenait avec quelques gentlemen. Que devait-elle faire ? Leur relation était devenue diablement difficile ! Elle regrettait presque de lui avoir parlé de son aventure avec Eliza. Elle fit la grimace. Après tout, ce n'était pas elle qui était en faute ! Ce n'était pas elle l'infidèle. Puis elle se souvint qu'elle l'avait soupçonné d'être le fou responsable de l'enlèvement de Jonathan Burton...

Cela avait été une grave erreur !

Montrose quitta le groupe d'hommes et se tint un instant seul parmi la foule joyeuse. Connie n'était pas près de lui. Francesca s'en étonna tout en parcourant la pièce des yeux. Elle aperçut enfin sa sœur, qui souriait, entourée de quelques couples. Mais elle ne cessait de regarder dans la direction de son mari. Francesca la connaissait si bien ! Quelque chose n'allait pas. Connie était anxieuse, inquiète.

Francesca rassembla son courage, se rappelant qu'il s'agissait de Montrose, son beau-frère depuis quatre ans, le père aimant de ses nièces. Elle se dirigea vers lui en essayant de dominer la colère qui l'envahissait.

— Neil ?

Il la salua sans sourire.

— Bonsoir, Francesca.

— Bonsoir.

Elle était si nerveuse qu'elle se tordait les mains. Elle s'obligea à cesser. Des images importunes de Montrose et d'Eliza lui vinrent à l'esprit, qu'elle s'efforça de chasser.

— Pouvons-nous avoir un... entretien ?

— Bien sûr.

Elle se tendit lorsqu'il posa la main sur sa taille pour la guider au milieu des invités. Il était en colère, sentit-elle, mais elle l'était plus encore. Et elle aurait aimé qu'il ôte sa main. Elle en était bien trop consciente.

Ils quittaient la salle de bal lorsque Bragg y pénétra. Leurs regards s'accrochèrent aussitôt.

Montrose salua Bragg.

— Bonsoir. Félicitation pour votre succès dans l'affaire Burton, dit-il d'un ton parfaitement courtois.

Bragg baissa les yeux, et remarqua la main de Montrose sur la taille de Francesca.

— Merci... Mademoiselle Cahill, m'accorderez-vous une danse ?

Elle sentit ses joues s'enflammer.

— Bien sûr !

La main de Neil se fit plus pressante.

Après un signe de tête, il entraîna Francesca vers le couloir, puis jusqu'à un vaste salon utilisé pour les récitals. La lâchant enfin, il s'appuya au chambranle, et croisa les bras.

— Alors ?

— Je vous dois des excuses, dit simplement Francesca.

— En effet.

Elle croisa aussi les bras, songeant aux excuses qu'il devait à sa sœur.

— Je suis désolée d'avoir pensé – ne fût-ce qu'un instant – que vous pouviez être impliqué dans la disparition de Jonathan Burton.

— Vraiment ? Et regrettez-vous aussi de m'avoir espionné ?

Francesca sentit la moutarde lui monter au nez.

— J'aimerais ne jamais avoir vu ce que j'ai vu. Et ne pas savoir ce que je sais.

— Alors pourquoi ne pas l'oublier, tout bonnement ?

Là, la colère l'emporta.

— Comment le pourrais-je ? répliqua-t-elle un peu trop fort. Je veux dire, le mieux serait que vous mettiez un terme à cette histoire, non ?

Il se redressa.

— Une fois de plus, vous vous mêlez de ce qui ne vous regarde pas.

— Pourquoi aviez-vous besoin d'aller là-bas cet après-midi ? Vous ne pouviez pas vous en empêcher ?

Francesca était hors d'elle.

Il ouvrit de grands yeux.

— Je n'y crois pas ! Vous m'espionniez encore ? Vous ne pouvez pas vous mêler de vos affaires, pour l'amour du Ciel ?

— C'était par hasard, dit-elle, sincère.

— J'en doute, rétorqua Neil.

Francesca hésita un instant avant de demander :

— Pourquoi, Neil ? Pourquoi a-t-il fallu que vous alliez chez elle aujourd'hui ?

Son regard s'assombrit.

— Elle est mon amie, encore que cela ne vous regarde en rien. Un jour, Francesca, vous paierez pour votre insupportable indiscrétion. Et un jour, quand vous serez plus âgée, vous comprendrez que le mariage n'est ni simple ni facile.

— S'occuper des affaires des autres n'est pas un péché. Mentir, si.

Il tourna les talons.

— À quel sujet vous disputez-vous, tous les deux ?

Connie se tenait sur le seuil, très pâle. Son regard anxieux passa alternativement de l'un à l'autre.

Francesca crut que son cœur s'arrêtait de battre.

— Demandez à votre sœur, riposta Montrose d'un ton dur, avant de s'éloigner à grandes enjambées.

Francesca croisa le regard de Connie. Elle en était malade !

— Qu'as-tu fait pour qu'il soit dans cet état ? s'écria Connie. Que se passe-t-il ?

Francesca cherchait en vain une réponse. Elle envisagea un instant d'avouer la vérité. La soirée allait tourner à la catastrophe, de toute façon…

— Montrose a découvert que je m'étais inscrite en secret à l'université, mentit-elle. Et nous nous disputions parce qu'il trouve que je vais trop loin. Il prétend que je devrais en parler à papa et à maman.

Non, elle ne pouvait révéler la vérité à Connie. Pas encore. C'était trop tôt. Il fallait qu'elle se donne le temps de la réflexion.

Sa sœur semblait rassurée.

— Comment l'a-t-il appris ? Tu ne crois tout de même pas que je... Francesca ! Je ne lui ai rien dit, je te le jure !

— Je sais, fit Francesca. Il l'a deviné tout seul. Il est intelligent, tu sais. Si nous retournions à la fête ?

Tout en parlant, elle se demandait si sa sœur n'avait pas le droit de savoir.

Seigneur, elle était prise entre le marteau et l'enclume !

— D'accord, acquiesça Connie qui avait retrouvé son sourire. Je ne voudrais pas manquer l'annonce des fiançailles.

Francesca avait l'intuition qu'un jour ou l'autre Connie apprendrait tout sur l'infidélité de son mari. Si elle n'avait pas déjà des soupçons...

— Vous ne semblez guère vous amuser, Francesca.

Elle sursauta. Bragg s'était matérialisé derrière elle, la prenant par surprise. Elle lui adressa un sourire joyeux.

— Je n'ai pas un amour immodéré pour les soirées.

— Pourquoi cela ne m'étonne-t-il pas ? répliqua-t-il d'un air narquois. Laissez-moi deviner. Vous préférez attaquer des gredins avec une scie ?

Elle éclata de rire.

— La scie était une idée de Joel. Il n'empêche que cela nous a aidés à couper nos liens et à nous libérer.

— Remercions Dieu pour ses petits miracles ! répliqua Bragg qui la couvait des yeux.

Son regard était si intense que Francesca se sentit tout à coup affreusement nerveuse. Pourquoi la contemplait-il ainsi ? À quoi pensait-il ?

— Comment va Burton ? demanda-t-elle d'un ton aussi léger que possible compte tenu du sujet.

— Ah, parlons boutique ! fit-il sans cesser de la dévisager. Personnellement, je pense qu'il a le cerveau dérangé. Mais il est tombé dans un profond mutisme depuis qu'on l'a enfermé à Bellevue. Il refuse obstinément de parler. Heureusement, ajouta-t-il en soupirant, il y avait une douzaine de témoins pour entendre sa confession, hier.

Elle l'examinait à son tour, sérieuse.

— Qu'y a-t-il ? risqua-t-elle. C'est Eliza ?

Elle s'accrocha à sa manche, en proie à un indicible émoi. Eliza et lui avaient un passé commun. Ils avaient eu une liaison, d'où étaient nés deux merveilleux petits garçons. C'était effrayant, d'une certaine manière.

— Vous êtes si intuitive, murmura-t-il. Oui, je m'inquiète pour elle. Que Burton soit fou ou non, il sera certainement déclaré suffisamment sain d'esprit pour affronter un procès. Je ne voudrais pas que le monde entier connaisse les détails de leur mariage.

— Vous voulez dire les détails de sa vie privée, rectifia Francesca, inquiète elle aussi en dépit de sa jalousie.

Eliza ne méritait pas cela, elle avait suffisamment souffert. Curieusement, Francesca l'admirait toujours, et elle l'aimait bien.

— Elle serait anéantie.

— En effet.

— Mais c'est probablement le cadet de ses soucis, en ce moment.

Elle imaginait Eliza chez elle, avec ses deux enfants, bien décidée à ne plus les lâcher des yeux.

— Elle n'y a sûrement pas encore pensé, admit Bragg. Je ne voulais pas me mêler de tout ça, mais je suis passé chez elle ce matin pour prendre des nouvelles. Jonathan va bien, naturellement. Il n'a aucune idée de ce qui s'est passé, il croit que son père et lui étaient en quelque sorte en vacances.

— Remercions Dieu pour ses petits miracles, commenta-t-elle.

Ils sourirent tous deux.

— Eliza est encore secouée. Je crois qu'elle s'en veut d'avoir mené son mari à une telle folie. Enfin, le temps guérit toutes les blessures.

— Oh, Bragg, quel cliché ! s'exclama gaiement Francesca.

Le regard de Bragg scintillait.

— Comme vous le savez, je ne suis pas infaillible !

— Vous êtes un extraordinaire enquêteur, déclara-t-elle fermement. Et je suis certaine que vous ferez un préfet de police hors pair.

Le sourire de Bragg s'évanouit, tandis qu'il la contemplait en silence. Elle se sentit rougir.

— Elle a l'intention de retirer les enfants de l'école, reprit-il enfin. Elle envisage de passer quelques mois en Europe.

— Voilà une excellente idée ! s'écria Francesca.

Il la fixait avec une telle intensité qu'elle commença à s'agiter, mal à l'aise. D'autant qu'elle brûlait d'envie de lui poser une question.

Il sourit brusquement.

— Qu'est-ce qui vous tracasse, Francesca ? s'enquit-il d'une voix douce.

Elle s'humecta les lèvres.

— Vous l'aimez toujours, n'est-ce pas ? Eliza.

Elle se surprit à retenir son souffle en attendant sa réponse.

Le sourire de Bragg disparut.

— Non. Je ne l'aime plus.

Il avait prononcé ces paroles d'un ton si net, si ferme qu'elle ne pouvait douter de sa sincérité.

— Je... je suis désolée, bredouilla-t-elle, bouleversée. Cette question était tellement déplacée, compte tenu de...

— Déplacée ? coupa-t-il. Compte tenu de mon comportement avec vous, chez moi, l'autre jour ?

Elle se pétrifia, incapable de prononcer un mot.

— À ce sujet... reprit-il.

Il s'interrompit et rougit violemment.

Elle avait peur de ce qu'il allait dire.

— Vous n'avez pas besoin de vous excuser…

Un muscle tressauta sur la joue de Bragg.

— Je vous prie pourtant de m'excuser. Je ne me suis pas conduit en gentleman. J'apprécie infiniment notre amitié, Francesca, et je ne voudrais surtout pas la mettre en péril.

Le cœur de Francesca pesait des tonnes. Ainsi, il ne voyait en elle qu'une amie ?

— Je n'aurais pas dû vous laisser entrer, poursuivit-il. Pas dans l'état où j'étais. Je suis désolé de vous avoir mise dans une situation aussi compromettante.

Elle se détourna pour ravaler ses larmes. Quelle sotte elle avait été ! Dire qu'elle s'était attendue à une belle déclaration d'amour !

Il la fit pivoter vers lui.

— Pourquoi êtes-vous contrariée, Francesca ? Je me suis comporté comme un mufle, vous avez droit à des excuses. Vous méritez mieux qu'un baiser volé sur Un vieux sofa au beau milieu de la matinée.

Elle sourit à travers ses larmes. Elle devait avoir l'air pathétique !

— Excuses acceptées ! dit-elle aussi gaiement que possible.

— Pourquoi pleurez-vous ? demanda-t-il de son ton de préfet de police.

Elle n'avait aucune intention de le lui dire !

— J'ai des problèmes d'allergie. Toujours, à cette époque de l'année.

— En plein hiver ? s'étonna-t-il.

— C'est une allergie très rare.

Ils se regardèrent au fond des yeux, et le temps parut s'étirer à l'infini. Elle avait l'impression qu'on lui piétinait le cœur.

— Si nous dansions ? proposa-t-il abruptement. Vous m'aviez promis une danse.

C'était de la simple politesse. Connie se trompait, et c'était mieux ainsi. Francesca ne voulait pas de soupirant, elle ne voulait pas se marier, et de toute façon, Julia n'approuverait jamais un tel choix.

— Pourquoi pas ? répondit-elle, d'un ton léger.

Il l'entraîna sur la piste, et l'enlaça.

Rien ne lui avait jamais semblé plus parfait… hormis le baiser qu'ils avaient échangé.

— Bonsoir, Francesca, dit timidement Sarah alors qu'ils venaient de quitter la piste de danse.

— Bonsoir, Sarah. Vous connaissez Bragg ? Je veux dire Rick Bragg, le préfet de police ?

Elle avait le souffle un peu court, et se sentait un peu désorientée. Bragg tenait son bras nu, et elle aimait le contact de sa main sur sa peau, bien qu'il fût seulement son ami, bien qu'elle en eût décidé ainsi.

— Je ne crois pas que nous ayons été officiellement présentés, répondit Sarah en tendant la main à Bragg.

Ce dernier s'inclina.

— Puis-je vous féliciter à l'avance pour vos fiançailles ? dit-il avec un sourire charmant.

Francesca l'observa tandis que Sarah et lui échangeaient quelques paroles aimables. Sa mère était peut-être une femme de mauvaise vie, mais c'était un véritable gentleman. Puis elle sentit un regard peser sur elle, et se retourna. Sa mère la fixait, l'air sombre.

Le cœur de Francesca s'emballa. La désapprobation de sa mère était tangible, et tout à fait injuste. Ils n'avaient dansé qu'une seule fois ensemble, et Bragg ne pouvait être tenu pour responsable des circonstances de sa naissance. En outre, il lui avait clairement fait sentir qu'il ne la courtisait pas. Oh, non !

Bragg s'excusa, et Francesca s'interdit de le suivre des yeux.

— Comment allez-vous, Sarah ?

Elle avait enfin retrouvé son sang-froid, ce qui n'avait pas été facile.

— Très bien, et vous ?

— Moi aussi. Êtes-vous un peu nerveuse, à quelques minutes de l'annonce de vos fiançailles ?

— Pas vraiment, avoua Sarah, avant de reprendre, animée : Avez-vous pensé à ma proposition de peindre votre portrait ?

Francesca avait complètement oublié !

— Je... j'ai été si occupée que cela m'est sorti de l'esprit.

Sarah eut l'air affreusement déçu.

— Oh... J'espérais que nous pourrions commencer les esquisses la semaine prochaine.

Francesca était surprise.

— Vous allez vous fiancer avec mon frère, Sarah, et vous pensez à votre peinture...

La jeune fille la regarda d'un air tranquille.

— Quel rapport entre l'un et l'autre ?

Francesca se mordit la lèvre. Elle n'osait lui faire remarquer qu'elle ne semblait pas très enthousiaste. Elle hésita.

— Qu'y a-t-il, Francesca ? Quelque chose vous tracasse, je le vois.

Francesca se jeta à l'eau. Pourquoi pas, après tout ?

— Vous devez être la femme la plus heureuse de New York, Sarah. Evan est considéré comme l'un des meilleurs partis de la ville, et c'est vous qui l'avez ensorcelé.

Sarah cligna des yeux.

— Je suis très contente de l'épouser, en effet.

Était-ce possible ? Était-il possible que Sarah ne se soucie guère de son mariage ? Qu'elle ne soit pas amoureuse d'Evan ? Mais jamais elle ne trouverait un soupirant pareil !

— Aimez-vous mon frère, Sarah ?

Celle-ci ouvrit de grands yeux.

Francesca se serait giflée !

— C'était une question horriblement grossière ! se reprit-elle aussitôt. Pardonnez-moi !

Sarah lui prit la main.

— Je trouve votre franchise tout à fait rafraîchissante, Francesca. Savez-vous que, malgré tout le bruit que font nos fiançailles, vous êtes la première à me poser la question ?... Nous nous connaissons à peine, ajouta-t-elle.

— Mais... vous allez vous fiancer. Vous vous engagez à passer le reste de votre vie ensemble, objecta Francesca.

Sarah haussa les épaules.

— Je sais. C'est bien pour lui et pour moi. Je veux dire, il nous faudra bien nous marier, tôt ou tard. Et je crois qu'avec le temps nous éprouverons de l'affection l'un pour l'autre. Êtes-vous tellement romantique, Francesca ?

— Je ne l'avais jamais cru jusqu'à présent, mais apparemment, oui, répondit Francesca, encore sous le choc.

Sarah n'était pas amoureuse d'Evan. C'était inimaginable !

— Vous voudrez bien réfléchir au portrait ? insista Sarah.

La musique s'était tue, Andrew et Julia se dirigeaient vers l'estrade. Evan allait monter les marches, et Julia fit signe à sa future belle-fille d'approcher.

— C'est tout réfléchi, dit Francesca en serrant la main de Sarah. Bien, sûr, vous pouvez peindre mon portrait.

Une étincelle de plaisir s'alluma dans les yeux de Sarah qui lui sourit avant de se faufiler parmi la foule.

Evan l'attendait au pied de l'estrade, il lui prit le bras pour l'aider à monter et la suivit.

— Mes chers amis, commença Andrew Cahill, puis-je requérir votre attention ? J'ai une déclaration à faire.

La foule se tut peu à peu.

Quelqu'un rejoignit Francesca, et elle sut qui il s'agissait avant même de regarder. Lorsqu'elle lui glissa un coup d'œil, Bragg lui sourit.

— Grande soirée ! commenta-t-il.

— En effet, répondit-elle, bêtement heureuse qu'il soit de nouveau près d'elle.

L'un d'eux remua légèrement – était-ce lui ou elle ? et leurs bras s'effleurèrent, leurs mains se touchèrent. S'en était-il aperçu ? Il n'en montra rien. Et ni l'un ni l'autre ne s'éloigna.

— J'ai le plaisir de vous annoncer les fiançailles de mon fils, Evan Martin Cahill, avec Mlle Sarah Beth Channing, déclara Andrew.

Les applaudissements crépitèrent.

Consciente que Bragg la regardait du coin de l'œil, Francesca se joignit à la liesse générale, priant pour que cette union tourne au mieux.

Puis elle songea aux excuses de Bragg, et son cœur s'alourdit.

Evan sortit un écrin de velours bleu nuit de sa poche et l'ouvrit, révélant un énorme rubis entouré de diamants. Les femmes poussèrent des exclamations admiratives, tandis que certains hommes restaient bouche bée. La bague valait une fortune. Evan eut un sourire de pure forme tandis qu'il glissait l'anneau au doigt de sa fiancée. Elle lui sourit poliment en retour, et il déposa un baiser léger sur ses lèvres.

Il y eut une nouvelle salve d'applaudissements.

Francesca essaya d'imaginer ce que l'on ressentait lorsqu'on vous offrait un tel présent par amour, et non par devoir. Lorsqu'un homme vous aimait au point de déclarer vouloir passer le reste de sa vie à vos côtés... Intensément consciente de la présence de Bragg, elle osait à peine respirer.

Que lui arrivait-il ?

L'orchestre s'était remis à jouer, et Francesca voulut quitter la piste de danse, mais elle se heurta à son compagnon. Elle leva les yeux vers lui.

Sous le regard insistant de Bragg, elle s'empourpra de nouveau.

Elle parvint à sourire, espérant que ses pensées ne se lisaient pas sur son visage.

— Je vais prendre congé, dit-il sans la quitter des yeux. La semaine a été longue, Francesca.

— Oui, murmura-t-elle sans bouger.

— À bientôt, ajouta-t-il avant de se détourner.

En dépit de ses bonnes résolutions, elle ne put s'empêcher de le suivre des yeux.

20

Jeudi 30 janvier 1902, midi

Francesca sortit de chez *Tiffany* fort contente d'elle.

Cinq jours s'étaient écoulés depuis l'annonce des fiançailles. Cinq jours plutôt ennuyeux, à vrai dire, car elle avait repris sa vie routinière. Elle allait aux cours, et étudiait à la bibliothèque, tout en essayant de dissimuler ses activités à sa mère. Et puis, naturellement, il y avait les soirées qu'elle ne pouvait éviter. La veille, elle avait assisté à un ballet avec un groupe d'amis, dont M. Wiley.

Elle avait retardé le plus possible la discussion avec sa mère, mais elle ne pouvait décemment plus la repousser davantage, car celle-ci avait invité Wiley à dîner le lendemain. Elle se rembrunit à cette idée.

Elle s'arrêta au coin de la 15e Rue, à la hauteur d'Union Square, brusquement déprimée. Elle n'avait pas revu Bragg depuis la soirée de fiançailles, et il lui manquait. Comme lui manquaient leurs conversations, et l'enquête qu'ils avaient menée ensemble.

Il ne lui avait pas rendu visite. Non qu'elle s'y fût attendue, malgré ses derniers mots lorsqu'il avait pris congé. Connie s'était trompée, mais Francesca refusait d'y penser, et plus encore d'en ressentir de la déception.

Elle refusait d'admettre que le fait qu'il ne l'eût pas considérée comme une belle jeune femme mystérieuse l'avait blessée. Elle avait ses cours, ses œuvres de charité... Elle avait tout ce qu'elle désirait.

Elle avait décidé de faire un saut au quartier général de la police avant de rentrer chez elle.

Non parce qu'elle éprouvait une quelconque attirance pour Bragg. Bien sûr que non ! Mais puisqu'ils étaient amis, pourquoi ne pas lui rendre une petite visite ? Dans ce contexte, nul ne trouverait cette initiative trop hardie, n'est-ce pas ?

Elle voulait simplement partager la bonne nouvelle avec Bragg.

Voilà tout.

Mais Dieu qu'elle était nerveuse !

— Hé ! Mademoiselle Cahill !

Francesca sursauta en reconnaissant la voix de Joel Kennedy. Son visage s'éclaira tandis qu'il émergeait de la foule et se précipitait vers elle. Comme de coutume, il portait son vieux pardessus et sa casquette enfoncée jusqu'aux oreilles. Il avait le visage sale, et il souriait jusqu'aux oreilles.

— Comment vas-tu, Joel ? s'écria-t-elle, le moral soudain au beau fixe.

— Très bien, mademoiselle Cahill. Vous avez fait des courses ? demanda-t-il en frissonnant, les mains dans les poches.

Il fixait le sac de papier qu'elle avait à la main.

— Oui. Il fait beau, mais terriblement froid. Je peux te déposer quelque part ?

Joel accepta avec empressement. Jennings était parqué non loin, et ils se dirigèrent vers la voiture.

— Que fais-tu dans le quartier ? commença Francesca qui s'interrompit brusquement et le dévisagea d'un air soupçonneux. Joel ! J'espère que tu... que tu respectes la loi, termina-t-elle en baissant le ton.

Il détourna les yeux.

— Bien sûr ! J'ai retenu la leçon...

Il mentait. Il arpentait Union Square pour jouer les pickpockets, Francesca en était certaine.

— Viens, dit-elle.

Ils montèrent en voiture.

— Mulberry Street, indiqua-t-elle au cocher. Je m'arrête une minute au quartier général de la police, ajouta-t-elle à l'attention de Joel. Tu pourras m'attendre dans la voiture. Ensuite, je te raccompagnerai chez toi.

Joel étendit les jambes devant lui.

— Je vois, fit-il avec un sourire entendu.

Refusant de s'interroger plus avant sur le sens de ces paroles, Francesca lui demanda des nouvelles de sa famille.

Quelques minutes plus tard, Jennings arrêtait l'attelage devant le bâtiment de grès qu'elle commençait à bien connaître.

— Je reviens tout de suite, dit-elle à Joel.

Il lui adressa un clin d'œil.

— Prenez votre temps...

Ah, les gamins ! songea-t-elle en montant les marches du porche.

À l'intérieur, elle s'approcha de la réception, le cœur battant. Elle se rappela qu'il s'agissait d'une simple visite de politesse. Elle ne faisait d'avances à personne, et sûrement pas au préfet de police !

Il y avait derrière le comptoir un agent qu'elle ne connaissait pas, mais elle reconnut l'autre, le gros homme chauve.

— Bonjour, sergent, dit-elle aimablement.

— Mademoiselle Cahill, répondit-il avec un sourire. Vous pouvez monter.

Elle sourit à son tour.

— Comment vous appelez-vous, sergent ?

— O'Malley.

Sur un signe de tête, elle se hâta vers l'escalier, car l'ascenseur était occupé.

La porte vitrée était fermée, et Francesca hésita. Elle entendait Bragg parler, mais n'avait aucun moyen de savoir s'il était au téléphone ou avec ses hommes. Elle frappa, et on lui répondit d'entrer.

Bragg se tenait derrière son bureau, les mains sur les hanches, l'air sombre. Comme d'habitude, il était en bras de chemise, les manches roulées jusqu'au coude. Il n'était pas seul. Un homme en costume gris se tenait devant lui, tournant le dos à Francesca.

Rien que de regarder Bragg, elle sentit son cœur s'affoler. Elle était tellement heureuse de le revoir !

Il était rasé de près, ce qui soulignait la structure énergique de son visage. Mais son expression était fermée, et elle sut qu'il s'était passé quelque chose. Aussitôt, elle fut inquiète.

Il haussa les sourcils : il l'avait vue. L'homme qui lui faisait face se retourna à demi. Il avait le teint mat, de l'allure, et il émanait de lui une aura de danger. Leurs regards se croisèrent.

— Francesca ? fit Bragg. Voilà une visite plutôt inattendue !

Elle demeurait sur le seuil, n'osant entrer.

— J'espère que je ne vous dérange pas, risqua-t-elle, embarrassée.

— Comment pourriez-vous me déranger ? répliqua-t-il avec un demi-sourire. En outre, mon... visiteur... était sur le point de s'en aller, ajouta-t-il d'un ton sec.

Un instant, elle resta sans voix. Bragg flirtait-il avec elle ?

L'inconnu fit volte-face abruptement, passa devant elle, lui adressa un signe de tête et sortit. Francesca le suivit du regard. Elle était surprise que Bragg ne les ait pas présentés ; c'était fort grossier de sa part.

Elle tourna la tête et croisa son regard froid.

— Qui était-ce ? s'entendit-elle demander.

— Calder Hart, mon demi-frère.

Calder Hart ? L'homme qu'il détestait tant ? Une foule de questions lui vinrent à l'esprit.

L'expression de Bragg s'adoucit.

— Alors ? reprit-il. Qu'est-ce qui me vaut le plaisir de la visite de l'une des plus belles et plus téméraires jeunes femmes de la ville ?

Elle battit des cils.

— Seriez-vous en train de flirter avec moi, Bragg ?

Il se percha sur le bord de son bureau, repoussant un journal qui tomba à terre.

— Et si c'était le cas ?

Son sourire monta jusqu'à ses yeux.

Son regard était si direct, son sourire si plein de promesses qu'elle en fut une fois de plus déconcertée.

— Ce n'est pas un crime, Francesca, continua-t-il plus doucement. Et cela fait un moment, non ?

Elle comprit – ou crut comprendre – ce qu'il voulait dire : cela faisait un moment qu'il ne l'avait pas vue. Avait-il eu l'impression, lui aussi, que ces cinq derniers jours s'étaient écoulés avec une lenteur désespérante ? Un peu perdue, elle se pencha pour ramasser le journal. Comme elle le lui tendait, leurs mains s'effleurèrent. Elle se conduisait comme une gamine ! Soudain, son regard tomba sur l'un des titres à la Une du *New York Times*, et elle oublia sa nervosité.

Le vol d'une œuvre d'art chez une de nos concitoyennes.

— De quoi s'agit-il ? s'enquit-elle vivement. Votre dernière affaire ? On a volé une toile ?

Tandis qu'elle posait ses questions tout à trac, elle s'imaginait déjà arpentant la ville avec lui à la recherche de l'œuvre d'art... Elle parcourut l'article, et apprit qu'un Rubens avait été volé dans la demeure de Mme Lionel Carrington, collectionneuse d'œuvres d'art.

Bragg se rembrunit.

— Vous n'avez pas retenu la leçon, Francesca ? Vous n'êtes pas un policier... Ou devrais-je dire une femme policier ?

Elle se contenta de le regarder. Elle avait l'intention d'être l'une des premières et plus célèbres journalistes femmes du pays. Mais si elle devenait l'une des premières femmes *inspecteur de police ?*

Puis elle se rappela ce qu'elle avait fait le matin même...

— Francesca ?

— Mon Dieu ! dit-elle. Je n'ai jamais été personnellement présentée à Mme Carrington, mais ma mère la connaît bien. J'ai dû la croiser dans quelques soirées...

Il émit un grognement plutôt désagréable, et elle le fixa intensément.

— Bragg ?

— Non, non. Pas question. Laissez la police faire son travail, Francesca. Je suis sérieux.

Il croisa les bras.

Elle chercha une réplique efficace, n'en trouva pas.

— Je veux juste me rendre utile, Bragg !

— J'abandonne ! s'écria-t-il en levant les bras au ciel.

Il abandonnait quoi ?

Soudain, il contourna son bureau, glissa le bras autour de sa taille, ce qui acheva.de la déstabiliser, et l'entraîna vers la porte. Ils étaient si près l'un de l'autre qu'elle en fut toute tourneboulée, et en oublia la question qu'elle voulait lui poser.

— Je suis très heureux que vous soyez passée, Francesca, dit-il. J'ai beaucoup pensé à vous.

Elle se retrouva devant l'ascenseur.

— C'est vrai ?

Il sourit, puis reprit vivement son sérieux.

— Bien sûr ! Mais j'ai un service à diriger, et franchement, depuis que j'ai accepté ce poste, je n'ai pas eu une seule journée de répit, ni une minute pour jouir des plaisirs de la vie.

Il appuya sur le bouton d'appel sans la quitter des yeux.

Une bouffée de plaisir l'envahit.

— Il faut que vous preniez un peu de temps pour vous, le réprimanda-t-elle.

— Vous avez raison… Quand puis-je vous emmener à la campagne ? Long Island est magnifique, à cette époque de l'année.

Elle eut l'impression que son cœur avait cessé de battre. La porte de l'ascenseur s'ouvrait et ils y entrèrent tous les deux. Il l'invitait à une partie de campagne !

— Que diriez-vous de samedi ? suggéra-t-elle enfin d'une voix un peu voilée.

— Entendu pour samedi.

Les portes se rouvrirent, et il l'accompagna à travers le hall jusqu'aux marches.

— J'espère que vous ne m'en voudrez pas de vous bousculer un peu, mais j'ai énormément de travail, et je ne terminerai certainement pas avant 11 heures ou minuit.

Ils s'arrêtèrent sur le trottoir devant sa voiture.

Elle s'aperçut soudain qu'il était là, dehors, en manches de chemise, par une température inférieure à zéro.

— Vous allez attraper la mort ! s'écria-t-elle.

Puis elle fronça les sourcils.

— Attendez une minute ! Si vous m'avez bousculée ainsi, c'est parce qu'il y a dans l'affaire Carrington quelque chose que vous ne voulez pas me dire.

Il leva les yeux au ciel.

— L'enquête est classée *top secret* !

Top secret. Des petits frissons d'excitation la parcoururent. Elle sourit.

— Je vous en prie, Francesca, essayez de vous tenir à l'écart des ennuis au moins jusqu'à samedi, gémit-il.

— Bien sûr.

Elle décida qu'une visite à Mme Carrington était une priorité absolue. Cette dernière verrait certainement l'utilité d'avoir recours à ses services... maintenant qu'elle était en mesure de les lui proposer.

— Je passe vous prendre à midi ? Je connais une merveilleuse auberge où nous pourrons déjeuner, à Oyster Bay.

Francesca était aux anges. Un nouveau cas à résoudre à deux, et une promenade à la campagne en projet ! Peut-être que Bragg la courtisait, finalement. Et que sa mère aille au diable !

— Midi sera parfait, déclara-t-elle joyeusement.

Comme il lui ouvrait la portière de sa voiture, elle se rappela tout à coup la raison de sa visite. En tout cas *l'une* des raisons – et pas la plus importante dut-elle s'avouer.

— Au fait, Bragg, j'allais oublier ! J'ai quelque chose à vous montrer.

Elle plongea la main dans son sac et en sortit une pile de cartes de visite sur papier ivoire qu'elle venait tout juste d'aller chercher chez *Tiffany*.

— Sorties de presse il y a une heure, annonça-t-elle triomphalement.

Il lut, les yeux écarquillés : *Francesca Cahill Détective privé d'exception. 810, Cinquième Avenue, New York. Accepte toutes les affaires.*

Puis il la regarda, incrédule.

Elle rayonnait littéralement.

— Je dois avouer que le « détective privé d'exception » vient de Connie.

Il en demeura muet de stupéfaction.

— Bragg ?

Il vira à l'écarlate sous son regard inquiet.

— Vous n'êtes pas détective, Francesca ! Nous avons toute une équipe de détectives émérites. En outre, vous êtes une femme !

Sa réaction rétrograde, terriblement masculine, ne la surprit nullement.

— Je refuse de renoncer à ma véritable vocation sous prétexte que je suis une femme, Bragg, rétorqua-t-elle calmement.

— Sous prétexte que vous êtes une femme, répéta-t-il, courroucé.

— Et je trouve ces cartes très réussies, ajouta-t-elle, sincère.

— Et qu'entendez-vous par votre « véritable vocation » ? tonna-t-il.

— Je vais offrir mes services à ceux qui en ont besoin.

— Et vos parents dans tout cela ?

Elle haussa les épaules.

— Oh, vous savez, mes parents... Papa va dire à maman que je m'en lasserai vite, pas de raison de s'inquiéter, ma chérie. De toute façon, j'ai l'intention de le leur cacher aussi longtemps que possible.

Il continuait à la regarder comme si elle descendait tout droit de la lune.

Elle grimpa en voiture et lui adressa un petit geste de la main.

— Alors, à samedi, Bragg.

À cet instant, elle ne pensait plus à leur promenade à la campagne, mais à la pauvre Mme Carrington qui devait être folle d'avoir perdu l'un des fleurons de sa collection. Elle se demandait quand et comment la toile avait été volée. Est-ce que les répertoires de Bragg contenaient un chapitre « voleurs d'objets d'art », en plus des pickpockets et des cambrioleurs ?

— À samedi, marmonna-t-il en fermant la portière un peu plus violemment que nécessaire.

Comme il apercevait Joel à l'intérieur, il secoua la tête.

— Que fait-il là ? Oh, Seigneur, ne me dites pas qu'il est votre... votre... associé !

Francesca sourit.

— Il est si habile, et tellement habitué à l'univers du crime !

Bragg la fixa un instant avant d'ordonner au cocher de se mettre en route.

— Ne faites *rien* d'inconsidéré, Francesca, la prévint-il une dernière fois. Tenez-vous à l'écart de l'affaire Carrington.

— Je vous le promets.

Comme la voiture s'ébranlait, elle s'adossa à la banquette, satisfaite, et décroisa les doigts.

— Waouh ! s'exclama Joel en riant.

Elle lui sourit.

— Qu'y a-t-il ?

— Vous avez vu la façon dont ce satané flic vous regarde, mademoiselle Cahill ? Il est amoureux de vous, le pauvre bougre !

— Allons donc ! fit-elle.

Mais elle en éprouva un plaisir sans bornes.

AVENTURES & PASSIONS

4 février

Maggie Robinson

Dans les bras d'une héritière

Inédit

Jeune héritière, Louisa Stratton décide de rentrer chez elle à Rosemont. Seul problème, ses parents insistent pour qu'elle leur présente son mari. Or, ce dernier n'est que pure invention. Louisa doit trouver de toute urgence un mari pour un mois. Pourquoi pas le capitaine Charles Cooper ?

✦

Sabrina Jeffries

Les hussards de Halstead Hall - 2 - L'aventurier

Inédit

Pour éviter d'être déshérité, lord Jarret Sharpe accepte de s'occuper de la brasserie familiale. Pourtant, joueur invétéré, il ne peut résister longtemps au défi que lui lance la jeune et charmante Annabel Lake. Si elle gagne aux cartes, il accepte de l'aider, si elle perd, elle passera une nuit avec lui…

✦

Brenda Joyce

Une enquête de Francesca Cahill - 2 - Un suspect embarrassant

À vingt ans, Francesca Cahill n'est toujours pas décidée à se marier. Elle veut être détective. Sa prochaine affaire risque d'être passionnante : elle doit élucider un meurtre. Et surtout, cela va lui permettre de revoir Rick Bragg, le préfet de police, qui la trouble toujours autant. N'ont-ils pas échangé le plus brûlant des baisers ? Hélas, Bragg feint de ne plus s'en souvenir !

Robin Schone
L'amant de mes songes

Autrefois, Michel des Anges était un célibataire des plus convoités. Sa vie bascule lorsqu'un incendie le défigure à jamais. Toutes les femmes le fuient, excepté Anne Aimes. Très vite, il découvre chez la jeune femme les trésors d'une volupté insoupçonnée. Pourtant, Anne joue avec le feu, car Michel prépare depuis des années son effroyable vengeance...

18 février

Karen Hawkins
Journal intime d'une duchesse* - 2 - *Lily
Inédit

Pour sauver sa famille de la ruine, Lily Balfour décide de faire un beau mariage. Quand la duchesse de Roxburghe lui présente le comte de Huntley, elle voit son rêve se réaliser. Mais, lorsque le prince Pietr Wulfinski lui lance un regard brûlant, Lily est troublée. Doit-elle écouter son cœur ou sa raison ?

✦

Monica McCarthy
Les chevaliers des Highlands* - 8 - *Le brigand
Inédit

De tous les chevaliers de Robert de Bruce, Robert Boyd est le plus compétent. Il est le tueur à gages sans scrupule de la Garde et déteste les Anglais. Alors, lorsque la sœur de son ennemi, lady Rosalind Clifford, tombe entre ses mains, il tient enfin sa vengeance. Tout serait parfait s'il n'était pas attiré par les charmes de la jeune femme.

✦

Eloisa James
Les sœurs Essex* - 3 - *Le duc apprivoisé

Imogène Essex est veuve et part vivre chez son tuteur, le duc de Holbrook, Raphaël. Si la jeune femme n'envisage pas de se remarier, la perspective de prendre un amant la séduit plutôt. À Holbrook Court, elle fait la connaissance du demi-frère de Raphaël, Gabriel. Voilà l'homme qu'il lui faut ! Mais ses désirs se heurtent à la réprobation et à la jalousie de Raphaël.

BEST FRIEND

4 février

J.M. Bronston

L'amour retombe toujours sur ses pattes

Inédit

Bridey Berrigan, a passé quelques années en cuisine en tant que chef. Elle a bien besoin d'un répit. Cette annonce qui offre la possibilité d'occuper un appartement fabuleux sur Central Park, muni d'une cuisine quasi professionnelle, est pour elle ! En échange, elle devra prendre soin de deux chats Bleu de Russie, Silk et Satin, qui ont hérité de la fortune de leur maîtresse (!)… Mack Brewster, homme d'affaires fortuné, vit en face, avec son chien Scout. Il adore les femmes glamour et ultra sophistiquées. Tout ce que n'est pas sa nouvelle voisine. Les délicieuses effluves qui s'échappent de la cuisine de Bridey sont irrésistibles. Et les deux chats espiègles ne cessent de provoquer des rencontres entre les deux voisins. Mack et Bridey vont-ils s'entendre comme chats et chien ? Ou bien…

PROMESSES

18 février

Heather Webber

Lucy Valentine - 3 - Absolument

Inédit

Lucy Valentine, forte de son don de double vue qui lui permet de retrouver des objets perdus et, par extension, des personnes disparues, enquête sur tous les fronts !

Pour tenter de retrouver l'amour d'enfance de Meaghan, pour élucider cette mystérieuse affaire de cet homme qui distribue des milliers de dollars dans la ville, pour aider sa chère grand-mère excentrique, à remettre la main sur un de ses amis volatilisé…

Comment, dans ce tourbillon, peut-elle se consacrer à son amoureux, le beau Sean Donahue, quand, en plus, plane la malédiction de Cupidon qui poursuit sa famille ?

Passion intense

4 février

J.L. Mac
Jusqu'à toi - 1 - Altérée
Inédit

Depuis le décès de ses parents survenu un an plus tôt, Josephine se montre indifférente à tout ce qui l'entoure. Pourtant, sa rencontre avec l'énigmatique Damon bouleverse son univers. Prisonnière de son désir pour lui, elle est hantée par son visage. Aussi, malgré ses peurs, elle fait tomber ses dernières défenses. Mais c'est sans compter sur les démons du passé qui, bientôt, menacent son fragile équilibre. La passion la délivrera-t-elle pour toujours ?

✦

Cari Quinn
Juste de l'amour - 0,5 - Avec ou sans robe...
Inédit - Exclusivité numérique

Après des années de flirt et de rendez-vous en tout genre, Noelle en a assez de s'amuser. Place désormais au couple, au vrai ! S'il y a justement un homme qui la fait rêver, c'est Jake Conroy, le meilleur ami de son grand frère. Et puisque Jake est de retour en ville, c'est le moment de lui prouver quelle femme elle est devenue ! Le soir du nouvel an, Noelle se rend chez la sœur de ce dernier, qui organise une soirée. Une robe sexy et tout ce qui s'ensuit pour une nuit de folie, elle a tout prévu...

18 février

Cari Quinn
Juste de l'amour - 1 - Avec ou sans fleurs...
Inédit

Tout semblait sourire à Alexa avant que sa boutique de fleurs ne fasse faillite. Remisant ses rêves de côté, elle s'installe dans un appartement délabré qui surplombe son magasin. C'est un gros coup dur, et Alexa frôle la dépression nerveuse. Mais quand elle croise sur son palier le plus beau spécimen masculin qu'elle ait jamais vu, elle en tombe des nues. Cet homme sexy au possible ne devrait-il pas atterrir dans son lit...?

CRÉPUSCULE

18 février

Sylvia Day
Les anges renégats - 2 - Désir sauvage
Inédit

Elijah est le plus dominant des lycans ; Vashti est une vampire d'une grande beauté. Tandis que leurs peuples se déchirent, Vashti est envoyée comme messagère auprès d'Elijah afin de lui proposer la paix entre leurs camps. Mais très vite, leur hostilité laisse place à une folle attirance car Elijah n'a jamais rencontré de femme dont l'esprit guerrier et l'intense désir sont en concurrence avec les siens...

Romantic Suspense

18 février

Pamela Clare
Méfie-toi, Kara !
Nouvelle édition - Texte intégral

Kara est déterminée à rencontrer un homme, quitte à l'aborder dans un bar. C'est finalement le sénateur Reece Sheridan qu'elle accoste. Kara, journaliste au *Denver Independant*, le connaît déjà pour son projet de loi sur l'énergie et, après avoir bu trois cocktails bien tassés, elle fait l'interview la plus sensuelle de toute sa carrière. Le lendemain, elle se plonge dans une nouvelle affaire, véritable pépite politique. Mais très vite, la vie de Kara est menacée. Il lui faut l'aide de Reece...

Et toujours la reine du roman sentimental :

Barbara Cartland

« Les romans de Barbara Cartland nous transportent dans un monde passé, mais si proche de nous en ce qui concerne les sentiments. L'amour y est un protagoniste à part entière : un amour parfois contrarié, qui souvent arrive de façon imprévue.
Grâce à son style, Barbara Cartland nous apprend que les rêves peuvent toujours se réaliser et qu'il ne faut jamais désespérer. »

Angela Fracchiolla, lectrice, Italie

Le 4 février
Les enfants qui fuient

7899

Composition
FACOMPO

Achevé d'imprimer en Italie
par GRAFICA VENETA
le 22 décembre 2014.

Dépôt légal : décembre 2014.
EAN 9782290040478
L21EPSN000870N001
1er dépôt légal dans la collection : août 2008

ÉDITIONS J'AI LU
87, quai Panhard-et-Levassor, 75013 Paris

Diffusion France et étranger : Flammarion